《오컬트 양키 채널 공식 팬북》 23쪽에서 발췌

# 짱이케가 고른 가장 무서운 심령 명소 5선

오컬트 양키 ch

심령 명소를 숱하게 찾아다닌 '무서움을 모르는 유튜버' 짱이케. 그런 그조차 무서움에 부들부들 떨었던 공포의 심령 명소 톱 5. 추가 취재로 얻은 최신 정보도 전격 공개합니다!

## 1 변태 오두막
【도치기현】

산속 공터에 갑자기 나타난, 펜스를 둘러친 의문의 오두막. 그 내부에는 대량의 사진이!

## 3 천국 병원
【사이타마현】

'그 병원에서는 죽은 사람을 만날 수 있다' 이 소문에 숨겨진 무시무시한 비밀!

# 1 산속 오두막에 남겨진 대량

**변태 오두막**

도치기현 모처의 산속에 폐가로 남은 어느 조립식 오두막. 일부 마니아 사이에서 유명한 '변태 오두막'이다. 등산로를 벗어난 길 끝에 홀연히 서 있는 그 오두막 내부에는 대량의 사진이 남겨져 있다. 변태가 몰래 찍은 사진 컬렉션을 보관하려고 마련한 장소가 아닐까 하는 소문으로

《오컬트 양키 채널 공식 팬 북》 24~25쪽에서 발췌

# 사진으로 드러난 새로운 사실!

<오컬트 양키 채널> 재생 횟수 1위
'변태 오두막' 잠입 동영상.
동영상에서는 밝혀지지 않았던,
폐가 속 대량의 사진에 얽힌 진상!

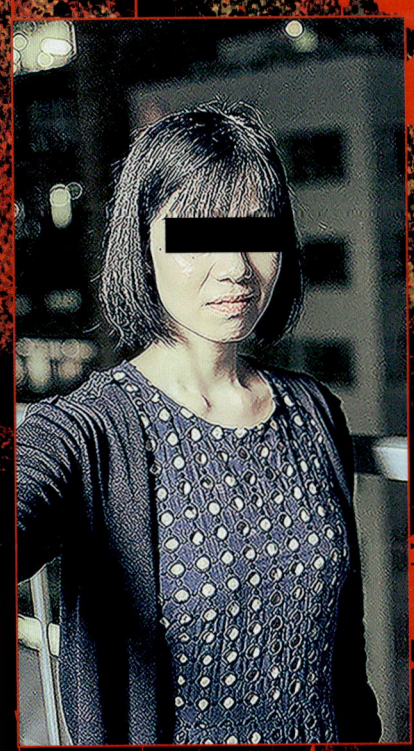

산더미처럼 쌓인 사진 틈에서 찾아낸 한 여성의 사진.
그녀는 이 사진을 찍은 직후 투신자살을 시도했다.

유명한 곳이었지만 우리의 추가 취재로 이곳이 전혀 다른 목적으로 쓰였다는 것을 알아냈다. 또 동영상에 찍힌 한 장의 사진은 어떤 여성의 자살 직전 모습이라는 사실도 밝혀냈다. 이 사진에 찍힌 여성에 대하여 다음 장에서 상세하게 분석한다.

3
천국 병원

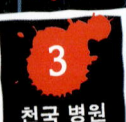

# 저승과 이승을 잇는

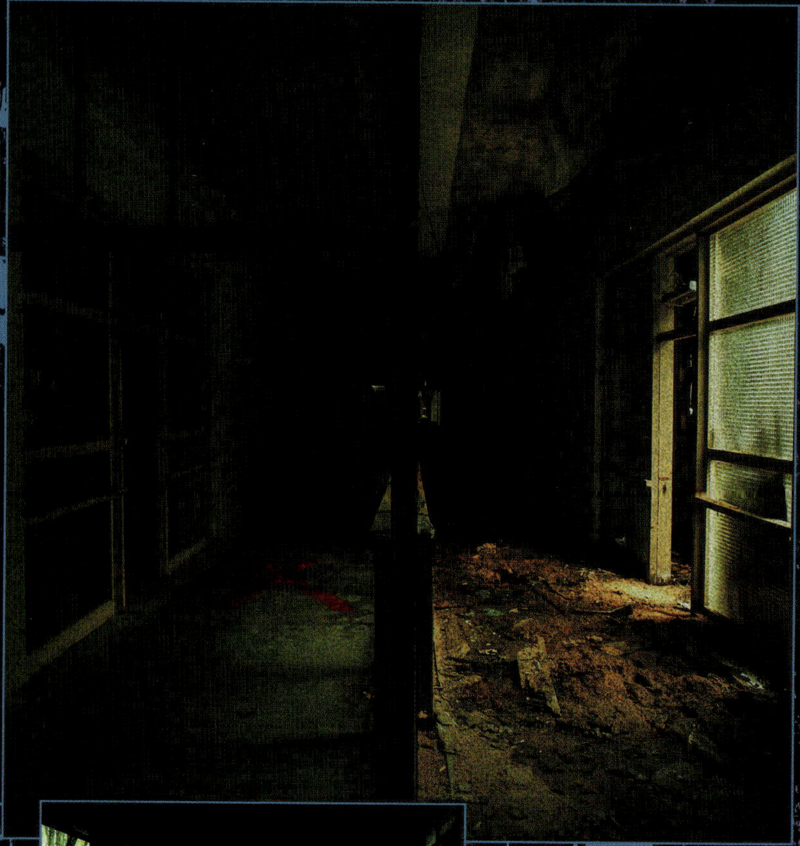

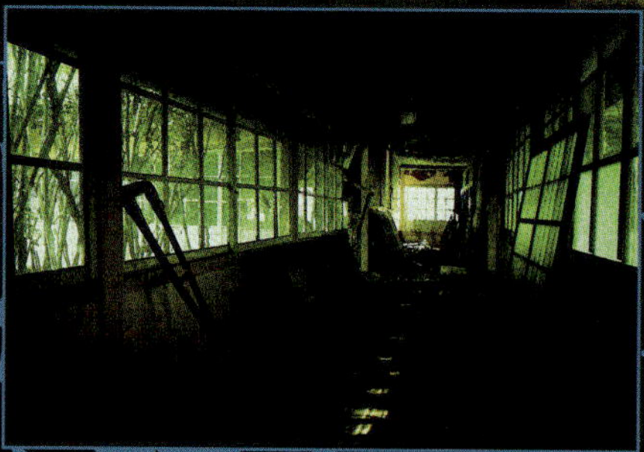

황폐하기 짝이 없는 병원 내부. 그런데 남아 있는 물건이 많지 않다. 입원 병동은 엄중히 봉쇄된 탓에 조사가 이루어지지 않았다.

《오컬트 양키 채널 공식 팬북》 36~37쪽에서 발췌

# 폐병원의 정체는….

'그 병원에 가면 죽은 자를 만날 수 있다'는 소문으로 유명한 통칭 '천국 병원'. 취재 중 유령에 홀린 짱이케의 증언을 단서로 진실을 파헤친다!

짱이케는 이 병원에서 일찍이 경험한 적 없을 만큼 심하게 유령에게 시달렸다. 격렬한 두통에 느닷없이 노이즈가 섞이는 영상…. 마치 죽은 자의 메시지 같기도 한 여러 현상을 보며 겁에 질린 시청자도 많았을 것이다. 심령 명소로서 알 만한 사람은 다 아는 이 폐병원. 인터넷에서는 '죽은 자를 만날 수 있는 장소'로 많은 사람의 입에 오르내리고 있다. 이곳에서 죽은 자를 만나고 싶은 사람들이 밤이면 밤마다 하는 '어떤 일'. 여기가 천국 병원이라고 불리는 이유는 그것과 관계가 있다. 그 '어떤 일'이란 무엇이며, 천국 병원의 정체는 과연 무엇인가. 새롭게 드러난 사실을 전격 공개한다.

인적 없는 산에 자리한 폐병원. 산 자의 침입을 거부하는 듯한 위엄에 압도된다.
※사진의 병원 이름은 가공을 거쳤다.

# 윤회 러브호텔 취재 회의 메모

## 개요

통칭            : 윤회 러브호텔
정식 명칭       : 로열 리조트
장소            : 이바라키현(정확한 주소 조사 필요)
동영상 메인 테마 : 저주받은 임신부 그림, 누군가의 난입
편집 방침       : 호텔 내부의 임신부 그림 두 점에 얽힌 수수께끼 풀기?
현안 사항       : 취재 허가 얻기
                 내부 사진은 인터넷에 있는 사진으로 대체?(제작 예산 확인)


인터넷 사진

# 현장 상황(1층)

정면 현관은 자물쇠로 엄중히 봉쇄 → 감시 카메라, 주의 표지판 있음
뒷문 판자를 부수고 들어가는 사람이 많은 듯 → 담력 시험 목적이 대부분
실내는 상당히 황폐함
낙서 다수
현관 로비에 임신부 낙서 그림

1층 내부

# 현장 상황(2층)

2층 실내는 1층과 비교해 그렇게까지 황폐하지는 않음
→ 잠겨 있는 방도 많음
1층과 마찬가지로 낙서는 많음
복도 막다른 곳에 임신부 그림
→ 주변에 작은 돌이 흩어져 있음

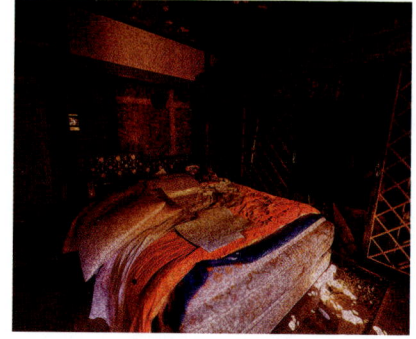

2층 내부

# 두 개의 임신부 그림에 관하여

※현재는 그림은 물론, 그 옆에 적힌 글귀까지 바래서 판독이 어려움
　과거 기사를 참조할 것

2층 내부

회의 결과, 게재 보류
건물 명칭을 숨기고, 다른 매체에 기사 게재를 제안할 수도

# 더럽혀진 성지순례에 대하여

KEGARETA SEICHI JUNREI NI TSUITE
©Sesuji 2024
First published in Japan in 2024 by KADOKAWA CORPORATION, Tokyo.
Korean translation rights arranged with KADOKAWA CORPORATION,
Tokyo through Danny Hong Agency.

이 책의 한국어판 저작권은 대니홍 에이전시를 통한 저작권사와의 독점 계약으로
주식회사 오팬하우스에 있습니다. 저작권법에 의해 한국 내에서 보호를 받는
저작물이므로 무단전재와 복제를 금합니다.

일러두기
  본문의 각주는 옮긴이 주입니다.
  한국어 표기는 국립국어원 표준국어대사전을, 외래어 표기는 외래어 표기법을
  따랐으나 일반적으로 통용되는 경우에는 관용에 따라 표기했습니다.

# 더럽혀진 성지순례에 대하여

세스지 장편소설
전선영 옮김

# 차례

제 0 장 ──────────────
제 1 장 ──────────────
제 2 장 ──────────────
제 3 장 ──────────────
제 4 장 ──────────────
제 5 장 ──────────────
제 6 장 ──────────────
제 7 장 ──────────────
제 8 장 ──────────────
역자 후기 ──────────────

풍선 015
변태 오두막 023
천국 병원 091
어리석은 세 사람 153
윤회 러브호텔 203
불확실한 괴이 243
한낱 패밀리 레스토랑 255
한낱 옛날이야기 267
날조된 괴담 275
297

이것은 내가 만난 시시한 유령 이야기
이것은 내가 만난 무서운 유령 이야기
이것은 내가 만난 한낱 유령 이야기

# 제0장

# 풍선

## 이상한 놈이 서 있다… SNS로 확산되는 현대 괴담 고찰

올해 4월 X(옛 트위터)에 올라온 어떤 글이 세간에서 화제가 되었다.

"아니 잠깐만, 요 며칠 같은 시간에 집 앞으로 이상한 놈이 걸어가는데."

깊은 밤, 이 글과 함께 올라온 20초쯤 되는 동영상. 거기에는 섬뜩한 인물이 찍혀 있었다. 앵글로 봤을 때 글을 올린 사람은 자택(아마도 단독 주택) 2층 창에서 그 동영상을 찍었다. 앞뜰 너머로는 주택가 골목길. 그 길을 남자로 보이는 양복 차림의 인물이 걷고 있다.

이상한 것은 그의 머리다. 보통 사람의 세 배는 됨직한 큰 머리를 기우뚱기우뚱 흔들면서 천천히 집 앞을 걷고 있다.

그 글은 며칠 만에 9만 개의 하트가 찍히고, 7만 번 재게시되면서 X에서 큰 반향을 일으켰다. 처음에는 '너무 무섭다', '심령 영상이다' 하는 반응이 대부분이었지만 확산을 거듭하면서 영상의 신빙성을 의심하는 사람과 장소를 알아내려는 사람도 늘어났다. 글이 올라왔을 때 계정의 팔로워 수는 고작 몇십 명이었지만, 일주일도 지나지 않아 몇천 명까지 그 수가 불어났다. 그런 가운데 계정주는 갑자기 계정을 삭제했다. 계정이 사라져도 여기저기 옮겨진 영상은 인터넷에 고스란히 남아서 지금도 오컬트 애호가들에게 주목받고 있다.

흥미로운 점은 여기서부터다. 인터넷의 괴담 관련 방송이나 괴담 이야기꾼들이 적극적으로 그 영상을 다루면서 '나도 본 적 있다', '우리 동네에서는 '풍선남'이라고 불렸다', '할아버지가 옛날에 들려준 '보름달님'이라는 이야기에 쏙 빼닮은 남자가 나온다', '엄마, 아빠가 어린 시절에 본 건 머리 큰 남자가 아니라 여자였다' 등등, 몇 개월 사이에 수많은 파생 괴담이 SNS에 등장하기 시작했다.

여기서 잠깐 화제를 바꾸자. '베토베토 씨[1]'라는 요괴를 아시는지. 나라현과 시즈오카현을 중심으로 옛날부터 전해지는 요괴로 후쿠이현에서는 '비샤가쓰쿠[2]'라는 이름으로 알려져 있다. 밤길을 걷다 보면 뒤에서 발소리가 따라붙는다. 뒤를 돌아보지만 아무도 없다. 그럴 때는 길가로 비켜서서 "베토베토 씨, 먼저 가세요" 하고 길을 양보한다. 그러면 발소리만 눈앞을 지나간다. 으스스하면서도 어딘지 모르게 귀여운 요괴다.

베토베토 씨는 눈에 보이지 않으므로 당연히 어떻게 생겼는지 알 수 없다. 하지만 이름으로 검색하면 그 모습을 일러스트로 확인할 수 있다. 사람 키보다 큰 둥근 머리에서 바로 뻗어 나온 다리 두 개. 눈도 코도 귀도 없는 머리에는 그저 크게 웃는 모양의 입

---

[1] '베토베토(べとべと)'는 끈적끈적하거나 질척질척한 것과 닿았다 떨어질 때 나는 소리를 나타내는 의성어. 질척한 땅을 밟는 듯한 발소리를 내며 뒤를 따라오는 요괴라 하여 그런 이름이 붙었다.

[2] '비샤가쓰쿠(びしゃがつく)'는 겨울철 눈이나 진눈깨비가 내리는 밤길에 추적추적(びしゃびしゃ) 발소리를 내며 따라온다(つく) 하여 그런 이름이 붙었다.

만 있다.

이 이미지를 만들어 낸 것은 요괴 만화 《게게게 기타로》[3]의 저자로 유명한 만화가 미즈키 시게루다. '베토베토 씨' 이야기에서 연상되는 으스스하면서도 어딘지 모르게 귀여운 이미지를 그림으로 멋들어지게 표현했다. 미즈키 시게루가 모습이 보이지 않는 요괴를 어떻게 이런 그림으로 구현했는지 필자처럼 평범한 사람으로서는 알 길이 없다.

중장년 세대의 필자가 첫머리에 언급한 기묘한 영상을 보자마자 떠올린 것이 '베토베토 씨'였다. 그 괴이한 존재를 SNS에서 부르듯 임시로 '풍선남'이라고 하자. 이 '풍선남'과 '베토베토 씨' 사이에는 몇 가지 공통점이 있다. 하나는 머리가 크다는 점이다. 다른 하나는 어딘가로 향하고 있다는 점. '베토베토 씨'는 발소리를 내며 따라온다는 부분이 괴담으로서 핵심이지만, 길을 양보하면 앞실러 걸어간다. 다시 말해서 목적지가 있다. '풍선남'도 매일 어딘가를 향해 같은 길을 걷고 있다. SNS에 올라온 글이 창작이라면 그 글을 올린 사람은 '베토베토 씨' 이야기에서 실마리를 얻어 '풍선남' 영상을 날조했을지도 모른다. 반대로 창작이 아니라면 미즈키 시게루는 우리에게는 보이지 않는 것을 그려 준 셈이다. 그건 그것대로 오컬트 애호가들을 만족시켜 줄 것이다.

---

3 미즈키 시게루가 지은 요괴만화의 고전. 현대의 일본인들이 떠올리는 요괴의 이미지는 거의 다 이 작품에서 비롯되었다고 해도 될 만큼 영향력이 큰 명작이며 만화와 애니메이션으로 오래도록 사랑을 받고 있다.

한편, 필자보다 젊은 세대는 다른 것과의 유사성을 지적하고 있다. 바로 '교토오(巨頭オ)'다. 헤이세이[4] 연간에 2ch[5]의 오컬트 게시판을 드나들었던 사람이라면 단박에 알아차릴 것이다. 어지간히 유명한 이야기니까.

어떤 사람이 산속에서 '교토오'라고 적힌 의문의 표지판을 보았다. 이게 무슨 소린가 하며 길을 계속 걸어가다 보니 어느 버려진 마을에 다다랐다. 거기서 맞닥뜨린 것이 머리가 큰 인간이었다. 그것은 기묘하게 움직이면서 그 사람을 향해 다가왔다. 가까스로 도망친 그 사람이 자신이 겪은 일을 인터넷 게시판에 올렸다. 그의 경험담에 다른 사람들이 올린 이야기까지 더해져 '교토오'에 관한 다양한 이야기가 올라와 있다. 흥미가 있다면 한번 읽어 보라.

'풍선남', '베토베토 씨', '교토오'는 유사성이 있는 괴담인데, 이야기가 확산되는 방법은 시대를 반영하고 있다.

'베토베토 씨'는 미즈키 시게루가 책에서 언급하기 전까지는 극히 일부 지역에서만 전승되던 존재였다. 그랬던 것이 미즈키 시게루라는 '2차 화자'가 만든 책이라는 형태로 전국에 유통되고 일러스트로 구체적인 이미지를 얻고 단숨에 높은 지명도를 획득했다.

---

4   1989년 1월 8일부터 2019년 4월 30일까지의 일본 연호.
5   일본의 대형 익명 커뮤니티 사이트. ch는 채널이라는 뜻이며 지금은 5ch로 이름이 바뀌었다.

'교토오'에 관한 글은 인터넷 게시판, 그중에서도 오컬트 게시판이라는 같은 취미와 기호를 지닌 사람들이 모이는 곳에 올라왔다. 그런 까닭에 '2차 화자'뿐 아니라 3차, 4차에 이르는 숱한 화자를 거치며 이야기가 만들어지고 여기저기 옮겨졌다.

　'풍선남'은 어떨까. 그와 관련한 글이 올라온 곳은 X다. 지금은 일본 내에서만 사용자가 6천만이 넘는 SNS다. 거기서 한 차례 주목을 받기만 해도 '2차 화자'의 수는 2ch에 비할 바가 아니다. 파생되는 이야기도 3차, 4차에 머무르지 않을 것이다. 그뿐 아니라 부수적인 정보를 제공하지 않는 단순 '확산자'도 많이 있다. 손가락 하나만으로 확산을 거듭하는 이야기는 더욱 많은 화자를 만들어 낸다. 괴담과 도시 전설은 시대의 흐름에 올라타 더 널리 퍼지게 되었는지도 모른다.

　그것을 증명이라도 하듯 새로운 움직임도 보인다. '어린 시절부터 꿈에 나오는 남자를 쏙 빼닮았다' 같은 체험담도 들려오기 시작했다. 아마도 이런 이야기의 원류는 '디스맨(This Man)'일 것이다. 동일한 남자가 많은 이들의 꿈속에 나타난다는 미국의 도시 전설이다. 이처럼 괴담이 널리 퍼지는 과정에서 다른 괴담의 요소가 추가되어 괴담이 진화한다.

　여기까지, 많은 화자를 만들어 냄으로써 괴담의 창작이 확산된다는 관점에서 이 글을 썼는데, 마지막으로 또 한 가지 가능성을 제시하고자 한다. 창작이 아닐 가능성이다. 화자가 늘었기에 표면화되었을 뿐 예로부터 머리 큰 귀신은 존재했다. 그것이 목격자가 바뀌고, 이름이 바뀌고, 전달되는 방식이 바뀌면서 널리 퍼지고 있는 게 아닐까. 이런 생각은 그저 오컬트 애호가의 망상일까.

지금도 '풍선남'은 어딘가를 향해 걷고 있을지도 모른다.

※※※※※

"글이 좀 무겁네요."

전화에서 울려 퍼지는 여성 편집자의 지친 목소리. 그것이 어떤 의미인지 고바야시는 알 수 없었다.

"무겁다라… 무슨 뜻이죠?"

"아무래도 고바야시 씨, 종이에 익숙하신 분이니까."

그럴 마음은 아니었겠지만, 말의 이면에서 모멸의 기운이 느껴졌다.

"봐요, 칼럼 기사라곤 해도, 저희 독자들 제일 몰리는 시간대가 아침 7시, 저녁 6시거든요. 다들 출퇴근 시간에 스마트폰으로 읽어요. 그러니까 틈새 시간에 읽기엔 좀 부담스럽달까…."

"죄송합니다. 익숙하질 않아서 그만."

"'풍선남'이 지금 SNS에서 난리가 났다, 무섭더라, 그 정도면 돼요. 이렇게 깊게 파고들 거 없이."

그럼 내가 안 써도 되지 않나. 그런 말을 삼키고 대신 전자 담배 연기를 내뿜었다.

"새로 쓰는 게 좋을까요."

"아뇨, 저희가 잽싸게 손볼 테니 괜찮아요. 또 쓸 만한 이야기 있으면 잘 부탁드려요."

전화를 끊고 생각에 잠겼다. 이건 기사일까. 취재도 하지 않고 새로운 정보도 제시하지 않고 그저 SNS의 화제를 옮길 뿐이다. 거기에서 잡지와 웹 사이에 가로놓인 커다란 골을 실감하고야 만다. 하지만 상황이 상황이니만큼 참을 수밖에 없다. 고작 몇천 엔의 원고료일망정 지금의 고바야시에게는 귀중한 수입원이다.

한숨을 내쉬고 손에 익은 수첩을 펼쳤다. '18:00~ 이케다 약속' 글자를 응시한다. 슬슬 집을 나서야 할 듯싶다. 기분을 좀 바꿔보자. 이번 일이 정해지기만 하면 한몫 챙길 수 있다.

# 제1장

# 변태
# 오두막

소리가 나지 않도록 등 뒤로 문을 닫았다. 가족이 알아차려서는 안 되니까. 엘리베이터를 사용하지 않고 발끝으로 계단을 내려갔다. 아파트 정문을 나서자 의식할 새도 없이 발걸음이 빨라졌다. 펌프스가 지면을 스치는 소리가 귀에 울려 퍼진다.

5층의 방, 방금 자신이 빠져나온 방의 베란다를 올려다보았다. 그 아이는 지금 침대에서 자고 있을까. 아니면.

나는 걸었다. 밤의 주택가를, 그 장소를 향하여. 전에 갔을 땐 확실히 여름. 그때도 주머니에는 사진이 들어 있었다. 그 인간의 사진이. 얇은 코트 주머니에 손을 넣고 출력한 사진의 감촉을 확인했다. 틀림없이 그 인간은 웃는 얼굴로 찍혀 있겠지. 나를 비웃는 듯한 미소를 머금은.

그런 인간, 죽으면 좋겠다고 마음속으로 몇 번이나 빌었던가. 그 바람은 이루어졌을 텐데. 그랬는데.

달빛이 길을 비추었다. 나는 걸었다. 그 장소로. 그 아이를, 가족을 지키기 위해서.

※※※※※

"수고 많으십니다. 아니지. 처음 뵙겠습니다, 이게 먼전가."

"안녕하세요. 용케도 절 알아보셨네요."

"아니, 그야 이케다 씨는 동영상으로도 봤고, 금발이니까 눈에도 잘 띄고."

"반말하셔도 됩니다. 고바야시 씨는 상상했던 것보다 키가 크시네요. 세 보이는 아저씨 같기도 하고…."

"덩치 크다는 게 유일한 특징이니, 뭐."

"하긴."

"하긴이라니…. 그나저나 여긴… 뭐 하는 덴가?"

"뭐긴요, 시샤 카페잖아요."

"아니 그게, 내가 이런 덴 처음이라서. 젊은 애들 사이에서 유행하나 봐?"

"그렇죠. 일부러 여기서 만나는 사람들도 제법 있더라고요. 고바야시 씨도 한 대 하시죠? 패션프루트 맛이 납니다."

"시샤라는 게 물담배지?"

"예. 그래도 제가 지금 피우는 건 니코틴 없는 겁니다."

"난 됐어. 아이스커피나 마셔야지."

"모처럼 왔으니 한번 해 보시지."

"나 같은 아저씨는 담배로 충분해."

"여기, 전자 담배는 피워도 됩니다. 전 신경 안 쓰니까 피우세요."

"진짜? 그거 고맙군."

"어쩐지 오면 안 될 데를 온 거 같아서 영 불안하네."

"젊은 애들만 있어서요?"

"그것도 그렇고. 이케다 씨, 아니 이케다 군은 평소에 이런 데서 일을 하나?"

"뭐 가끔은요."

"그렇군."

"그렇습니다."

"…그래선가."

"고바야시 씨, 낯가리는 편이세요?"

"아니, 그렇진 않은데."

"알았다. 그거다. 저 같은 사람과는 일해 보신 적 없다고 했죠. 탐색당하는 게 이런 기분이구나."

"미안. 유튜버에다가 나이 차도 많이 나는 사람과는 일할 기회가 없었어. 아무래도 장단을 맞추기가 쉽지 않네."

"여기 있었네요. 젊은 사람 외계인 취급 하는 타입이. 암튼 뭐 전 이런 사람이고요. 그렇게 부담 안 가지셔도 됩니다."

"그래. 미안해."

"그래서 어떻게 됐습니까?"

"아, 응. 가져갔던 기획 말이지? 뭐, 내용 보고 검토해 볼 거 같던데."

"어디 보자. 하나 확인하죠. 고바야시 씨랑 직접 만나는 건 처음이지만 이젠 같이 일하는 동료니까, 아니, 이해 관계자라고 해야 하나. 암튼 배려 따윈 필요 없으니까, 말씀을 확실하게 해 주세요."

"그래, 미안. 가도카와 출판사 기준에 이케다 군의 〈오컬트 양키 채널〉 구독자 수로는 팬 북 간행 기획이 통과되기 좀 어려울 수 있어. 아, 그래도 괜찮아. 사전에 받아 놨던 고객 행동 데이터… 맞나? 암튼 그걸 보여 주면서 충성스러운 팬이 붙어 있어서 만만찮게 팔릴 거라고 이야기해 놨어. 게다가 봐, 이케다 군 미남이고, 지면에 사진발도 잘 받을 테니까."

"역시 우리 편집자님, 수완이 좋으시네. 그래서 그쪽 반응은요?"

"아이고, 난 그냥 프리랜서야. 암튼, 그래서 아까 이야기했던 대로 내용에 따라 검토해 보겠다, 이렇게 된 거야. 나로서는 뭐, 그렇게 될 거라고 예상은 했으니까 확 먹힐 만한 아이디어를 미리 준비해 뒀지."

"어떤 건데요?"

"이건, 그냥 순수하게 그렇게 하면 재밌겠다 싶어서 생각한 건데. 이케다 군의 채널, 심령 명소에 카메라 한 손에 들고 잠입하는 게 다잖아. 거꾸로 뒤집으면, 현장 이외의 정보가 없지. 그러니 그 심령 명소에 얽힌 사정이나 거기서 이케다 군이 목격한 심령 현상의 배경에 뭐가 있었는지 취재해서 팬 북에 실으면 좋지 않나 싶어서."

"오, 그거 좋네요. 하긴 저는 괴담에는 전혀 흥미가 없어서 그런 건 댓글 창에서 너희 맘대로 해라, 그러고 있으니까요. 그래도 취재 같은 건 좀 힘들지 않나."

"그런 건, 그래도 내가 전직 오컬트 잡지 편집잔데. 여기저기 연줄도 있고."

"전문 분야다, 이거군요."

"전문 분야… 인가. 요즘엔 그쪽 일감도 줄었는데."

"어, 그래요? 왜요?"

"유튜브 세계에서는 어떤지 모르겠지만, 요즘 시대에 오컬트 잡지 따위 읽는 사람이 거의 없으니까. 다들 맛있는 가게나 멋있는 옷 같은 거, 자기 생활과 직결되는 그런 거에 흥미가 있겠지."

"글쎄요, 그건. 암튼 제 채널도 실속 없는 패션 인플루언서 채널은 못 이겨 먹지만 열광적인 팬은 있습니다."

"아마 분모 문제겠지. 매출을 중시하는 출판사가 보기에는 호감 팬 백만 명과 충성 팬 십만 명이 있으면 파급력까지 고려해서 전자가 먼저거든."

"사람들 참 야박하네. 고바야시 씨는 웹 매체 일은 안 하시고요?"

"그러게. 하려고는 해봤지만 줄곧 종이 잡지 일을 해서 그런가, 좀처럼 그 버릇이 안 빠져서 여간 고생이 아냐. 웹 매체면 문장 쓰는 법이나 취재 방법도 전혀 다르니까. 게다가 딱히 오컬트를 좋아하는 것도 아니고."

"아, 그러셨구나. 좋아하지도 않으면서 오컬트 잡지처럼 개성 강한 데서 편집자를 하셨네."

"회사 다닐 때 이런저런 일이 있었지. 뭐, 말하자면 이동이었지만. 그 전엔 가십 다루는 주간지 편집부에 있었고. 결국 그 오컬트 잡지도 폐간했지. 겉으로는 휴간이었지만 말이야. 그래서 프리랜서로 전향한 거고. 벌써 옛날이야기야."

"그랬군요. 하긴 저도 딱히 오컬트를 좋아하는 것도 아니니까 그건 같네요."

"뭐? 그랬어?"

"예. 전 유령 같은 거 있을 리 없다고 생각하니까요. 그래서 심령 명소 따위 하나도 안 무섭습니다. 아니, 무서워하는 이유를 모르겠어요. 그러니까 다른 유튜버가 무섭다고 야단야단, 못 들어가는 데까지 척척 들어가는 거죠. 아마 그런 점이 시청자에게 먹혔을 거고요."

"…좋아하지도 않는데 왜 굳이 그런 일을?"

"용돈벌이죠, 뭐. 이건 어디 가서 말한 적 없는 건데, 사실 제 본업은 프리랜서 웹디자이너예요. 작은 회사 같은 곳의 사이트를 통째로 맡아서 하고 있죠. 일단은 간단한 코딩도 할 수 있으니까요."

"코딩…?"

"아… 설명하기도 좀 그러니까 그건 넘어가죠. 아무튼 디자이너 하나만 해도 먹고살 수는 있지만 뭔가 좀 다른 걸 하고 싶어서요. 그래서 그냥 유튜버라도 해 볼까 했죠. 인기 없으면 바로 그만두지 뭐, 딱 그 정도로 생각하고요."

"유튜버라는 게 그렇게 간단하게 될 수 있나?"

"될 수 있죠. 틱톡 계정 만드는 거랑 별 차이도 없어요."

"미안한데, 애초에 틱톡을 본 적이 거의 없어…."

"…음, 아무튼 충동적으로 시작했지만 뭘 할지 딱히 정해 놓진 않았거든요. 그냥 이왕 할 바엔 돈이 벌리는 걸 하고 싶다, 그럼 다른 사람은 못 하고 나는 할 수 있는 게 뭐가 있나, 생각했죠. 그게 무서움을 모르는 심령 명소 탐방 유튜버였던 거고."

"그랬군. 아, 디자이너란 건 숨겨 줄 테니까 지금 이야기, 팬북 낼 때 인터뷰 부분에 써먹어도 될까?"

"역시. 나도 모르게 인터뷰를 당하고 있었네요. 좋습니다. 근데 웹디자이너 부분도 그렇고, 용돈벌이 부분도 빼고 진행 부탁드려요."

"그야 당연하지. 그건 그렇고 나로선 좀 이해가 안 가는데, 채널 구독자 수가 몇십만 명이면 굉장한 거 아닌가? 유튜버만 해도 먹고살 수 있을 거 같은데."

"고작 20만 명으로는 무립니다. 애드센스[6] 광고 단가도 점점 내려가고 있고, 제 채널로는 이렇다 할 일감 의뢰도 안 오고요. 애초에 자기들 맘대로 민감한 동영상이라고 판정해 버리면 광고도 안 붙으니까요."

"그런 거로군."

"고바야시 씨, 제가 거물이 아니란 거 진작 눈치채셨죠. 출판

---

6   구글이 운영하는 광고 중개 서비스.

사에 제안할 유튜버 팬 북을 기획하면서 나한테 먼저 말을 걸 리가 없지. 같은 오컬트 업계에 저보다 구독자 수가 몇 배나 많은 유튜버들이 있는데. 대충 다들 거절했거나, 다른 출판사에서 기획이 진행됐겠죠. 최근 그런 팬 북도 많고요."

"글쎄, 어떨까."

"점점 고바야시 진짜 캐릭터를 알 것 같네요. 속내를 숨기고 이쪽의 정보를 캐는 게 기자 같네요."

"이케다 군은, 그… 뭐라고 해야 하나. 실물이 생각이랑 꽤 다르군. 동영상에서는 양아치같이 차려입은 요즘 젊은이 같던데, 오늘 보니까 비교적 차림새도 단정하고. 게다가 실제로 만나서 이야기를 해 보니 뭐랄까, 그…."

"약아빠졌죠."

"나쁘게 말하면 그렇지."

"그럼 좋게 말해 봐요."

"…합리적."

"필사적으로 쥐어짜 내 주셔서 감사합니다. 뭐, 동영상에서 연기하는 건 '짱이케'라는 캐릭터니까요."

"일단, 천하의 가도카와 출판사 편집자님이 껌뻑 죽을 만한 기획이 되도록 내용을 의논해 봐야겠네요."

"그런 말투는 좀…. 인연이란 게 어떻게 닿을지 모르니까."

"농담이에요. 저로서도 팬 북이 나오면 이름에 금칠을 하는 거니 메리트가 있죠. 좋은 책을 만들자고요."

"그래. 아까 이야기한 대로 과거 방송에서 파헤칠 만한 거나 분석할 만한 걸 골라서 일단 취재를 좀 했으면 싶은데."

"지금 단계에서 굳이 취재해야 하나요? 책이 나온다고 정해진 것도 아닌데."

"뭐, 취재라고 해 봐야 인터넷으로 과거 정보를 뒤져 보는 정도야. 아무래도 현지 취재는 허들이 높지. 그러니 일단 기획을 다듬어 보고, 가도카와 출판사가 받아들이지 않으면 다른 출판사로 가면 돼."

"알겠습니다. 저야 뭐, 책이 나온다면야 뭐든 좋죠."

"문제는 어느 동영상을 고르느냐인데."

"인기순으로 하면 되지 않을까요?"

"인기순?"

"예. 재생 횟수 순으로요. 재생 횟수가 많은 동영상이 바로 독자가 가장 알고 싶은 심령 명소 아니겠어요."

"합리적이긴 한데, 그렇게 술술 풀리려나."

"무슨 말씀이세요?"

"만드는 우리 쪽 입장에서 말이야. 시청자한테 인기 있는 데라고 해서 꼭 그 배경에 뭔가 불길한 과거가 있고 꼭 그럴 것 같진 않아서. 엄청 유명한 심령 명소였는데 알고 보니 그저 분위기만 그럴싸한 폐공간이었다. 그런 데도 있을 거 아냐."

"고바야시 씨, 되게 고지식하시네요."

"무슨 의미지?"

"말 그대롭니다. 일단 확인차 묻는 건데, 고바야시 씨는 설마 유령 같은 거 믿지 않으시겠죠?"

"글쎄…. 새삼 대답하려니 어렵네. 오컬트 관련 일을 하기 전에는 안 믿었지. 하지만 지금은 솔직히 잘 모르겠군. 오래 알고 지낸 글쟁이 하나가 오컬트랑 얽혀서 실종되어 버린 적도 있으니. 뭐, 그래도 그냥 일이니까 나로선 아무래도 상관없지."

"아까도 말씀드렸지만, 전 유령 같은 거 전혀 안 믿거든요. 그러니 심령 명소에 숨겨진 진실 따위, 제가 보기엔 있을 리 없죠. 뭐, 큰 사건이 벌어지고, 거기서 무슨 소문이 돌아서 심령 명소가 만들어지기도 하겠죠. 그렇다고 괴기 현상이 일어나는 현장을 조사했더니 불길한 과거로 연결되더라, 이런 역패턴은 있을 리 없어요."

"하긴 자네가 보기엔 그렇겠네."

"그렇죠. 그러니 고지식하게 그런 거 조사해 봤자 난센스에요. 우린 시청자나 독자가 기뻐할 정보를 제공하면 그만이죠. 안 그래요?"

"그건 나도 동감이야. 근데 그렇다는 건, 미리 짜고 했다는 이야긴가?"

"괜히 그럴싸하게 포장해서 절 지킬 생각은 없으니까 확실히 말하죠. 미리 짜고 찍은 거 맞습니다. 사실의 창작, 사실의 대대적인 각색이 있었죠."

"그래. 그랬군. …실은 어느 타이밍에 이야기를 꺼낼까, 좀 망설였는데. 나도 일단은 기획이 통과했으면 하니까 심령 명소의 배경을 좀 각색했으면 싶었거든. 그래도 자네 생각을 알기 전에는 그런 말 꺼내기가 좀 그랬지."

"그거 다행이네요. 저희, 제법 마음이 맞는 거 같은데요."

"피차 좀 재수 없는 놈들이란 점이 특히."

"하하하. 그러면 재생 횟수가 많은 폐공간에 추가 취재 형식으로, 말하자면 그럴싸한 이야기를 꾸며 넣자는 거죠."

"그래. 맞아. 하지만 취재는 필요해."

"그래요? 왜요?"

"각색이건 창작이건 조작에는 리얼리티가 필요하니까. 실화 괴담을 내세운 작품도 필자에 따라서는 체험자에게 들은 이야기를 대폭 부풀려서 쓰곤 해. 하지만 그건 체험자의 에피소드가 바탕에 있어서 가능한 거지. 그런 점을 소홀히 하면 질 나쁜 날조가 되고 말아. 게다가 취재하다 보면 관계자에게 듣는 이야기도 있을 거고. 우리가 믿지 않아도 관계자는 믿고 있으니까. 즉, 무서워하고 있다는 거거든. 실제로 무서워하는 사람의 에피소드를 소재로 삼는 게 리얼리티의 핵심이지."

"그렇군요. 이거 하나는 지켜야 한다, 그거네요. 많이 배웠습니다. 질 나쁜 날조란 워딩은 좀 걸리지만요."

"자, 이제 방향성이 정해졌으니 일단 동영상 하나를 골랐으면 싶은데."

"그거라면 벌써 정해 놨죠. 이겁니다."

"어디 보자, '산속 변태 오두막 잠입'이라. …변태 오두막?"

"고바야시 씨, 제 동영상 전부 보신 건 아니죠?"

"일단 한 차례 죽 훑긴 했는데."

"그런데 어째서 제일 인기 많은 이 동영상을 모르실까."

"미안, 미안."

"뭐, 괜찮아요. 다만 이거, 다루기가 썩 쉽지 않습니다. 너무 본격적이라고 해야 하나."

"허. 이케다 군, 유령 같은 거 안 믿는다며."

"아뇨, 유령 같은 게 아니라, 이제 보시면 알 테지만, 제 채널에서도 손꼽히는 변종입니다. 사람이 무서운 계열이라고 하나."

"어? 심령 계열이 아니야? 그래도 괜찮은 거야?"

"음, 글쎄요. 일단 보고 나서 판단하시죠. 가게 안이니까 소리는 좀 낮출게요."

※※※※※

**【위험천만】 산속 변태 오두막에 잠입하다!**

(차 안)

안녕하세요. 〈오컬트 양키 채널〉 짱이케입니다.

어, 여러분, 지금 막 새벽 1시가 지났습니다. 이런 시간에 저는 도치기의 어느 산에 와 있습니다. 늘 그랬던 것처럼 어딘지는 상세히 말씀 못 드리지만, 일부 마니아 사이에서는 '찐'이라고 알려진 장소가 있습니다.

(등산로 입구)

지금 제가 있는 데는 등산로 입구고요. 여기서부터 정상까지는 쭉 외길인데, 소문에 따르면 도중에 길이 갈라지는 데가 있다네요.

지금은 사용하지 않는 길 같은데, 그 길이 어떤 장소로 이어진다고 합니다. 얼른 올라가 보죠.

(등산로)

아, 캄캄하네요. 헤드램프 불빛이 없으면 진짜 아무것도 안 보입니다. 이쯤 되면 유령보다 굴러떨어지는 게 더 무서운데요. 곰도 조심해야 하고. 앗! 뭔가 있어…. 깜짝 놀랐네. 그냥 지장보살 석상이었습니다.

(등산로)

허억, 허억…. 진짜 평소에 운동 안 한 걸 이럴 때 실감한다니까요. 이제 슬슬 보이지 않으려나 했는데….

(등산로)

아! 저건가! 어? …저건가. 음, 여러분, 갈림길 같은 데가 나왔는데 말이죠. 이거 주의 깊게 안 보면 전혀 못 알아차리겠는데요. 보세요. 완전히 짐승들이나 다니는 길입니다. 풀이 무성하네요. 이거, 뭘까요. 옛날에는 줄이라도 쳐 놨던 걸까. 울타리 같은 게 쓰러져 있네요. 그러면 들어가겠습니다.

(사람이 다니지 않는 길)

와… 대박…. 풀이 너무 자라서 얼굴까지 닿을 지경이라 꽤 빡셉니다. 길에서 아예 벗어난 건 아닌가? 아, 일단은 맞게 가는 거 같은데. 이러다 헷갈리면 최악이야. 앗! 거미집에 걸렸어!

(탁 트인 장소)

겨우 도착했습니다! 길이 너무 험해서 솔직히 그냥 돌아가고 싶어요. 암튼 여기가 오늘의 목적지입니다. 어때요? 여기, 공터라고 해야 하나, 의문의 공간이 나타났습니다. 도무지 영문을 모르겠네요. 사람이 다니지 않는 덤불길이 의문의 공터로 이어졌거든요. 넓이는 체육관쯤 될까요. 보시는 대로 풀도 나무도 여기만 전혀 자라지 않습니다. 원래 뭐가 있었던 장소일까요. 그리고 공터 중앙쯤에 실루엣 보이세요?

저게 마니아 사이에서 유명한 통칭 '변태 오두막'입니다. 전 인터넷으로 미리 조사를 좀 했는데, 아무래도 여러분이 직접 보시는 게 빠르겠죠. 얼른 들어가 봅시다.

(오두막 부근)

오두막 근처까지 왔습니다. 주변을 펜스로 빙 둘러쳤어요. 왜 저렇게 해 놨는지 모르겠지만 되게 삼엄하네요. 그런데 정작 중요한 오두막은 꽤 작아 보입니다. 빨간 지붕의 조립식 오두막. 농사 도구 같은 걸 넣어 놓는 농막이랑 비슷하려나. 들어가려면 펜스를 넘을 수밖에 없을 거 같네요. 근데 나무 넝쿨 같은 게 막 휘감겨 있어요. 이대론 못 올라가겠는데.

(오두막 앞)

그럭저럭 펜스를 넘어서 오두막 앞까지 왔습니다. 오늘도 제 단짝, 목장갑이 크게 활약합니다. 근데 이거 보이세요? 뭔가 질척질척한 즙이 잔뜩 묻었어요. 나무 넝쿨 단면에서 즙이 나왔는데, 이거 냄새도 엄청 심합니다. 최악이에요.

자, 정신 차리고 오두막에 들어가 볼까요. 자물쇠는 안 채워져 있는 거 같고요.

실례합니다….

어우, 이건 좀…. 보시는 대로 이 오두막, 단순한 조립식 오두막이 아닙니다. 안에 사진이 엄청나게 흩뿌려져 있는 거 보이세요? 그렇습니다. 여기, 인터넷에 떠도는 소문으로는, 어, 너무 확실하게 말하면 영상이 차단당할 테니 말 못 하지만, 변태가 몰래 찍은 사진을 소장하는 장소로 쓰였다고 하죠. 엄청 좁지만 일단 들어가죠.

(오두막 내부)

사진을 밟는 게 좀 그렇지만 안에 들어와 봤습니다. 여기라면 사진도 좀 적으려나.

제가 서 있는 데가 오두막 안입니다. 그나저나 사진이 엄청나네요. 입구 부근엔 아예 바닥이 안 보일 정도예요. 떨어져 있는 사진을 좀 볼까요. 앗, 아마 여러분이 보는 동영상에는 모자이크가 되어 있을 테니까 양해 부탁드리고요. 일반인 사진 같아서요.

어디 보자…. 이건 엄청 오래된 거 같네요. 흑백입니다. 기모노 차림인 건 알겠는데, 손상이 심해서 잘 모르겠네요. 그래도 몰래 찍은 사진이라기보다는 기념사진 같습니다.

아, 이건 컬러네요. 여자 옷차림이 좀 옛날 스타일인데. 쇼와[7] 시대 같네요. 확실히 멀리서 몰래 찍은 것 같은 사진입니다.

반대로 이건 또 제법 새로워요. 뒤에 찍힌 거, 스카이트리[8] 같은데. 스마트폰으로 찍은 걸 일부러 편의점 같은 데서 복합기로 출력이라도 했나.

보니까 사람을 찍은 사진들인데, 성별도, 나이도, 촬영한 시기도 제각각입니다. 근데, 한 사람만 찍은 게 많네요. 몰래 찍은 것도 있고, 보통 사진도 있습니다.

누가 이런 짓을 했을까요. 근데 새 사진도 떨어져 있는 걸 보면 현재 진행형으로 누군가가 하고 있을지도 모르겠네요.

(오두막 내부)

어, 그러면 이대로 돌아가는 것도 재미없으니까, 늘 하던 대로 검증을 해 볼까요. 이번에는 여기 사진이 대량으로 있으니까, 이 오두막 안에서 셀카를 찍으면 어떻게 될지, 해 보고 싶네요. 그러면 스마트폰으로 찍겠습니다. 이럴 때는 브이를 하면 되나. 뭐, 상관없겠죠.

---

7 1926년 12월 25일부터 1989년 1월 7일까지의 일본 연호.
8 도쿄 스미다구에 있는 전파 송출용 탑이자 일본에서 가장 높은 인공 구조물로 2012년 완공되었다.

예, 찍었습니다. 몇 번 찍었는데, 전 아직 제대로 안 봤어요. 이제 하산해서 차 안에서 볼까 합니다.

(차 안)

예. 무사히 하산했습니다. 밤에 산은 진짜 오르는 게 아닙니다! 위험해요! 내려올 때 미끄러져 죽을 뻔했다니까요.

자, 그럼 사진을 한번 볼까요. 먼저 첫 번째! 예. 표정이 좋네요. 이건 제 웃는 얼굴밖에 안 찍혔고요. 예, 이어서 두 번째! 이것도 변함없이 웃는 얼굴이 멋집니다. 세 번째! …어? 이거, 진짜야? 보이세요? 제 얼굴이 절반쯤, 하얀 안개 같은 걸로 가려져 있죠? 와, 이거 진짜다. 심령사진 촬영 성공입니다! …네 번째, 다섯 번째는 보통이네요. 왜 이 사진만 이런 거지?

(차 안)

음… 저 짱이케, 이번에도 무사히 저주를 받았습니다! 아니, 근데 진짜 희한한 장소였네요. 대체 뭘 위한 장소였던 걸까요.

여러분도 제가 가 봤으면 하는 장소나 심령 명소가 있으면 꼭 댓글 창에 남겨 주세요! 그럼, 다음을 기대해 주세요! 또 만나요!

※※※※※

"어때요?"

"음, 재밌네. 으스스하고. 다른 미디어에서는 안 다루는 거고, 왜 인기가 있는지 알겠어. 하지만 이거, 확실히 심령 계통은 아니로군."

"그렇죠. 그냥 변태 짓 같죠. 뭔가 범죄가 엮인 낌새도 있고."

"하긴. 진짜 범죄가 엮였으면 어디다 싣기도 힘들어. 그게 아니어도 어떻게든 오컬트 문맥으로 각색해야겠네. 이를테면 저주 의식이라거나 뭐 그런 거."

"그렇겠죠. 누군가가 이 오두막에 증오하는 인물의 사진을 가지고 와서 저주한다, 이런 느낌으로요."

"그쯤이 타당하겠지."

"근데…."

"응?"

"저주는 믿으십니까?"

"아까 유령을 믿느냐더니 이번엔 저주냐?"

"아니 뭐, 전 유령도 저주도 절대로 없다고 생각하지만요, 고바야시 씨는 어떤가 싶어서요."

"난 유령과 마찬가지로 중립파려나. 저주에 관해서는 어느 정도 현실적인 이유로 효과가 있다고들 하니까."

"과학적으로 말입니까?"

"아니, 과학적이라기보다 심리적이라고 해야겠지. 예를 들면 말이야, '이케다'라고 적힌 종이를 붙여 놓은 지푸라기 인형이 나무에 못 박혀 있는 걸 봤다 치자. 어때?"

"열받죠."

"하하, 자넨 그렇게 생각하는군. 보통은 누군가가 저주할 만큼 자기가 미움받는다는 사실에 불안해지거나 공포를 느낄걸."

"하긴 기분은 나쁘겠네요."

"그런 감정을 품은 인간이 며칠 후에 우연히 다치거나 하면 어떨 거 같냐."

"저주 탓이라고 생각하겠죠."

"그래. 어딜 다쳐도, 컨디션이 무너져도, 인간관계에 말썽이 생겨도 모두 저주 탓이라고 생각해 버려. 그렇게 점점 자신이 저주받았다는 사실에 얽매이는 거지. 이런 게 확증 편향이란 거야."

"그런 걸 보면 인간도 참 바보 같네요."

"바보라기보다, 불안이나 공포란 게 사람 마음을 그렇게 간단히 어지럽히는 거지."

"그러면 저주는 본인이 보거나 들은 게 아니면 의미가 없습니까?"

"적어도 심리학적으로는 그렇겠지. 그래도 세상 사람 모두가 심리학적인 효과를 기대하고 저주를 걸지는 않을 거 아냐."

"오컬트적인 효과를 기대한단 겁니까? 진짜 바보네."

"증오라는 감정도 공포나 불안과 마찬가지로 사람의 마음을 어지럽힌다는 기 아닐까. 적어도 오컬트를 믿고 싶어질 만큼."

"그런가요…. 그렇다 쳐도 왜 굳이 싫은 사람 때문에 그런 수고까지 할까요."

"그만큼 그 사람이 미워서겠지."

"바로 그거요. 그렇게 미우면 상대방에게 그 감정을 직접 쏟

아부으면 그만 아닙니까? 소리를 지르거나 때리거나. 부딪쳐도 전해지지 않는 상대라면 멀어지면 그만일 거고."

"자넨 그렇게 생각하나?"

"고바야시 씨는 아닙니까?"

"난 사람을 저주한 적은 없지만, 저주하고 싶단 생각을 한 적은 있어."

"으아, 무섭네요."

"사람들이 모두 자네처럼 생각한 대로 말할 수 있는 건 아냐. 말하기 어려운 사이라는 게 또 있을 테고."

"뭡니까, 그건."

"예를 들어 상대가 회사 상사나 이웃 사람처럼. 나랑 가까운 관계에 있고, 오래 어울려 지내야 하는 사람이면 직설적으로 불만을 털어놓기가 좀 그렇잖아. 그게 쌓이고 쌓이면 미움이 되는 거야. 그래도 못 털어놓지. 그렇게 해서 미움이 커질 대로 커진 결과, 저주하고 싶어지는 거야."

"그럴까요? 전 고바야시 씨랑은 달리 아직 인생 경험이 얕아서 잘 모르겠네요."

"뭐, 그 사람 인격에 따라서도 달라지니까 딱 잘라 말은 못 하겠네. 자네 보고 있으면 남을 저주할 만큼 속에다 뭘 담아 놓을 사람 같지는 않고."

"그거 칭찬입니까?"

"일단은."

"그래요?"

"반대로 관계가 너무 멀어서 저주하고 싶을 때도 있어."

"뭘 또 그렇게 먼 사람을 저주하는 거죠?"

"이를테면 애인이 바람이 났는데, 그 상대의 얼굴도 알고, 이름도 알아. 하지만 면식은 없으니, 나한테는 먼 사람인 거야."

"저라면 그 사람 회사에다 전화해서 가만두지 않을 텐데요."

"무서운 소릴 하네."

"제가 좀 행동파라서요. 그게 저주보다 낫죠. 남을 저주하다니, 그야말로 의사소통에 문제가 있는 사람 아닌가."

"글쎄. 그만큼 남과 관계란 게 어렵지 않나. 죽길 바랄 만큼 미운 상대였다 해도."

"흠, 저와 관계의 거리를 재던 고바야시 씨 말씀이니 설득력이 있네요."

"무슨 말을 못 하겠네."

"일단 이번 동영상은 그 오두막은 저주 의식이 치러진 장소였다, 이쯤으로 할까요."

"그렇지. 그런데 심령사진 건은?"

"예?"

"아니, 동영상에 심령사진 찍힌 거 있잖아."

"고바야시 씨, 알면서 묻는 거죠?"

"뭐, 암튼 들어나 보자고."

"심령사진 같은 거 요즘 시대에 스마트폰 앱으로 1분이면 뚝 딱 만들 수 있습니다."

"역시 그랬군. 과연 웹디자이너야."

"웹디자이너가 아니어도 만들 수 있는데요."

"이 동영상, 편집 안 된 원본 데이터 있나?"

"물론 있죠. 보실래요? 꽤 기니까 2배속으로도 괜찮으시면요."

"그래, 일단 봐 두려고. 저주 의식으로 각색하는 데 쓸 만한 소재가 있을지도 모르고."

"알겠습니다. 잠깐 기다리세요. 일단 외장 하드디스크를 가져오길 잘했네요. 원본 데이터는 전부 여기에 넣어 두거든요. 어디 보자, 아마 이 폴더에…. 아, 있다! 이겁니다, 이거. 지금 틀게요."

"자네 시간은 괜찮아?"

"괜찮고말고요. 프리랜서인데요, 뭘. 게다가 제 책을 위한 거니까 협력을 아끼지 말아야죠."

"그거 고맙군."


"당연한 소리지만, 카메라 돌고 있는 동안엔 혼자서 계속 말을 하네."

"그런 건 말하지 마세요. 창피하니까. 뭐, 실제로 쓰는 건 3분의 1도 안 됩니다."

"유튜버 참 힘들겠어."

"고생을 알아주신 것만으로도 고맙네요."

"잠깐 멈춰 봐."

"예? 예."

"거기 말고, 조금 앞에."

"아 진짜, 직접 하시죠."

"알았어, 알았어."

"뭔가 걸리는 게 있으세요?"

"응. 이거."

"제가 사진 뒤적이는 부분이네요. 아는 사람 사진이라도 보신 겁니까?"

"…"

"어라? 진짜요?"

"아니, 이 사진, 확대할 수 있나?"

"할 수는 있는데, 잠깐 줘 보세요. …예, 여기요."

"…이 사진만 뭔가 좀 이상하지 않나?"

"꽤 최근에 찍은 사진 같긴 한데, 딱히 이상한 건 없지 않아요? 여자가 웃는 얼굴로 셀카를 찍은 사진인데. 어디 베란다 같은 덴가. 아무튼 몰래 찍은 사진 같지는 않네요."

"나 이 여자 본 적 있는 것 같다."

"예? 아니, 아니, 기분 탓이겠죠."

"아냐…. 이 여자를 본 적 있다기보다, 이 사진을 본 적이 있는 거 같다고."

"예? 어디서요?"

"…생각이 안 나."

"정신 좀 차리세요."

"기분 탓이려나…. 하지만 본 적 있는 거 같은데. 취재나 뭐로."

"딱히 인상적인 사진은 아닌데요. 사진 자체도 어둡고. 밤에 찍었나."

"안 되겠다. 도저히 생각이 안 나."

"그래도 좀 재미있을 거 같네요. 변태 오두막에 들고 간 사진의 피사체가 누군지 알게 되면요."

"하긴. 조사해 볼게."

"조사한 결과, 이 여자가 의문의 죽음에 이르렀다면 더 재미있어지겠죠."

"난 그렇게까진 말 안 했다."

"자기도 그렇게 생각했으면서."

"아, 그리고 이 사진과는 별개로, 동영상을 보고 생각한 게 있는데."

"뭡니까?"

"사진이 어지럽게 흩어져 있는 광경이 워낙 충격적이어서 유일무이하단 인상을 받긴 했지만, 사실 이런 장소가 딱히 드물지는 않아."

"이런 장소란 건 어떤 뜻입니까?"

"유형이라고 해야 하나, 뭔가가 대량으로 있는 폐공간. 책상이나 인형, 혹은 신발이나 옷가지 같은 거. 그런 게 잔뜩 흩어져 있어서 으스스한 심령 명소가 되는 일도 많지."

"아, 맞아요. 들은 적 있습니다. 대개 누군가가 장난으로 가져다 놓거나 단순한 불법 투기였다고 생각하지만요."

"그런 것도 있겠지. 하지만, 이 동영상 속 오두막에는 여러 사람이 오랜 세월에 걸쳐 가져다 놓았을 거야."

"사진들 손상된 모습을 봐도 장기간에 걸쳐 가져다 놓은 것 같긴 한데, 그게 여러 사람 짓인지 어떤지는 잘 모르겠네요."

"사진에 일관성이 없어. 피사체의 성별도, 찍힌 장소도, 연대도 다 제각각. 만약 이게 변태 한 사람 짓이라면 어떤 공통점이 있는 게 자연스럽지 않나? 같은 카메라, 이를테면 폴라로이드로 찍은 것만 떨어져 있다거나. 그런데 그런 공통점이 거의 없어. 유일하게 있는 게, 한 사람만 찍은 사진이 많다는 거 정도야."

"하긴 그러네요."

"게다가 목적이 우리가 바라는 대로 저주를 거는 거라 해도 한 사람이 그렇게 많은 사람을 저주할까 싶은 문제도 있지. 설마 악마를 불러내려고 산 제물을 바친 것도 아닐 테고."

"고바야시 씨."

"왜?"

"담배 맛있습니까?"

"내 이야기 들었어?"

"들었어요. 담배 맛있으려나, 생각하면서요."

"이 친구, 싫증이 났군."

"그건 아닙니다. 그냥 좀 이야기가 길어서."

"…자네가 피우고 있는 시샤도 담배잖아."

"아니, 제 건 아저씨들 피우는 거랑은 다르잖아요."

"…딱히 맛은 없어."


"그러고 보니 생각이 났는데요."

"뭘?"

"전에 딱 한 번 협업했던 유튜버가 그런 계통의 동영상을 찍었다고 한 거 같습니다."

"변태 오두막?"

"아뇨, 그런 거 말고 고바야시 씨가 말한 유형 말입니다. 인형이었나, 뭐 그런 게 가득 버려진 폐공간. 자세히 기억은 안 나지만요."

"그렇군. 역시 있네, 그런 게."

"촬영 틈틈이 잡담하다 나온 이야기긴 합니다. 그 사람 거기서 인형을 버리러 온 중년 남자를 만났다고 했어요."

"그거 굉장하군. 그 동영상 볼 수 있어?"

"뭔가 그 남자랑 말썽이 생겨서 영상 못 올리고 처박아 뒀다고 들었어요."

"그 유튜버 연락처 좀 얻을 수 있나?"

"뭐, 못 얻을 것도 없지만, 이야기 들으시게요? 변태 오두막이랑 관계가 없는데. 아니, 그렇게 답답하게 굴지 말고, 사용 안 한 원본 데이터 가공해서 심령사진 같은 걸 만들어 버리면 되잖아요. 책에 실었을 때도 그게 훨씬 보기 좋을 텐데."

"아까도 말했지. 중요한 건 리얼리티야. 사진이든 인형이든 폐가에 그런 걸 가져다 놓는 인간의 의도를 알고 나서야 비로소 리얼리티 있는 조작이 가능한 거야."

"그런 거였군요."

"또 그 사진이랑 그 산이든 지역이든 뭔가 전해지는 괴담이 없는지 조사해 보는 게 좋겠어. 그럴듯한 게 뭐라도 있으면 꿰맞출 수도 있을 테고."

"그럴듯한 거라, 그 산에는 사실 저주받은 신사가 있었습니다, 같은 거요? 너무 뻔한데."

"뭐, 진부하긴 하지. 그래도 없는 거보단 있는 게 현실감 있으니까. 난 그 방면으로 조사할 테니 자넨 그 유튜버 만나서 이야길 좀 해 보고."

"귀찮지만 뭐, 할게요."

"그럼, 잘 부탁해."

※※※※※

"수고했어."

"고생 많으셨습니다."

"불러내서 미안하네."

"괜찮아요. 촬영 안 할 땐 그냥 집에 틀어박혀 지내니까 기분 전환하기 딱 좋네요. 그나저나 패밀리 레스토랑이라뇨."

"나 같은 아저씨한텐 이런 데가 편하거든."

"파르페 먹어도 됩니까?"

"먹고 싶은 대로 먹어. 난 마실 거면 돼."


"그 유튜버한테 이야기는 좀 들은 거지?"

"그럼요. 잔뜩 듣고 왔죠. 고바야시 씨는요. 뭐 알아낸 거 있습니까?"

"음. 여러 가지 알아냈지."

"그거 잘됐네요. 그럼, 저부터 이야기하죠."

※※※※※

### 모 유튜버의 증언

내가 간 곳은 오카야마 쪽에 있는 '인형의 집'이라는 폐가였어. 거기, 인형이 잔뜩 매달려 있는 데야. 목이라도 맨 거처럼.

일단 늘 하던 대로 동영상 찍기 전에 사전 조사 삼아 낮에 침입 경로랑 찍을 만한 게 있나 확인했는데, 거긴 진짜 지금까지 가

본 곳 중에서도 분위기가 좀 대박이었어.

얼핏 봐서는 근사한 전통 가옥. 높은 담장에 둘러싸여 있고, 문 너머로 연못이 있는 정원이 보일 거 같은 그런 느낌이거든. 근데 문에는 사슬이 감겨 있고, 정원에는 풀이 무성하고, 건물 입구에는 널빤지가 박혀 있으니, 누가 봐도 폐가야. 그 근방은 시골이어서 집도 그렇게 많지 않고, 있어도 그 집처럼 아무도 안 사는 집이 많고, 살아도 노인밖에 없으니까 사람들 눈은 걱정할 게 없었어.

문을 뛰어넘어서 사전에 인터넷에서 본 대로, 툇마루 끄트머리 쪽에 있는 망가진 덧문을 열고 안으로 들어갔어. 밖에서 본 것보다 훨씬 엉망진창이었는데, 바닥 곳곳이 꺼져 있어서 조심조심 걸어갔지. 일단 목적지는 안쪽 다다미방이었어.

그런데 그 다다미방을 딱 보자마자, '으악' 소리가 저절로 나오더라고. 다다미 스무 장 정도 되는 큰 방이었는데, 천장에 널빤지가 떨어져 나가서 들보가 고스란히 드러나 있었어. 근데 그 들보에 인형이 매달려 있는 거야. 열 개, 스무 개도 아냐. 엄청나게 많았어. 인형을 매달려고 묶어 놓은 빨간 비닐 끈 매듭이 들보에 빼곡했지. 유아용 봉제 인형도 있고, 피규어 같은 것도 있고, 크기도, 모양도 제각각이었어. 그런데 대부분 사람 모양이었으니까, 하나같이 목매달고 죽은 모양새인 거야. 께름칙했던 게, 그 인형들, 전부 이름이 적혀 있었단 말이지. 매직 같은 걸로 하나하나 적어 놨더라고. 그 이름도, 인형 이름이라기보단 '다나카 다로' 같은 사람 이름이고. 어떤 목적에서 그랬는지는 모르겠지만, 거참.

거기에 인형을 매달아 놓은 누군가는 들보 가득 매달고도 아직 모자랐나 봐. 매달아 둔 인형의 다리나 팔에 다시 비닐 끈을 감아 또 인형을 매달아 놓은 거야. 구슬 엮듯이. 그런 게 몇 개씩 이어지는 바람에 다다미에 발이 거의 닿은 인형도 많았어.

다다미가 꺼질 거 같은 방의 한구석에는 사다리와 빨간 비닐 끈 묶음, 그리고 낡은 가위가 친절하게 놓여 있었어. 마치 자유롭게 쓰라는 것처럼.

이거 제법 좋은 화면을 건지겠다 싶었지. 사람들 눈을 확 끌 만한 그런 거.

일단 차에서 밤이 되기를 기다리면서 동영상을 어떻게 구성할지 생각했어. 꽤 충격적인 광경이었으니까 뭘 더 준비하지는 않아도 될 거 같았고.

9시쯤 돼서 다시 폐가로 잠입했어. 두 번째니까 꽤 수월하게 들어갔지. 그 다다미방은 가장 볼 만한 데니까, 일단은 다른 방부터 카메라로 훑었어. 근데 다른 방엔 아무것도 없더라고. 정말 흔하디흔한 폐가. 그 다다미방만 다른 세계같이 이상한 공간이었던 거야.

슬슬 그 방에 들어가서 안을 둘러봤지. 처음 본 것처럼 놀라고 무서워하면서 이야기하고 있는데 갑자기 복도에서 남자가 나타났어. 나 진짜 놀라 죽는 줄 알았다. 하지만 상대는 놀라지 않더라고. 놀라기는커녕 화를 내네? 처음엔 폐가 주인인 줄 알고 필사적으로 사과했는데, 도무지 종잡을 수가 없는 거야. 계속 내 발치를 보면서 뭐라고 중얼중얼하며 화를 내.

"왜 이런 짓을 하지" 하면서.

처음엔 무슨 말인지 못 알아듣다가, 그 남자가 손가락으로 가리키는 것을 보고 깨달았어. 그건 잘린 비닐 끈이었어. 인형을 매단 끈이랑 똑같은 빨간 끈이었는데, 다른 데 썼던 거야. 왠지 몰라도 다다미방과 복도를 구분 짓는 장지문 사이에 낮게 묶어 놓았던 끈이거든. 마치 발을 걸기 위한 덫같이. 장지문이라고 해도, 창호지가 다 떨어져 나가서 그저 나무 틀 같은 꼴이었고, 애초에 양쪽으로 열어젖혀 놓은 그 문에 비닐 끈을 쳐 놓다니, 무슨 영문인지. 낮에 사전 조사하러 왔을 때 거기 딱 걸려서 넘어졌거든. 그때 그 비닐 끈이 끊어진 거야. 그 비닐 끈 이야기를 지금 이 남자가 하는 거 같았어.

그런 덫을 쳐 두고선 걸리니까 화를 내는 게 뭔가 싶었지만, 애초에 그 남자가 누군지도 몰라. 게다가 불법으로 쳐들어간 건 내 쪽이니까 그냥 막 속이 탔지. 경찰에 신고하면 야단날 테니 어떻게든 해결하려고 하는데, 그때 남자가 손에 들고 있는 게 딱 눈에 들어오는 거야. 편의점 비닐봉지를 들고 있다는 건 처음부터 알고 있었는데, 그 봉지 입구로 작은 머리가 보이더라고. 여자 인형이었어. 어린애들 갖고 노는 그런 인형. 치마 입혀 놓고, 왜, 옷 갈아입히는 그런 인형 있잖아. 그 인형이 편의점 봉지 입구로 머리만 내밀고 있는데 얼굴이 글쎄, 내 쪽으로 향해 있는 거야. 이런 말 하면 이상하겠지만, 눈이 마주친 거 같았어.

갑자기 무서워져서 바로 폐가에서 나왔지. 남자는 여전히 내 등에다 대고 뭐라고 계속 말하고 있었지만 내가 돌아보질 않으니까 고함을 치더라니까.

"따라올 거야."

그런 말을 하더라고.

그 폐가에서 본 건 그게 다야.

사실 영상을 처박아 둔 건 그 남자를 만나서가 아니야. 집에 돌아와서 차분하게 녹화 데이터를 돌려보니까 남자가 나타난 타이밍에 너무 초조해서 녹화 모드를 안 껐더라고.

뭐, 양손은 내리고 있었으니까 그저 발치만 비추면서 음성만 따는 정도였지만. 이 부분까지 포함해서 동영상으로 쓸 수 있지 않으려나 했지. '인형의 집에서 의문의 남자와 맞닥뜨리다!', 이러면 제법 그럴싸하잖아? 그래서 공개하려고 편집 작업을 진행하기로 했지. 내가 좀 편집에 공을 들이는 편이어서 약 일주일에 걸쳐 천천히 작업을 진행했어.

그러는 동안 현실에서 그 인형을 몇 번인가 본 거야. 아니, 그 인형 본체일 리 없지. 그거야 있을 수 없는 일이고. 그냥 같은 종류의 인형인데, 그래도 기분이 나쁘잖아.

첫 번째는 집 근처 도로에서. 내가 사는 아파트가 간선 도로변에 있는데, 도로를 끼고 맞은편에 편의점이 있으니까, 담배 사러 갈 때면 언제나 아파트에서 좀 떨어진 건널목까지 걸어가서 횡단보도 건너 편의점으로 가거든.

그 횡단보도 편의점 쪽에 있는 가드레일에 누가 꽃을 바쳐 놨더라고. 보니까 아직 시들지 않은 새 꽃다발이야. 그 곁에 내가 그 폐가에서 본 거랑 같은 인형이 있었어. 적어도 얼굴은 같았어.

보통 같으면 그 장소에서 일어난 사고로 아이가 세상을 떠나서 추모하려고 놔둔 걸로 생각하겠지. 하지만 폐가에서 겪은 게 있으니까, 내 눈에는 너무너무 무서운 거야. 똑바로 보지 않으려고 얼굴을 돌려서 편의점으로 들어갔지. 살 거 다 사고 나서, 집에 가려면 다시 횡단보도를 건너야 하니까 어쩔 수 없이 다시 거기로 가서 신호를 기다렸어. 보고 싶지 않아서 계속 스마트폰만 만지작거리고 있다가 파란불로 바뀌어서 발을 내디디다가 힐끗 그 인형을 보고 만 거야.

어쩌면 처음부터 그랬을지도 몰라. 가는 길에 봤을 때는 바로 눈을 피했으니까 확실히 본 것도 아니고. 그 인형, 고개가 반대 방향이었어. 180도 고개를 돌려서 바로 뒤를 보고 있었던 거야. 지나친 생각일 수도 있는데, 내가 있는 쪽을 보고 있는 거 같았어.

그러고 나서 며칠은 그 횡단보도로 안 다녔어. 좀 멀리 돌아서 다른 편의점에 가더라도 그 인형을 보는 것보다는 나으니까. 그래서 안 보고 끝날 거라고 생각했지.

동영상 편집도 슬슬 끝날 무렵이었을 거야. 저녁을 먹으면서 무심코 티브이를 켰더니 뉴스를 하고 있더라고. 어딘가의 건널목에서 여자애가 차에 치였다나 어쨌다나. 아나운서가 읽는 내용에 맞춰 사건 현장 모습이 비쳤지. 여자애 가족인지 아무튼 관계자가 사건 현장에 울면서 과자랑 꽃 같은 걸 바치는 장면이었어. 자그마한 제단 규모로 쌓인 그 공물 더미에 또 그 인형이 있는 거야. 너무 놀라서 나도 모르게 화면을 지켜봤다니까.

뉴스에서는 변함없이 아나운서가 사건의 수사 상황을 말하고 있는데, 화면이 좀 이상해. 카메라가 꽃이며 과자 같은 추모 물품이 쌓인 곳으로 천천히 다가가더니 점점 그 인형 가까이 가는 거야. 내용과 전혀 관계없는데 어째선지 그 인형이 화면 가득 비치더라고. 아마 10초쯤 그랬을 거야. 그 인형이 화면 너머로 날 보는 것 같더라니까.

그걸 보고 얼마나 무섭던지, 친구에게 전화했어. 아니, 믿어 줄 거라곤 생각 안 했어. 그래도 아무나 붙잡고 이야기하고 싶더라. 전화하면서 담배를 피우려고 베란다로 나갔을 때였어. 밑으로 보이는, 그 횡단보도 쪽 가드레일 옆에 사람이 서 있었어. 확실히 보이지는 않았지만, 옷차림이 그 인형과 똑같았어. 다른 건 여자애가 아니라는 거. 아마 어른이었을 거야. 어른이 아동복을 억지로 입어 본 거 같은 이상한 차림새. 그런데 머리랑 키 비율이 이상해. 인형 그대로라고 해야 하나. 머리에 비해 몸이 작다고 해야 하나. 인형을 억지로 사람으로 만든 거 같은 느낌? 그 사람 날 보고 있었어.

어쩌면 전부 우연일 거야. 전국에서 팔리는 인형이라면 같은 걸 다른 장소에서 볼 수도 있지. 뉴스 영상도 그저 편집 실수일지도 모르고. 베란다에서 본 사람도 마침 신호를 기다리던 사람을 내가 잘못 봤을 수도 있고. 그래도 그 동영상은 공개하지 않았어. 그러길 잘했다고 생각해.

나 이사했어. 또 그 사람을 봤다가는 이번엔 착각으로 끝나지 않을지도 모르니까.

※※※※※

"꽤 무서운 이야기군."

"그래요? 착각이겠죠. 저로선 그렇게 인형 꼬락서니로 나타난 수상쩍은 놈한테 곧바로 인터뷰를 딸 근성이 있었으면 싶은데요."

"이케다 군, 자네도 그 인형 가져다 놓는 사람만큼이나 정상이 아니야."

"제정신이면 심령 명소에 달랑 혼자서 잠입 같은 거 못하죠."

"그것도 그런가."

"그래서, 어떠세요? 조작에 영감이 될 만한 소재 같습니까?"

"…글쎄. 일단 내 이야기를 듣고 나서 같이 의논해 보는 게 좋지 않겠나."

"제법 애를 태우시네. 그러면 뭐, 어디 한번, 고맙게 들어 보죠."

"일단, 그 산에나 그 지역에나 변태 오두막 말고는 딱히 괴담이 없었어. 인터넷의 심령 명소 소개 사이트도 몇 군데 훑고, 오컬트 게시판도 뒤져 봤지만 없더라고. 그 근방 지역에 훤한 오컬트 작가에게 물어보니까 흥미로워하면서 여러 가지 조사해 줬는데, 이렇다 할 이야기는 없었나 봐. 지역에 유명한 큰 절은 있었나 본데, 그렇다고 뭐 대단한 내력이 있는 것도 아니고. 유일하게 하나 있는 게, 차량 털이가 많다는 현실적인 괴담 정도."

"차량 털이요?"

"그래. 자네 동영상에서도 등산로 입구에 있는 큰 주차장에 차를 세우지 않았나. 거기서 그런 일이 잦다더군."

"그러고 보니 그거 조심하라던 안내를 본 거 같네요."

"이십 년쯤 전에 그 주차장에서 좀 큰 사건도 일어났었지."

"오, 그래요?"

"그것도 뭐, 차량 털이 같은 거지만. 그 동네 사는 양아치 일당이 커플을 덮친 거야. 외지에서 드라이브 왔다가 밤에 그 주차장에 차를 세우고 분위기 한창 좋았던 커플을 협박해서 금품을 강탈하려고 했다지. 그때 남자가 저항했다가 집단 구타 당한 거야."

"제법 괜찮은 이야기네요."

"괜찮은지 어떤진 모르겠고, 그렇다고 그 주차장이 심령 명소가 될 만한 일은 또 없었던 모양이야."

"그렇군요. 그 에피소드, 딱 안성맞춤 같은데."

"그게 안 그렇더라고. 그 남자 살아 있거든."

"어라, 안 죽었군요."

"그래. 죽은 게 아니니까 심령 명소는 못 되지. 치안은 안 좋은 거 같지만."

"그거 아쉽네요. 그럼, 그 산이나 지역에 얽힌 이야기로는 변태 오두막에 갖다 붙일 만한 게 없는 거군요."

"수확이 있었던 건, 그 왜, 내가 본 적 있다고 했던 여자 사진. 그게 누군지 알아냈어."

"이야, 어떻게요?"

"뭐 특별한 수를 쓴 건 아니고. 그냥 동료한테 물어봤지. 이 사진, 짚이는 거 없느냐고."

"편집자끼리 정보 교환이라니, 고바야시 씨 업계 사람 맞군요."

"몇 사람한테 물어보니까 오컬트 쪽 글쟁이가 알고 있더라고. 이거 좀 복잡한 사연이 있는 사진이었어."

"오오, 전개가 좀 그럴싸한데요. 심령사진입니까?"

"아니, 엄밀히 말하자면 아냐. 그래도 아직 인터넷에서 볼 수 있는 비교적 유명한 사진이야. 나도 옛날에 인터넷에서 본 기억이 남아 있어서 그때 본 적 있다고 했을 거야."

"인터넷에 있는 사연이 복잡한 사진이라. 사짜 냄새 풀풀 나는데."

"그걸 또 그렇게 딱 잘라 말할 수 없는 게, 이 사진, 아니 정확히는 스마트폰으로 영상을 찍은 건데, 이게 약 오륙 년 전에 괴담

이벤트에서 썼던 게 유출되어 인터넷에 돌아다니는 거야."

"아, 뭐 그런 이벤트가 얼마 전부터 늘었죠."

"그래. 지상파의 심령 프로그램은 줄었지만, 아직 그런 수요가 있는 거겠지. 암튼, 그 이벤트라는 게 절에서 괴담 이야기꾼 몇 사람이 괴담을 이야기하는 건데, 그 사이사이에 일반 공모한 심령사진을 주지 스님이 정화하는 기획이 있었다고 해. 그 기획에 가져간 게 이 사진이고. 이거 봐. 인터넷에 올라온 사진 화질이 묘하게 떨어지는데, 프로젝터에 비친 걸 촬영해서 그래. 관객 중 누군가가 멋대로 스마트폰으로 찍었겠지."

"이런 이벤트도 다 하고, 요즘 절도 먹고살기 힘드네요. 그나저나 이 사진에 얽혔다는 사연은 뭐고, 찍힌 여자는 대체 누굽니까?"

"나한테 이야기해 준 글쟁이가 오컬트 업계에선 비교적 발이 넓은 편이야. 그 이벤트에도 기획과 운영을 맡아 참가했고. 덕분에 상세하게 이야기를 들었지."

※※※※※

### 모 작가의 증언

최근 몇 년 사이에 괴담 이벤트, 진짜 많아졌잖습니까. 그러니 어지간히 이름이 알려진 이야기꾼이 아닌 한, 그냥 괴담만 이야기하는 이벤트로는 손님을 모을 수가 없죠.

그때도 이벤트 기획하느라 애를 먹었습니다. 어떻게 해야 독창성을 좀 살릴 수 있을까, 머리를 싸매고 고민한 끝에 생각해 낸 게, 그 '심령사진 정화 기획'입니다.

주지 스님을 설득하는 거부터 시작해서 심령사진을 비추는 프로젝터도 구해야 하고, 준비하느라 제법 고생했어요.

그래도 제일 힘들었던 거라면 역시 심령사진 모으는 거였죠. 말하긴 좀 그런데, 전 회차 합쳐 봐야 이백 명 정도 모이는 이벤트여서 미리 일반에 공지를 띄웠지만 심령사진이 별로 모이질 않더라고요. 그래서 일반 공모는 대충 형식만 갖추기로 하고, 아는 작가며 무대에 올라갈 괴담꾼 붙잡고 필사적으로 긁어모았죠.

근데 수는 적다지만, 일반 공모로도 조금 모이긴 했어요. 일반 공모는 이벤트를 위해 만든 트위터 계정에서 받았습니다. "심령사진 가지고 계신 분은 디엠으로 연락 바랍니다"라고 써 놓고요.

그 여자에게서 연락이 온 것도 디엠이었습니다. 사진을 받아보니 딱히 유령 같은 건 찍혀 있지 않았어요. 평범해 보이는 여자가 웃는 얼굴로 밤에 베란다 같은 곳에 그냥 서 있는 그런 사진이었죠. 다만 곁들여진 문장을 읽으니까, 이게 진짜라면 이벤트에서 먹힐 거 같았습니다.

"이 사진에 찍힌 여자는 제 지인입니다. 이 사진을 제게 보낸 직후, 그녀는 베란다에서 뛰어내려 자살했습니다. 꼭 정화 부탁드립니다"라는 내용이 적혀 있었으니까요.

다른 심령사진들은 피사체의 팔이 사라졌다거나, 빛 방울 같은 게 찍혔다거나 해서, 심령사진 하면 딱 떠오르는 그런 게 많았으니까, 그 사진을 변화구로 채택하기로 했죠. 다만 사진에 이상한 게 찍혀 있지 않은 이상, 이야기로 좀 커버를 쳐야 했어요. 그래서 분위기 좀 띄울 만한 에피소드가 좀 없을까 싶어서, 사진을 보낸 여자에게 추가로 물어봤습니다.

"이 사진 탓에 무슨 곤란한 일이라도 있으신가요. 아니면 이 사진에 찍힌 여성분, 공양을 올리고 싶으신 건가요"라고요.

그랬더니 이런 답장이 왔습니다.

"최근에 우리 딸이 가끔 이상한 짓을 하기 시작했어요. 두 살배기인데, 밤이 되면 어느샌가 같이 자던 침대에서 빠져나갑니다. 제가 알아차리고 놀라서 찾아보면 어김없이 거실에 있습니다. 깜깜한 거실에서 혼자 소파 위에 서 있어요. 딸은 제가 거실로 들어서면 바로 소파에서 점프합니다. 뛰어내리는 거죠. 아직 어리니까 뛰어내린다기보다 떨어지는 느낌에 가깝습니다. 그러다가 다친 적도 있고요. 그 애는 꼭 제가 거실 문을 열면 동시에 뛰어내립니다. 기다리고 있는 거예요. 제가 보러 갈 때까지. 거실 문을 가만히 응시하면서. 딸은 자각 없이 그런 짓을 하는 것 같습니다. 그것과는 별개로, 가끔 나쁜 말을 내뱉기도 하고요. 그래서 참 난처할 때가 많습니다. 저는 알아요. 분명히 그 사진 탓이에요."

초조해서 그런지 오자도 많고 알아보기 힘든 표현이 많아서 해석하는 데 애를 먹었지만, 대충 이런 내용이었습니다.

신경이 쓰여서 "따님이 내뱉는 나쁜 말이란 게 뭡니까?" 물었더니, "어째서 그런 걸 꼬치꼬치 캐물으시는 거죠? 사생활에 관한 겁니다"라며 갑자기 감정적인 답장을 보내더군요.

아, 이거 좀 이상한 사람일지도 모르겠다. 그런 생각이 들어서 더는 파고들지 않았습니다. 그래도 제법 으스스한 이야기여서 정식으로 채택하겠다는 뜻을 전했죠.

이벤트 당일, 개장 준비하느라 바쁜 와중에 스태프 하나가 절 찾아온 손님이 있다며 부르러 왔습니다. 관계자려나 싶어서 가보니까 여자가 혼자 절 기다리고 있더라고요. 보니까 엄청 미인이긴 했는데, 어딘지 좀 이상했습니다. 비싸 보이는 명품 옷을 걸쳤지만, 셔츠는 주름투성이에 머리도 부스스했죠. 기초화장만 겨우 했나 싶은 얼굴이 또 화려한 옷차림과 안 어울려서 좀 인상이 뒤죽박죽이었다고 해야 하나.

"정화, 해 주실 거죠?"라고, 인사도 없이 갑자기 그러니까 많이 놀랐죠. 누군지 몰라서 당황하니까 다그치는 것처럼 "안 해 주실 건가요? 어떻게 그래요. 제 상황이 지금 너무 안 좋아요"랍디다. 그때 딱 알았죠. 아, 디엠 보낸 사람이구나.

당황하면서도 제가 디엠 보내 줘서 고맙다고 하니까, 제 말이 끝나기도 전에 또 그러더군요.

"정말 정화 잘 부탁드려요. 꼭 해 주세요. 꼭 부탁드립니다."

그렇게 강요하듯 일방적으로 말을 마치더니 제게 길쭉한 봉투 하나를 억지로 떠맡기듯 건네고는 회장을 나가 버렸습니다. 나중에 봉투를 확인했더니 만 엔짜리 지폐가 몇십 장이나 들어 있더군요. 당연히 돌려주려고 했죠. 하지만 개장 시간이 다 되었는데도 관객석에 나타나질 않더라고요. 처음부터 이벤트엔 아무 관심 없고, 그저 정화하는 게 목적이었나 보죠.

정화는 물론 했습니다. 애초에 그런 기획이었고요. 심령사진을 한 장씩 비추면서 괴담꾼이 그 사진에 얽힌 에피소드를 소개하고, 주지가 불경을 외는 그런 흐름이었어요. 분위기도 꽤 달아올랐습니다.

그런데 문제가 생기고 말았어요. 그게 정말 무서웠습니다. 그 사진을 비췄을 때였습니다. 사회자가 먼저 그 에피소드를 소개하고 나서 화면에 사진을 크게 띄웠죠. 전 객석 뒤편에서 이벤트 회사 사람이랑 모니터로 앞으로의 진행 상황을 확인하고 있었어요. 근데 그 사진이 떴을 때, 객석 반응이 다른 심령사진 때랑 좀 달랐던 거예요. 비명이랄 거까지는 아니지만, "으아", "억!" 하고, 좀 소란스러운 소리가 터져 나왔어요. 반사적으로 고개를 들었다가 얼마나 놀랐던지, 목소리도 안 나오더군요.

여자의 머리가, 뭐라고 해야 하나, 전에 제가 본 거보다 엄청나게 커져 있었어요. 말로는 잘 설명을 못 하겠는데, 맞아요, 크게요. 머리만 단순히 커졌다기보다 입이나 눈 위치도 미묘하게 어긋나 있었죠. 아무튼 이상했어요. 어린애가 그린, 비례가 이상한 그림을 실사로 옮긴 듯한 느낌이랄까요. 보자마자 엄청 속이 거북하더라고요.

아마 관객들 웅성거리던 소리는 단순히 그 사진이 기분 나빠서였을 겁니다. 다만 저희 주최 측은 달랐죠. 이건 명백한 해프닝이었어요. 사진이 바뀌었으니까. 사회자도, 주지 스님도 동요했습니다. 지금 생각해 보면, 보여 주는 쇼로서는 엄청 좋은 장면이죠. 하지만 현장 분위기는 그런 느낌이 전혀 아니었어요. 어떤 흐름이 있었는지는 기억이 잘 안 나는데, 아무튼 '처음부터 그런 심령사진이었다'라는 상태로 진행을 이어 나갔어요. 정화도 했지만 물론 사진은 그대로였습니다.

근데 이벤트가 끝나고 관계자끼리 그 사진을 다시 봤더니 원래대로 돌아가 있더군요. 아마 인터넷에 나돌아 다니는 사진은 이벤트 중에 관객 중 누군가가 몰래 찍은 걸 겁니다. 촬영 금지라고 안내 방송은 했지만 말입니다. 그런데 이상한 선, 인터넷에 돌아다니는 사진은 보통 사진이란 거예요. 이상하지 않습니까? 분명히 이벤트 중에 촬영된 것인데. 본래대로라면, 뭐, 이렇게 말하는 것도 이상하지만, 암튼 스크린에 비친 걸 그대로 촬영했다면 머리가 큰 사진이어야 안 이상할 텐데. 그걸 몰래 촬영한 사람이 제일 놀랐지 않았을까요. 저희랑 마찬가지로.

게다가 안 좋았던 게, 운영 측에서 원래 사진에 모자이크 처리를 하지 않았지 뭡니까. 하는 걸 까먹은 거죠. '자살한 여자가 뛰어내리기 직전에 찍은 사진'이라는 글귀와 함께 사진이 걷잡을 수 없이 나돌아 다니는 겁니다. 만약 사진에 찍힌 여자의 가족이 발견이라도 하면 참…. 뭐, 머리가 커진 사진이 유출된 거보다는 나을지도 모르겠네요.

그런 일이 있고 반년쯤 지난 무렵이었습니다. 또 그 여자를 봤습니다. 제게 사진을 제공한 그 여자 말입니다. 우연히 틀어 놓은 텔레비전에서요. 뉴스 프로그램이었습니다. 아동 방임이라고 하나요? 아이를 내팽개쳐서 굶겨 죽인 범인으로 그 여자의 얼굴이 비쳤습니다.

역시 마음이 병들어 있었던 거겠죠. 아니면 그 사진 탓일까요.

※※※※※

"오, 이게 리얼리티라는 겁니까. 그건 그렇고 이 이야기, 진짜 있었던 일 맞아요?"

"하긴 의심이 들 만도 하지. 하지만 그 작가, 거짓말하는 거 같진 않았어. 뭐, 그저 단순히 기자재가 말썽이었을 수도 있고. 근데 사진을 가져온 여자가 일으킨 사건은 그게 진짠지 아닌지 확인할 수 있지. 그래서 조사해 봤어. 그해에 그 비슷한 사건이 일어난 게 없는지. 결국 찾아냈고. 그 작가에게 피고인 얼굴을 확인시켰더니 틀림없다고 하더라고. 게다가 사진에 찍힌 여자에 관한 새로운 사실도 알아냈어."

"어째 좀 탐정 같습니다?"

"우쓰노미야에서 일어난 유아 방임 사건, 기억하나?"

"그게 그 사건입니까? 전 모르는데요. 아니, 그런 사건이 너무 많아서 그냥 기억을 못 하는 건가."

"간단히 말해서, 부부가 자식을 한 달 가까이 자택에 방임하고 굶겨 죽인 사건이야. 그 피고인이 사진을 제공한 여자. 그래서 그 사건 관련 기사를 뒤졌더니 사진에 찍힌 여자가 나오더라고. 자, 이 기사 읽어 봐."

"어, 지금 읽으라고요? 아, 하긴 고바야시 씨한테 들으면 이야기가 길어질 거 같으니까 차라리 읽는 게 빠르겠네요."

※※※※※

### 우쓰노미야 유아 방임 사건 - 악마의 소행 뒤에 숨겨진 또 다른 피해자

10월 18일에 첫 공판이 있었던 유아 방임 사건, 그 처참했던 사건은 지금도 대중의 기억에 또렷하다.

지난 7월 30일, 도치기현 우쓰노미야시에 있는 한 아파트에서 "이상한 냄새가 난다"며 이웃이 경찰에 신고했다. 신고를 받은 경찰이 그 집에서 발견한 것은 부패한 아동의 시신이었다.

피해자의 이름은 교모토 유카 양, 당시 3세의 여아. 사인은 아사. 실내의 창이란 창은 전부 빈틈없이 막혀 있었고, 현관문은 안에서 열지 못하도록 특수한 장치가 되어 있었다. 요컨대 유카 양은 집 안에 갇혀 있었다.

실내는 한동안 유카 양 외의 사람이 드나든 흔적이 없어 부모의 학대가 의심되었다. 경찰은 유카 양의 친부 교모토 유타카(35)와 친모 교모토 유키에(32)를 시신 유기 용의로 지명 수배했고 얼마 후 도내 호텔에서 신병을 확보했다.

조사에서 유타카는 학대 사실을 인정하였으므로 다시 체포되었고, 유키에는 체포 시점에 이미 심신 미약 상태로 추정되어 현재 정신 감정 결과를 기다리고 있다.

공판에서 유타카가 진술한 내용은 아이가 있는 부모라고는 생각할 수 없을 만큼 무책임했다.

"육아 노이로제인 아내가 불쌍했다. 아내가 '이제 더는 아이를 키우고 싶지 않다'라고 해서 같이 도망쳤다."

레이와[9] 원년 아동 상담소의 육아 학대 상담 대응 건수는 193,780건. 거기에는 때리고 걷어차는 육체적인 폭행뿐 아니라 방임도 다수 포함되어 있다. 다만 이번 사례는 그것과는 조금 달라 보인다. 의도적으로 아동을 가두어 놓고 장기간 집을 비운 이번 행위는 단순한 학대라기보다 미필적 고의를 내포한 살인으로 볼 수도 있기 때문이다. 실제로 공판에서도 유타카의 살인의 고의 여부가 쟁점이 되어 결심 공판에 세간의 관심이 쏠리고 있다.

---

9   2019년 5월 1일부터 시작된 일본의 연호.

교모토 부부는 왜 이런 흉악한 범행을 저지르게 되었을까. 그 배경을 밝히기 위해 그들이 살아온 흔적을 더듬어 가던 중, 숨겨져 있던 '또 다른 피해자'의 존재가 모습을 드러냈다.

그 여성의 이름은 료코 씨, 향년 33세. 유타카의 전처다. 짧게 자른 검은 머리가 잘 어울리는, 기품 있는 여성이었다고 한다. 료코 씨는 유아 방임 사건이 있기 삼 년쯤 전에 아파트 자택 베란다에서 뛰어내려 세상을 떠났다. 당시 혼인 관계에 있었던 유타카와 살던 집이었다. 그 이유가 바로 그녀를 또 다른 피해자라고 부르는 까닭이기도 하다.

아파트 주민의 증언을 바탕으로 그 이유를 짚어 보자.

"료코 씨와 유타카 씨는 뭐라고 해야 하나, 이 근방에서는 찾아보기 힘든 부부였어요. 이 아파트, 말하자면 가족용 아니겠어요? 남들은 다 가족이 여럿이 사는데 맞벌이에 멋쟁이 부부 둘이 사니까 뭔가 요즘 사람 같았죠. 이사 왔을 때부터 다들 그 부부 이야기를 그렇게 많이 했어요."

료코 씨와는 평소에 친분이 있었다는 Y씨의 증언이다. 료코 씨는 디자이너, 유타카는 미용실을 경영했다. 그런 두 사람은 입주자들 사이에서도 눈에 띄는 존재였다고 한다.

"그렇다고 아니꼽다거나 거북한 구석은 하나도 없었어요. 료코 씨는 일도 바쁠 텐데 자치회 일도 적극적으로 맡아 했죠. 동네 오다가다 만나도 늘 인사를 건네고요. 서글서글하니 좋은 분이었어요. 아이는 아마 없었을 거예요. 종종 우리 애더러 귀엽다고 한

걸 보면 아마 뭔가 사정이 있었겠죠."

때를 같이하여 아파트 다른 층에 스도 유키에, 훗날의 교모토 유키에가 살았다. 유키에와 같은 층에 사는 O씨는 말한다.

"유키에 씨가 이사온 건 료코 씨 부부가 이사 오기 바로 얼마 전이었어요. 그때도 화제가 되었죠. 상사에 근무하는 멀끔한 남편과 미인 아내. 별세계 사람이라는 의미로는 료코 씨 부부와 좀 비슷했어요. 하지만 뭐랄까, 그런 걸 좀 으스대는 느낌이랄까. '남편 전근 때문에 임시로 살고 있어요' 하고 틈날 때마다 말하더라고요. '난 이런 데 사는 너희와는 다르다', 뭐 그런 의도였던 걸까요. 청소 당번이 되어도 한 번도 얼굴을 안 비치고, 평판은 별로 안 좋았네요."

유키에가 이혼한 것은 료코 씨 부부가 이사 오고 나서 일 년쯤 지났을 무렵이었다고 한다.

"유키에 씨는 절대로 그런 말 안 했지만, 엄마들 사이에서는 남편이 도망갔다는 소문이 돌았어요. 유키에 씨, 이사하지도 않고 거기 계속 혼자 사니까 다들 임시로 산다는 데서 죽을 때까지 살겠네, 하고 비웃었죠. 그런 와중에 자기랑 비슷한데 잘살고 있는 료코 씨가 마음에 들었겠어요? 료코 씨가 자기 무시한다고, 막 그런 말도 퍼트리더라니까요. 다들 료코 씨랑 더 친했으니까 아무도 안 믿었지만요."

그 무렵부터 유키에와 유타카를 두고 좋지 않은 소문이 나기 시작했다.

"유키에 씨, 유타카 씨 미용실에 자주 다녔던 모양이에요. 한 달에 몇 번이나 다녔다죠. 걸핏하면 유타카 씨가 권해서 헤어스타일을 바꿔 봤다느니, 염색을 해 봤다느니, 묻지도 않은 걸 광고하며 다니지 뭐에요. 료코 씨가 있는데 창피한 줄도 모르고 잘도 그런 말을 한다 싶었죠. 그러더니 누가 봤다고 하는 거예요. 유키에 씨네 앞 복도를 둘이 걷는 걸. 이건 불륜이다 싶더래요."

동시에 료코 씨 얼굴에서 웃음이 사라졌다.

"아마 눈치채지 않았을까요. 유키에 씨는 감출 생각도 없는 것 같았고. 료코 씨가 그렇게 되었을 땐 다들 유키에 씨 탓이라고 했어요. 근데 참 유타카 씨도 유타카 씨예요. 그런 식으로 재혼해서 전처가 자살한 집에서 유키에 씨랑 아무렇지도 않게 살다니."

유키에가 유카 양을 출산한 시기부터 역산하면, 료코 씨가 자살한 시점에 이미 아이를 가졌을 가능성마저 있다. 부부가 함께 살던 자택 베란다에서 뛰어내린 것은 마지막 저항이었을지도 모른다.

유타카의 부친 요시나오 씨는 본지 취재에서 유키에를 향한 분노를 드러냈다.

"우리 아들이 이상해진 건 그 여자 탓이다. 료코는 좋은 며느리였는데, 그 여자가 미인계로 아들을 홀리는 바람에 억지로 헤어졌다. 머리가 이상해졌다느니 어쨌다느니 하지만 어차피 거짓말일 게 뻔하다."

불륜은 제쳐 두고, 유타카, 유키에 모두 전처인 료코 씨에 대한 배려가 전혀 느껴지지 않는다. 죄책감은 없었던 걸까. 사회성이라고는 전혀 없는 두 사람의 그런 성정이 이번 유아 방임 사건을 불러왔을지도 모른다.

※※※※※

"아니, 세상에. 그럼 사진에 찍힌 여자가 이 료코라는 사람이네요."

"베란다에서 뛰어내렸다는 거랑, 짧은 머리라는 거 보면 거의 틀림없겠지. 뛰어내리기 직전에 스마트폰으로 셀카를 찍어서 유키에한테 보냈어. 바람피우는 걸 알아챘다면 유키에의 연락처쯤이야 이미 조사했을 테고."

"유키에란 사람, 되게 위험해 보이는데요. 보통 자기 탓에 자살한 사람 집에 안 살죠. 머리가 어떻게 된 거 아닌가? 게다가 그런 데 살면서 유령 탓을 하며 괴담 이벤트까지 찾아다니고. 대체 뭔 정신이야."

"하긴 뭐, 애초에 좀 이상한 사람 같긴 해."

"이상한 걸로 치면 료코란 사람도 그래요. 나라면 내가 죽기보다 유키에를 죽였을 텐데."

"그럴 용기가 없었겠지. 아니면…."

"아니면?"

"죽이는 걸론 모자랐을지도 모르고."

"으아, 무슨 말이에요, 그게. 더 무섭잖아. 그래서 그 유키에란 사람은 그 후에 어떻게 됐습니까?"

"정신 감정 결과, 책임 능력이 없어서 무죄. 지금도 정신병원에 입원 중이지."

"뭐라 해야 하나. 자살이라도 했더라면 이야기가 좀 재밌어지겠지만 이거 영…. 료코는 자살해서 손해 아닙니까? 암튼 그건 그렇고, 되게 통속적인 이야기 같네요. 유령이라도 돼서 제일 나타나고 싶었던 건 굶어 죽어야 했던 여자애 쪽일 텐데요."

"그 아인 아직 너무 어려서 부모를 원망하지도 못했을 수도 있지. 혹은 우리는 모르지만 벌써 유령이 되어 세상에 나왔을지도 모르고."

"고바야시 씨, 역시 유령 믿고 있는 거 아닙니까?"

"아니, 자네가 유령이 돼서 나오니 마니 그랬으니까."

"내가 그랬어요?"

"그 오두막에 여자 사진이 있었던 거, 어떻게 생각하나."

"유키에가 남자를 빼앗기 위해서 거추장스러운 료코를 저주할 목적으로 사진을 가지고 갔다거나?"

"아니, 그건 자연스럽지가 않지. 여자 사진은 죽기 직전에 받은 거라니까."

"아, 하긴 그렇죠."

"우리가 원하는 대로 각색할 거 생각하면, 곤란하게도 인과관계가 반대인 거지. 저주를 위한 장소일 오두막에, 이미 죽은, 게

다가 자기 탓에 죽은 사람의 사진을 가지고 간 거야."

"짜고 치는 건데, 막 추리 같은 걸 하시네요. 우리야 결론을 정해 놓고 생각하는 거니까, 시간 순서 같은 건 바꿔치기 하면 그만이고, 여자도 살인 사건 피해자로 적당히 바꿔 쓰면 그만 아닙니까?"

"그거야 그렇지만, 자네가 먼저 말했던 유튜버, 그 사람 이야기를 듣고 나니까 좀 이야기를 비틀어 봐도 괜찮을 거 같더라고."

"그거 기대되네요. 그래도 그 긴 이야기를 듣기 전에 일단 음료수부터 가져오겠습니다."

"…그래."


"실은 동영상을 처음 봤을 때부터 신경이 쓰였던 게 있는데, 그 오두막에 사진이 떨어져 있던 장소, 기억하나?"

"바닥이잖아요."

"바닥에서도 입구 가까이에 흩어져 있지 않았나?"

"아, 그렇죠. 확실히 입구 쪽에 많았던 거 같네요."

"거기에 사진을 가져간 인간은 가져가고 싶어서 가져간 걸까."

"아닙니까?"

"내 생각은 아닐 거 같거든. 아무래도 오두막 안까지 들어가긴 싫어서 입구에서 오두막 안으로 사진을 던져 넣는 그림이 떠올라. 그거라면 저주한다기보다 버리는 거 같지 않나?"

"듣고 보니 그렇긴 하네요. 오두막에 몸을 반쯤만 들여놓고 사진을 내던지는 그런 느낌 말이죠."

"마지못해 한 게 아니려나. 되도록 오두막에는 가까이 가고 싶지 않다. 하지만 그렇게 해야 하는 이유가 있었다…."

"공양을 올렸다거나…?"

"공양이라고 치면 바닥에 떨어뜨린 게 부자연스럽지."

"어휴. 이제 진짜 모르겠네요. 졌습니다. 그보다 슬슬 배도 고픈데, 그냥 생각하신 거 말씀하세요."

"먼저 저주를 받은 건 유키에 쪽이 아니었을까."

"오두막에 있었던 건 자살한 료코의 사진인데요? 뭐, 유키에가 료코 사진에 겁을 먹기는 했지만요."

"음. 그건 알지. 그런데 자넨 저주, 하면 뭐가 떠오르나?"

"어라, 또 그런 퀴즈 같은 거 시작되는 겁니까."

"하여튼 얼른 답이나 해."

"으음, 지푸라기 인형 같은 거?"

"음, 그렇지. 그런데 더 강력한, 최상급의 저주가 있지."

"뭔데요?"

"죽음이야. 빼앗은 남자의 아내가 자살했다면 유키에는 어떻게 생각할까."

"보통 사람이면 죄책감을 느끼겠죠."

"그렇겠지. 게다가 죽기 직전에 그 사진까지 보내왔으니. 그렇게 명확하게 자기한테 원인이 있다는 걸 아는 형태로 죽었다면?"

"아무래도 두려워지겠죠."

"그래. 그 공포가 확증 편향으로 이어지는 거야. 뭔가 신변에 이상한 일이 생기거나 말썽이 있으면 자기 탓에 죽은 여자의 원한이라고 생각하고 싶어지지. 그래서 정신이 병들어 가고. 몽유병은 어린아이에게 많다는데, 그 나이면 의미 없는 이상한 말도 지껄일 수 있지. 그런데 유키에는 딸의 그런 행동이 료코의 자살과 관련이 있다고 믿어 버린 거야."

"하지만 유키에는 저주를 무서워할 만한 사람 같지는 않던데요. 자살한 여자가 살던 집에서 그 여자의 남편과 계속 살 정도였으니까."

"아무리 둔하더라도 자기 딸이 이상한 행동을 하기 시작하면 적잖이 동요하지 않을까."

"그렇다면 이사든 뭐든 하면 그만일 텐데."

"이사하는 대신 정화 이벤트에 의뢰한 거겠지."

"흐음. 요컨대 유키에는 그 확증 편향인가 뭔가 탓에 겁을 집어먹고 있었단 겁니까? 그래서 착각이 폭주한 결과, 자기 딸을 가둬 놓고 죽였다?"

"유령을 믿지 않는 이케다 군이 납득할 만한 설명을 덧붙이자면 그렇다는 말이지. 어쨌든 유령에 홀렸다고 써야 자네 시청자들은 기뻐하지 않겠나."

"하긴 그렇죠. 확증 편향 같은 걸 써 놓으면 흥이 깨질 테니까. 하지만 그거랑 그 오두막을 어떻게 연결하려고요?"

"그 오두막은 봉인하는 장소였던 거야."

"봉인? 저주를요?"

"원고에는 유령이라고 쓰는 게 당연하려나. 사진을 가져감으로써 그것을 봉인한 거지."

"유령의 감옥입니까?"

"이때 유령이란 건 사진의 피사체. 생전에 관계가 있었던 고인의 유령에 시달리던 사람들이 거기에 사진을 가져가서 봉인함으로써 몸을 지키려고 했지. 유키에도 그런 사람 중 하나였고. 변태 오두막에서는 사진이었지만, 어디에서는 인형, 또 어디에서는 옷가지가 그 역할을 했어. 그렇게 해서 일본의 다양한 장소에 같은 종류의 물건이 대량으로 쌓인 이상한 장소가 생겨난 거야."

"그렇군요. 하지만 그런 거면 절이나 신사에 가져가는 게 빠르지 않나? 유령을 믿는 사람이면 신이건 부처님이건 믿을 텐데."

"그 이벤트에 가져간 뒤에도 유령에 홀려 여기저기 안 좋았으니까, 정화가 헛수고였다고 판단했을 수도 있고."

"만약 그렇다 치고요, 어떻게 그런 장소를 알아낸 겁니까? 전국 유령 감옥 지도가 있는 것도 아닌데."

"그건 가져간 본인밖에 모르겠지."

"어라, 이거 너무한데. 정작 중요한 부분이 얼렁뚱땅 아닙니까."

"아까도 말했지, 이건 재밌으라고 한번 꼬아 본 아이디어. 독자가 재밌어하면 그걸로 족하니까. 실제로 유키에가 왜 이 오두막에 사진을 가져갔는지 알 수도 없고, 애초에 유키에가 가져간 건지 아닌지도 몰라. 진실은 중요하지 않아. 중요한 건 거기에 다다르기까지의 리얼리티야. 자네는 유령을 부정하지만, 긍정하는 시청자에게는 '신성한 힘을 감지한 사람이 어느새 거기에 사진을 가져가서…' 하고 써도 충분하지. 유령이 보이는 사람이라면 그 땅이 지닌 특별한 힘을 감지해도 이상하지 않으니까."

"뭔가 좀 납득이 안 되는데요."

"지금 아이디어를 보강할 만한 게 하나 더 있어. 내가 이 아이디어를 떠올린 계기이기도 한데."

"일단 말씀해 보세요."

"변태 오두막 주변을 둘러싸듯 쳐 놓은 펜스, 거기에 나무 넝쿨이 휘감겨 있었지? 그 넓은 덴 식물이 자라고 있지 않았어. 누군가가 넝쿨을 가져와서 감아 놓은 거야. 또 자네가 만나 본 유튜버가 잠입했던 인형 폐가, 거기엔 비닐 끈이 장지문 사이에 처져 있었어. 목격한 당사자는 부비트랩으로 생각했던 모양이지만, 내 생각엔 그거 결계야."

"결계로 유령을 봉인했다는 겁니까?"

"그렇게 보면 아까 아이디어도 설득력이 커지지. 비닐 끈이나 나무 넝쿨이나. 인형을 매단 사람들은 그 비닐 끈에 봉인을 위한 마음을 담았을 수도 있지. 빨간색은 삿된 것을 쫓는 색이라고들 하니까. 유튜버가 맞닥뜨린 남자는 비닐 끈의 의미를 알고 있었어. 그래서 그걸 끊어 버린 유튜버에게 화를 냈던 거고. 이런 식으로도 생각해 볼 수 있지."

"음. 너무 억진데요. 추리 소설이라면 빵점."

"그래도 이건 추리 소설이 아니니까. 흥미롭고 그럴싸하게 분석하면 그만 아닌가"

"그야 그렇죠. 남은 건 고바야시 씨 집필 솜씨에 달렸네요."

"그렇지. 다만 이건 어디까지나 유튜버 짱이케의 팬 북이니까 너무 어렵게 풀면 안 되겠지. 유아 방임 사건에 관해서도 전부 다 쓰면 좀 문제가 있을 거 같고. 내용은⋯ 그렇지. 그 인형 폐가 사건도 인용하면서 전국에 유형이라고 할 만한 장소가 있다는 거. 변태 오두막에서 자살 직전에 찍힌 사진을 발견했다는 거. 그 사진의 소유주는 사진에 찍힌 여자의 유령에 씌어 마음이 병들었다는 거. 이 두 사람은 실제로 일어난 어떤 흉악 범죄에 연루되어 있다는 거. 처음에는 저주 의식이 치러지는 장소라고 생각했던 변태 오두막이 사실은 유령을 봉인하기 위한 장소일지도 모른다는 거. 그런 의혹을 부채질하면서 쓰는 거야. 제목은 '변태 오두막의 진상 판명!', 이런 식으로."

"그렇게 풀면 좀 재미있을 거 같긴 하네요. 그건 솔직히 존경스럽습니다."

"꼭 각색이라고 단언할 수는 없지만 말이야."

"무슨 뜻입니까?"

"자넨 유령도, 저주도 안 믿는댔지만, 그런 존재를 긍정해야 지금까지 내가 한 이야기가 이해될 거야. 단순한 착각이나 우연 같은 상식적인 해석으로는 설명할 수 없는 여백이 남을 테니."

"그럴까요."

"난 중립파니까. 그나저나 자넨 왜 초현실적인 존재를 믿지 않나?"

"짜증 나잖아요. 설명할 수 없는 것을 그런 존재 탓으로 돌리고 안심하다니. 전 용납이 안 됩니다."

"내 눈에는 부정하는 거 자체가 목적처럼 보이는데. 게다가 초현실적인 걸 부정하는 거치고는 그런 걸 날조해서 많은 사람에게 보여 주고."

"그건 뭐, 비즈니스니까요."

"…그렇군."

"그럼 이젠 지면에 사용할 사진 자료도 미리 좀 골라 볼까. 텍스트뿐 아니라 이미지 사진처럼 쓸 만한 컷을 동영상에서 따 놓을까 하는데."

"그렇군요. 어디 보자…. 이 부분은 어떠세요? 제가 오두막 주변을 걷는 부분. 동영상에는 안 썼을 겁니다."

"그렇군…. 어라? 지금 뭔가…."

"예? 뭡니까?"

"잠깐 줘 봐."

"예, 뭐…."

"…어, 이거 이상한데."

"대체 뭔데요. 이번엔 또 이 오두막에 간 적 있었던 거 같다,

뭐 그런 말은 마시고요."

"아니, 아까 자네 뒤에."

"예?"

"기분 탓인가."

"아, 진짜 뭐예요. 말씀하세요. 신경 쓰이니까."

"…봐, 여기. 지금 보니까 아무것도 찍혀 있지 않은데, 아까 봤을 때 여기에 서 있는 자네 너머로 여자가 찍혀 있는 거 같았거든?."

"아… 고바야시 씨, 제발 참아 주세요. 그것도 확증 편향이란 거잖습니까. 유령 이야기를 하다 보니까 무슨 그림자 보고 유령이라고 생각했겠죠."

"하긴 그럴지도 모르겠네. 미안해."

"저야 뭐, 지금 '네 뒤에 유령이 보인다' 말해도 안 믿습니다만."

"자넨 참 정신적으로 강하군. 괜찮다면, 말 나온 김에 하나만 더."

"뭔데요?"

"자네 동영상에서 변태 오두막 주변에 휘감겨 있던 넝쿨, 뜯어냈지. 만약 그게 진짜 결계였다면…?"

"말이 되는 소릴 하세요, 좀."

※※※※※

"봐요, 우리 닮은 구석이 있지 않아요?"

그 인간이 했던 말을 나는 잊을 수 없다. 닮았을 리가. 그런 여자와 내가.

나는 가진 게 하나도 없는 사람이었다. 부모도, 친구도, 연인도, 요령도, 재능도. 그게 분했다. 그래서 남들 배로 노력했다. 고독하게. 필사적으로 공부하고, 아르바이트로 돈을 모아서 성형을 하고, 자신을 갈고닦아 대기업에 취직했다. 그렇게 해서 간신히 한 사람 몫을 할 수 있었지만 그래도 내 갈증은 채워지지 않았다. 나는 가지고 싶었다. 나를 사랑해 줄 사람, 따뜻한 가족, 돌아갈 집을.

동료였던 전남편이 사귀자고 했을 때, 생각했다. 난 이긴 거라고. 경쟁 상대가 보이지 않는 이 기나긴 레이스에서. 외톨이였던 내가 마침내 가족을 얻었다. 결혼이 정해졌을 때는 정말로 자랑스러웠다.

전남편의 전근과 동시에 이사한 아파트는 아이를 가질 미래를 내다보고 가족형으로 정했다. 이사와 동시에 전업주부가 되어 남편을 위해 청소며, 빨래며, 요리며, 할 수 있는 모든 일을 했다. 계속 승자로 살아갈 수 있기 위해서. 하지만 남편의 귀가는 점점 늦어졌다.

"이제 막 전근 왔잖아. 배워야 할 게 얼마나 많겠어. 그래서 잔업이 끊이질 않는 거라고."

내 호소에 짜증스럽게 대꾸하는 남편. 나는 참기로 했다. 다시 원점으로 돌아가고 싶지 않았으니까. 부부 사이의 대화가 줄어도, 남편의 출장이 늘어도, 나는 홀로 집에서 계속 기다렸다. 남편을 의심하는 일은 피했다. 누구에게도 상담 따위 할 수 없었다. 그럴 때 아파트 공동 현관에서 같은 층에 사는 사람이 말을 걸었다.

"아, 스도 씨, 이번 자치회 말인데요."

이인조로 다니는 그 여자들이 공원에서 소란스러운 아이들을 놀게 하는 모습을 나는 종종 보았다.

"다 같이 이야기했거든요. 스도 씨한테 서기를 부탁드리면 어떨까 하고."

"어머… 저 같은 새내기보다 다른 분께 부탁드리는 게 더 마음 든든할 거 같은데요."

그렇게 말하자 두 사람은 서로 얼굴을 마주 보더니 이렇게 말했다.

"하지만 보세요, 우리 아파트… 어린애가 있는 가족이 많잖아요?"

아파트 주민들의 눈에는 아이가 없어 편한 전업주부로 비쳤던 걸까. 내가 어떤 마음으로 하루하루 보내고 있는지도 모르면서.

그런 식으로 나를 보겠다면 이쪽도 생각이 있다. 나도 그 사람들과는 사는 세계가 다르다는 걸 태도로 보여 주기로 했다. 다행히 집에는 모아 둔 돈이 많았으니까. 지금까지는 이웃의 눈을 신경 쓰느라 입지 않았던 명품 옷을 걸치고 집을 나섰다. 시시한 지역 행사 따윈 참가하지 않았다. 그 탓에 그들에게 싫은 소리도 들었지만, 이런 아파트는 임시로 거주할 뿐 머지않아 이사할 생각이라고 당당하게 말해 주었다. 사실 남편과는 여기 생활이 자리를 잡으면 단독 주택을 사자고 말을 나눴던 시기도 있었으니까. 그마저도 이제는 이루어지지 않는 꿈이라는 걸 마음 한구석으로는 알고 있었지만.

그 인간이 이사 온 것은 그로부터 얼마 지나지 않아서였다.

"여기 멋지네요. 공기도 깨끗하고요. 사람들도 친절하고."

태연한 얼굴로 그 인간은 그렇게 말했다.

불쑥 나타났다 싶더니 멍청한 인간들이 떠받들어 주니까 실실 웃기나 하고. 어차피 꽃가마에 탄 게 다인, 얼굴 빼면 아무 능력도 없는 주제에. 디자이너인지 뭔지 모르지만, 어차피 일이래야 취미 생활 같은 거겠지. 남들 보란 듯이 부부 동반으로 돌아다닐 여유가 있을 정도니까.

아파트 사람들을 두고 '너희와는 다르다'라고 생각하던 내게 '너와는 다르다'라고 과시하는 그 인간을 용서할 수 없었다. 얼마나 잘났길래. 자신을 몇 단이나 높은 위치에 두고 사람을 비웃다니.

남편이 나를 버리고 집을 나갔을 때, 나는 이제 모든 것이 싫어졌다. 무슨 짓을 해도 외톨이라고 체념했다. 하지만 그런 마음을 아파트 사람들에게 들키고 싶지 않았다. 필사적으로 평소와 다름없이 굴었다. 그런 나를 향해 그 인간이 말했다.

"스도 씨, 이야기 들었어요. 여러모로 힘들었다면서요."

누구에게 들었는지, 친절한 척 가증스러운 얼굴로 이쪽의 안색도 살피지 않고 말을 이었다.

"집에 가만 틀어박혀 지내면 몸에 해로워요. 일할 생각은 없어요? 자립하면 자신감도 붙을 텐데. 봐요, 우리 닮은 구석이 있지 않아요? 같이 힘내요."

이 여자는 어디까지 남을 깔봐야 직성이 풀리는 걸까. 인내심이 한계에 다다랐다. 그래서 빼앗아 주기로 했다. 소중한 것을. 돈이라면 전남편에게서 정기적으로 들어왔다. 시간도 충분했다.

"기다려 줘, 료코와는 반드시 이혼할 테니까."

남편이 나가 버린 뒤 넓어진 침대에서 유타카가 그렇게 말했을 때 기뻐서 울었다. 나는 다시 가족을 만들 수 있다. 끔찍이 싫은 그 인간의 소중한 것을 빼앗아서. 아이도 가져야지. 따뜻한 가정을 만들 거야. 이 사람 곁에 어울리는 건 그런 여자가 아니라 나야. 그렇게 생각했다.

그날 밤, 아파트 공동 현관에서 그 인간과 스쳐 지나갔다. 태연한 얼굴로 내가 인사를 건네자, 그 인간은 속삭였다.

"알고 있어. 절대로 이혼 안 할 거니까 두고 봐."

여유 가득한 미소를 머금고 그렇게 말했다.

분노로 머리가 새하얘졌다. 저녁 장을 본다는 목적도 잊은 채 휘청휘청 거리를 배회했다.

'신이여. 제발 그 인간을 죽여 주세요.'

몇 시간이나 그 생각만 하면서 계속 걸었다.

그때 갑자기 내 등 뒤로 신이 나타났다. 어린 시절 꿈에 나온 신이. 그리고 가르쳐 주었다. 그 인간을 죽이는 방법을. 그런 인간, 죽었으면 좋겠어. 그렇게 빌며 그곳으로 향했다. 그 인간의 인스타그램에 올라온, 유타카 곁에서 자랑스럽게 웃는 사진을 인쇄하고 잘라내서 그것을 주머니에 넣고서.

옷이 진흙투성이가 됐어도, 타이츠가 풀에 찢겨도 아무렇지도 않았다. 그 인간이 죽기만 한다면 뭐든 할 테다. 그렇게 생각했다. 그랬는데…. 허름한 오두막 문을 열고 바닥을 빼곡하게 메운 사진 더미를 보았을 때, 갑자기 무서워졌다. 나는 좋지 않은 일을 하려 한다. 사람을 죽이는 것보다 더 무서운 일을.

사진을 던져 넣고, 도망치듯 산에서 내려오고 나서 어떻게 집까지 돌아왔는지 기억이 나지 않는다. 하지만 집에 도착하고 나서는 그 오두막에서 느낀 공포는 어느새 사라지고, 그저 해냈다는 충실감만이 남았다.

"료코가 요즘 이상해."

평소 내 앞에서 그 인간의 이야기를 하지 않는 유타카가 그렇게 말했을 때, 내심 생각했다. 꼴좋다고.

며칠 후, 아파트 엘리베이터를 우연히 같이 탔을 때, 안색이 나쁜 그 인간이 그랬다.

"용서 못 해."

이번에는 내가 여유로운 미소를 되돌려 주었다.

그날 밤, 내 스마트폰에 사진이 날아온 밤, 그 인간은 죽었다. 베란다에서 뛰어내려서.

"용서 못 해."

글자들과 함께 전송된 사진 속에서 그 인간은 웃고 있었다. 죽기 직전까지 나를 비웃으며 뛰어내렸다. 하지만 이긴 것은 나였다. 그 인간이 지내던 집에서, 그 인간이 있던 자리를 빼앗고, 그 인간에게는 불가능했던 귀여운 아이를 만들고.

그런데도 그 인간은 죽고 나서도 나를 비웃었다. 딸 유카를 이용해서. 하지만 도망칠 수는 없었다. 여기는 내가 간신히 손에 넣은, 따뜻한 우리 집이니까. 유타카가 뭐라 말하든 나는 이사할 생각이 없었다. 도망치면 그 인간에게 지는 거다. 그래서 죽은 그 인간을 다시 저주로 죽이기로 했다. 아이를 빼앗기지 않으려고.

다시 오두막 문을 열었을 때, 먼젓번에 떨어뜨린 그 인간의 사진은 보이지 않았다. 그 후 새롭게 던져졌을 수많은 사진에 파묻혀 있었을 테니까. 숱한 인간이 나처럼 누군가를 저주하려 한다. 다만 내가 여기 온 것은 두 번째였다. 이번에는 그 인간을 다시 죽이려고 왔다. 지난번과 똑같이 사진을 던져 넣고 산에서 내려와 집 현관문을 열었을 무렵에는 벌써 새벽 3시를 지나고 있었다.

캄캄한 거실에 미끄러지듯 들어왔을 때, 숨을 삼켰다. 유카가 서 있었다. 내가 돌아오기를 기다리기라도 한 것처럼.

설마. 멍해진 내 앞에서 유카는 서툰 몸놀림으로 소파에 기어올랐다. 소파의 스프링이 삐걱삐걱 소리를 냈다.

"하지 마."

간신히 내가 그렇게 말하기도 전에 유카는 소파에서 뛰어내렸다. 쿵, 하고 작은 소리를 내며 마룻바닥에 떨어졌다. 머리를 부딪쳤을 텐데, 천천히 고개를 들고 나를 보며 입을 열었다.

# 제2장

# 천국 병원

나는 복도를 걸었다. 할머니가 탄 휠체어를 밀며. 몇 바퀴나, 몇 바퀴나. 손에 전해지는 할머니의 무게, 나이가 들면서 가벼워진 몸무게, 그것이 지긋지긋했다. 복도를 바쁘게 오가는 간호사가 갑자기 생각이라도 난 것처럼 나를 향해 고개를 끄덕여 인사를 건넸다. 할머니는 탁한 눈으로 멍하니 앞을 보았다. 끝도 없는 앞을. 창밖으로는 커다란 소나기구름이 보였다. 바깥은 아마 더울 것이다. 여기와는 달리.

갑자기 소독약 냄새가 강해졌다. 늘어선 병실 막다른 곳에 다다라 휠체어 손잡이를 꺾었다. 리놀륨 바닥이 끼익 소리를 냈다. 앞에서 병문안을 온 듯한 중년 남녀가 걸어왔다. 스치듯 지나가고 잠시 후, 나는 할머니의 귓가에 살며시 입을 가져갔다.

"얼른 죽어."

할머니는 멍한 얼굴로 그저 앉아 있었다. 열다섯 살 여름의 일이었다.

※※※※※

### 할머니가 죽은 날

딱 한 번 유령을 본 적이 있다. 너무나 무섭고 다정한 유령이었다.

열다섯 살 여름의 일이다. 중학교 3학년이었던 나는 종종 학교를 조퇴했다. 괴롭힘을 당해서도, 몸이 약해서도 아니었다. 할머니 때문이었다.

내 기억 속 할머니는 해가 비치는 툇마루에 방석을 깔고 앉아 늘 맛있게 담배를 피웠다. 가끔 먹이를 얻으러 오는 길고양이 치치(그 무렵 내가 멋대로 그렇게 불렀다)는 담배 연기를 싫어해서 할머니를 그다지 따르지 않았던 것 같지만, 나는 할머니를 따랐다. 여름방학이면 어김없이 외갓집에 가서 할머니와 자주 이야기를 나눴다.

"공부 같은 건 안 해도 된다. 할미는 옛날부터 공부 따위 한 적도 없지만, 지금은 이렇게 너랑 이야기도 하고 행복하게 살잖냐. 느이 엄마한텐 비밀이다만."

집에서는 자주 먹을 수 없는 하겐다즈 아이스크림을 퍼먹으면서 나는 할머니에게 학교에서 있었던 일, 집에서 있었던 일을 미주알고주알 이야기했다. 그중에는 엄마 아빠에게도 밝히지 않는 연애 상담도 있었다. 할머니는 다른 어른들과 달리 훈계 따윈 하지 않는 사람이었다. 내가 동급생 남자애한테 차였다고 해도, "널 차는 남자랑은 안 사귀는 게 정답이지"라며 호쾌하게 웃어넘겼다.

엄마나 아빠도 집에서는 나더러 공부하라고 잔소리했지만, 외갓집에 있을 때는 그런 잔소리를 별로 하지 않았다. 할아버지가 먼저 세상을 떠난 뒤 넓은 집에서 혼자 지내는 할머니가 나와 즐겁게 이야기하도록 내버려두는 게 엄마로서도 일종의 효도였을 것이다.

할머니가 입원한 것은 3학년 여름 때였다. 원래 병원을 싫어했던 할머니는 몸이 편치 않은데도 아무에게도 알리지 않았던 모양이다. 엄마가 무슨 볼일이 있어 외갓집을 찾았다가 딱 봐도 고통스러워하는 할머니의 모습에 상태를 알아차리고, 반쯤 끌고 가다시피 해서 병원에 데려갔다. 폐암, 그것도 말기였다고 한다. 전이까지 되어 이제 일 년도 버티지 못한다는 말을 들었다고 했다.

"할머닌 지금 열심히 병과 싸우고 있단다. 리쓰코도 응원해 드렸으면 좋겠구나."

저녁을 먹고 난 후 거실에서 아빠가 그렇게 말했던 기억이 난다. 엄마는 곁에서 조용히 울었다. '아, 어른이 아이에게 하는 이야기를 하네.' 나는 그렇게 생각했다. '아마 할머니는 죽어 버리겠지. 싫어라.' 동시에 그런 생각도 했다.

지금 생각하면 그곳은 완화 케어를 위한 병실이었는지도 모른다. 무척 평온한 병실이었다. 한 방이지만, 다른 병상과 구분 짓는 커튼은 늘 쳐져 있어서 학교 도서실처럼 조용했다. 할머니는 들어가서 오른쪽 안, 창가 병상에 누워 지냈다.

입원하고 나서 몇 개월 지났을 무렵이었다. 할머니는 나를 보고 무슨 말을 하려고 했지만, 산소마스크에 가로막혀서 목소리가 잘 들리지 않았다. 중학생인 내 맘속 서랍에는 아직 중증 환자를 대상으로 하는 소통 방법이 없었던 것 같다. 저절로 눈물이 흘러내렸다. 그 모습을 본 엄마도 울면서 내게 말했다.

"손을 잡아 드리렴."

나는 할머니의 손을 잡을 수 없었다. 잠자코 손이나 잡으라니 이상해. 나는 할머니와 이야기하러 왔는데. 요즘 빠져 있는 만화 이야기를 들어 주었으면 했는데. 할머니도 읽어 줬으면 해서 들고 왔는데. 이러면 마치 언젠가 본 드라마에 나왔던 마지막 작별 인사 같잖아. 엄마, 아빠한테 들어서 대충 이해는 했을 텐데도 막상 할머니 앞에 서자 눈앞의 현실을 인정할 수 없었다. 그래서 그저 고개를 숙인 채 계속 울었다. 그런 나를 할머니는 졸린 듯한 눈으로 보고 있었다. 항암제의 영향으로 의식이 흐리멍덩했을 것이다.

그 후로 나는 병문안 가기를 싫어했다. 엄마, 아빠에게 이유를 잘 설명하지는 못했지만, 부모님도 뭔가 알아차렸는지, 억지로 데려가는 일은 없었다.

내 예상과 달리 할머니는 버텼다. 당연히 완치 따위 바랄 수도 없는 연명 치료였다는데 노쇠한 몸으로 힘껏 암과 싸운 모양이었다.

엄마는 멀리 병원까지 매일같이 차로 병문안을 갔다. 밤늦은 시간에 화장실에 가려고 일어났을 때, 거실에서 엄마가 흐느끼는 소리가 들려서 나는 파자마 옷자락을 꽉 틀어쥐었다. 모두 힘들어하고 있는데 어떻게 해야 할지 알 수 없었다. 그렇게 어찌할 수도 없는 슬픔을 늘 침대까지 품고 돌아왔다.

머지않아 내 뜻과는 관계없이 종종 병원에 끌려갔다. 그럴 때면 늘 아빠와 함께였다. 점점 그때가 다가오고 있었으니까. 나나 아빠가 병원에 갈 때는 어김없이 병실이 어수선했다. 간호사나 의사가 할머니의 침상을 둘러싸고, 아빠와 엄마에게 뭔가 어려운 이야기를 했다. 엄마는 내게 했던 말을 또 했다.

"할머니 손 잡고 응원해 드리렴."

나는 역시 잡을 수 없었다. 이제는 눈도 뜨지 않는 할머니 손을 잡으면, 그렇게 하면 정말 마지막이 되어 버릴 거 같아서. 가만히 침대 옆 접이식 의자에 앉아 이 시간이 빨리 끝나기를 기도했다. 그 기도는 종종 통했다. 고비를 넘긴 듯한 할머니의 병실에 고요가 찾아온다. 아빠와 엄마는 의사의 설명을 듣기 위해 다른 방에 있다. 그러면 나는 혼자 무수한 튜브에 연결된 할머니를 가만히 지켜본다. 몇 번인가 그런 일이 반복되었다.

할머니가 죽은 것은 8월 초였다.

학원에서 여름 강좌를 듣던 나는 그날 잠깐 짬을 내서 동급생 몇 사람과 여름 축제를 보러 가기로 했다. 여느 때 같으면 가족이 다 함께 외갓집으로 갈 시기였지만, 할머니가 입원 중이어서 처음으로 여름 축제에 갈 수 있게 되었다. 오전에 엄마에게 유타카를 준비해 달라고 부탁하고 저녁 약속 시간을 기다리고 있는데 전화가 울렸다. 전화를 받은 엄마는 초조한 기색으로 이야기했다.

"예. 알겠어요. 바로 남편한테 전화해서 그리로 갈게요."

엄마 목소리를 들으면서 생각했다. 아, 할머니다.

친구에게 양해를 구하는 연락을 넣고 찾아간 병실은 어수선했다. 나는 늘 그랬듯이 고개를 숙인 채 접이식 의자에 앉았다. 아빠와 엄마는 의사와 무언가 이야기를 나누었다.

그때 창밖, 유리창 너머로 작게 소리가 울려 퍼졌다.

쾅. 펑 펑 펑.

눈을 돌리자 멀리서 작게 불꽃이 보였다. 노란색, 파란색, 초록색의 꽃이 잇달아 피었다가 사라졌다. 여름 축제, 가 보고 싶었는데. 불꽃도 가까이서 보고 싶었는데. 그런 생각이 들었다. 실제로 그게 내가 보러 갔을 여름 축제에서 쏘아 올린 불꽃이었는지는 알 수 없다. 다만 나는 그렇게 생각했다.

병실에서는 엄마가 울면서 "엄마, 엄마!" 하고 할머니를 불렀다. 아빠는 엄숙한 표정으로 침묵을 지켰다. 할머니는 그저 눈을 감고 거칠게 숨을 내뱉었다. 의사와 간호사는 바쁘게 돌아다녔다. 그 모습을 지켜보며 나는 마음속으로 나도 모르게 중얼거렸다.

'할머니, 이제 그만 편해지세요.'

그 순간 침대 곁의 기계를 바라보던 아빠가 "앗!" 하고 짧게 중얼거렸다. 잠시 후 의사도, 간호사도 움직임을 멈추었다. 엄마는 한층 크게 울음을 터뜨렸다. 할머니는 이 세상을 떠났다.

할머니가 죽은 뒤, 오랜 시간 복도 벤치에 홀로 앉아 다른 방에서 엄마, 아빠가 할머니의 죽음과 관련된 이런저런 절차를 끝내기를 기다렸다. 시간이 더디게만 흘렀다. 할머니에 대해, 할머니의 죽음에 대해, 머릿속에서 이런저런 생각이 널뛰어 두통이 일었다. 얼마나 시간이 지났을까. 어째서 그랬는지는 알 수 없다. 나는 벤치에서 일어나 걷기 시작했다. 발길이 향한 곳은 몇 시간 전까지 할머니가 있던 병실.

소등 시간이 지난 병실은 어두웠다. 한때 할머니가 누워 있던 병상 말고는 모두 커튼이 쳐져 있고, 슈 슈, 하고 튜브를 지나는 호흡 소리가 작게 들렸다. 늘 그랬듯이 병상 옆에 있는 접이식 의자에 앉았다.

'할머니, 정말 죽어 버린 거야?'

고개를 숙이며 눈을 감고, 그런 생각을 하던 바로 그때, 큰 소리가 들려왔다.

쾅. 펑 펑 펑.

놀라서 고개를 들자, 눈앞의 병상에 할머니가 있었다. 시트가 정돈된 병상 위, 환자복 차림으로 무릎을 꿇고 앉아 이쪽을 바라보는 할머니. 등 뒤의 창으로는 흐드러지게 핀 불꽃. 창 바로 바깥에서 쏘아 올린 게 아닌가 싶을 만큼 큰 불꽃이 소음과 함께 잇달아 피어났다. 눈부신 빛을 등지고, 할머니는 그저 앉은 채 내 쪽을 바라보았다.

"…할머니?"

내 목소리는 불꽃 소리에 묻혀 사라졌다. 역광 속에 간신히 보이는 할머니의 표정은 지금까지 본 적 없는 것이었다. 어딘가 쓸쓸한, 무슨 말을 전하려는 듯한 그런 표정.

나도 모르게 소리쳤다.

"미안해요!"

그렇게 말하자마자 팟, 하고 병실의 불이 켜졌다. 그 순간 할머니도, 불꽃도 거짓말처럼 사라져 버렸다. 병실에 숨어들어 와 소리를 질렀다고 간호사가 타박해도, 나는 지금 본 것을 말하지 않았다. 할머니는 나를 꾸짖고 싶었던 걸까. 아니면 자기밖에 모르는 손녀딸의 바람을 마지막에 이루어 준 걸까.

이 글을 쓰고 있는 서재의 창으로는 여름이 되면 작게 불꽃이 보인다.

쾅. 펑 펑 펑.

해마다 멀리서 그 소리가 울려 퍼지면, 딸은 작은 손으로 내 팔을 치근거리며 하고 싶은 말이라도 있는 듯한 표정으로 나를 바라본다. 소설가로 데뷔하고 나서 얻은 딸이 그 소리를 들은 것도 이제 세 번째다.

이제는 할머니가 살았던 그 집도, 그 병원도 없어진 지 오래다. 나도 어지간히 나이를 먹어 버렸다. 하지만 매해 밤하늘에 국화꽃이 필 때마다 선명하게 그날을 떠올린다.

※※※※※

"얼레, 이케다 군, 자네 지금 우는 거야?"
"그러면… 안 됩니까? 저도 작년에 할아버지가 돌아가셨는데…."

"…그랬군. 안 될 거 하나도 없지만, 좀 뜻밖이어서."

"실례 아닙니까. 사람을 무슨 귀신이나 악마처럼."

"미안, 미안."

"잠깐 화장실에 가서 머리 좀 식히고 오겠습니다."

"나도 마실 거나 한 잔 더 가져올까."

"그럼, 전에 왔을 때 제가 먹었던 파르페 좀 주문해 주실래요? 그거 맛있었거든요."


"기다리셨죠. 세수하고 왔습니다."

"그래."

"무사히 평소 모드로 돌아왔습니다."

"딱히 감동해서 운다고 그게 평소랑 다른 것도 아닐 텐데."

"아뇨, 전 유령 같은 거 안 믿으니까, 울면 캐릭터랑 안 맞죠."

"고집, 참."

"또, 화장실에서 좀 생각해 봤는데요."

"뭘?"

"문장의 분위기에 넘어가서 울어 버렸지만, 이거 쓴 사람이 만약 정말로 할머니 유령을 봤다고 찰떡같이 믿고 있다면, 너무 자의적인 해석 아닙니까?"

"글쎄, 그럴까."

"그치만, 그렇잖아요. '할머니, 이제 그만 편해지세요'라고 했는데, 한마디로 빨리 죽으라는 거 아닙니까. 사랑하는 손녀딸이 할머니 빨리 죽었으면 좋겠다, 이런 생각이나 하고 있으면 열받지 않을까요?"

"그건 글쓴이도 썼잖나. '꾸짖고 싶은 걸까'라고."

"꾸짖고 말고 그런 수준이 아니죠. 보통은 미워하지 않겠어요?"

"그렇진 않을 거야. 만약 그랬다면 불꽃놀이 같은 걸 보여 주지 않겠지."

"고바야시 씨, 물러터졌네요. '넌 평생토록 이 광경을 볼 때마다 내가 죽기를 바랐다는 걸 기억해라.' 이거일 수도 있잖아요."

"감동해서 울었던 인간이 하는 말이라고는 도저히 안 믿기는 참신한 해석이군."

"죄책감 때문에 그런 걸 봤다고 제멋대로 생각하는 데다 자기 좋을 대로 해석하다니, 유령 참 편리하네요."

"말이 좀 거칠긴 한데, 확실히 그런 면이 있지. 유령이 실제로 존재하는지 어떤지는 제쳐 두고, 그걸 봤다는 사람이 유령에게서 어떤 메시지를 받았다는 이야기는 흔하니까. 생전에 친분이 있었던 사람의 유령이라면 더 그렇고."

"죽은 반려동물이 꿈에 나와서 찰싹 달라붙는 이야기도 마찬가지죠."

"모두 그렇게 아귀를 맞춰 가는 거겠지. 편리라기보다는 구원이려나."

"고바야시 씨까지 그런 감성적인 말씀을 할 줄이야."

"감성이라…. 뭐 이런 에세이는 독자의 감정에 호소하려고 다소 각색하는 게 맞겠지. 우리가 오컬트를 날조하는 거랑 마찬가지야."

"방향성은 전혀 다르지만요. 그래서, 본론으로 들어가 보죠. 이 이야기를 꺼낸 건, 여기 나오는 병원이란 데가 그 천국 병원이라서요?"

"그래, 맞아. 그런데… 아, 왔다, 왔어."

"예? 저 사람이요? 되게 두리번대네."

"그래. 호조. 여기야, 여기."

"안녕하세요! 호조라고 합니다. 아유, 이 레스토랑, 찾기 힘들어서 되게 헤맸어요. 늦어서 죄송해요."

"아, 안녕하세요. 처음 뵙겠습니다. 이케다라고 합니다."

"우아! 저 유명인이랑 이야기하는 거 처음이에요. 고바야시 씨도 말했지만, 역시 미남이시네. 사인 받아야겠다."

"잠깐만 호조, 이케다 군 식겁하는 거 안 보여?"

"고바야시 씨도 오랜만이네요. 그 동태눈도 변함없으시고. 그나저나 점점 빠르게 아저씨가 되고 있는 거 같은데?"

"댁도 여러 가지 의미에서 참 변함이 없어. 올해 몇 살이더라?"

"어유! 고바야시 씨, 섬세함은 얻다가 팔아먹었을까. 젊은 여자에게 그런 걸 묻다뇨. 전 오 년 전부터 스물다섯으로 밀고 있어요."

"암튼 뭐, 아마 나이도 별로 차이 안 날 테니 이케다 군, 자네도 너무 어려워할 거 없어."

"…어쩐지, 고바야시 씨한테 들은 이야기랑 이미지가 다르네요."

"네? 그거 무슨 의미죠? 생각보다 미인이란 건가?"

"아니, 괴담 작가라고 들어서 틀림없이 남자겠거니 했죠."

"아하하, 정말이지 그런 말 많이 들어요."

"또, 뭐라고 해야 하나…."

"미인이다?"

"괴담 작가답지 않다고 해야 하나."

"그쪽이었네."

"하긴 호조는 괴담 작가 같지는 않지."

"그렇죠. 저 고바야시 씨처럼 괴담에 훤한 것도 아니고."

"그러면 왜 그 일을 하시는 거죠?"

"호조는 진짜니까."

"진짜?"

"그래. 말하자면 보이는 사람이란 거지."

"예?"

"정말, '예?' 하게 되지. 갑자기 그런 말 들으면."

"고바야시 씨."

"왜."

"일부러 그러시는 겁니까?"

"뭐가?"

"시침 떼지 마시고요."

"어라? 뭐지? 어째 내가 있으면 안 되는 분위기?"

"저, 유령 같은 거 안 믿으니까요. 허언증 있는 사람 데리고 오지 마세요."

"와! 고바야시 씨, 말 안 했어요? 진짜 안 했나 보네."

"각색 때문에 유령을 보는 사람이니 뭐니 하는 설정이라면 이해하겠지만요, 이상한 사람이 멋대로 끼어들어서 이 책 기획을 휘두르는 건 싫습니다."

"이케다 군, 자네 지금 너무 흥분했어. 다 생각해서 부른 거니까 진정해."

"뭐지, 나 좀 거북해서 돌아가고 싶은데…."

"난 유령이 있건 말건 아무래도 상관없어. 중요한 건 이 책이, 기획이 재밌어지느냐 마느냐지. 그리고 호조가 참여하면 재밌어질 거라고 생각했어. 그래서 불렀고. 딱히 주의 주장이 같을 필욘 없지. 오히려 같지 않아야 관점이 다양해져서 재밌을 거고. 내 말이 틀렸나?"

"그야 뭐, 확실히 그렇죠…."

"또 호조는 자네가 생각하는, 유령을 보는 사람과는 좀 달라."

"무슨 뜻입니까?"

"호조, 그럼 자기소개할 겸 직접 이야기해."

"아, 좀 싫은데. 대놓고 허언증 운운하는 사람한테 자기소개 하는 거."

"됐으니까 얼른."

"어디 보자…. 이미 아시겠지만, 나 간사이 출신이에요, 아, 오사카요. 그리고 본가가 신사를 해요. 꽤 유명한 신산데, 거기 외동딸이에요. 액막이니 정화니 그런 거 자주 하는 신사고요. 핏줄 탓인지 뭔지, 어릴 때부터 이상한 게 잘 보이더라고? 뭐, 이케다 씨 보기에는 허언증이나 병일 수도 있겠다. 아, 그렇게 보면 우리 집안 사람들은 죄다 병이겠네. 하하."

"아니, 저기, 그렇게 말하려던 게…."

"실제로 그럴지도 모르고. 보통 사람에게는 보이지 않는 게 보이다니, 보통이 아니지. 그런 걸 이상하다고 하는 거잖아. 병일 수도 있지. 그러거나 말거나 난 상관없지만. 암튼 이상한 게 보이고 난 그걸 유령이라고 생각해요. 사실은 외계인일지도 모르는데, 그걸 다른 사람이 못 보는 이상, 주변 사람들과 의견을 맞춰 볼 수도 없으니까 그냥 유령이라고 생각할래. 그리고 우리 신사에서는 그런 걸 쫓아내는 일을 하고."

"호조 씨도 그… 유령을 쫓아내는 겁니까?"

"못 쫓아. 아니, 쫓는 방법을 몰라. 알아도 하기 싫고."

"삐딱선이 따로 없다니까."

"아니 좀, 지금 말하고 있으니까 고바야시 씨는 입 다물고 계세요. 이케다 씨, 나 그런 거 싫어해. 멋대로 정화하는 거."

"정화는 의뢰받아서 하는 거 아닙니까?"

"그럼. 의뢰받아서 하지. 살아 있는 사람한테서. 유령한테서 의뢰받는 건 아니잖아. 근데 유령 쪽에서도 뭔가 의미가 있어서 이 세상에 남아 있는 건지도 모르는데, 너무 오만하지 않아? 만약 유령이 씌어 죽을 뻔했다고 쳐도 고작 그 이유만으로 제삼자가 멋대로 참견하면 안 되는 거지. 아, 유령 안 믿으신댔나. 그럼 허언증 걸린 여자가 지어낸 이야기라고 생각하고 들어요."

"지어낸 이야기라고 해도 논리는 이해가 됩니다."

"후후, 고마워. 말귀가 있으시네. 암튼 난 부모님이나 조상님들 했던 정화 같은 건 하고 싶지 않거든. 그래서 대학 마치고 본가를 나와 여기로 와서 허랑방탕하게 살다 보니 허언증 있는 여자가 되어 버렸네?"

"허언증은…. 제가 좀 말이 심했습니다. 믿지는 않지만요."

"사실 나도 잘 모르겠어. 내가 유령이라고 생각하고 보는 거랑, 나처럼 유령이 보이는 다른 사람이 보는 게 같은 건지도 모르겠고. 그렇게 엄청 흐리멍덩한 인식의 세계니까. 어쩌면 뇌의 이상인지도 모르고, 전기 신호를 포착하는 특이 체질인지도 모르지. 그런 만큼 유령 같은 게 보인다고 세상에다 대고 '유령은 진짜 있어요!' 하고 자랑스레 말할 생각은 없어."

"어때? 이케다 군이 생각한 유령 보는 사람이랑은 다르지?"

"음, 그렇긴 하네요…. 그래도 호조 씨를 어떻게 대해야 할지 잘…."

"약간 거짓말쟁이 아가씨 어때? 좀 괜찮지 않나?"

"음… 그러면 이렇게 하죠. 지금 우리가 말싸움해 봐야 아무

소용 없으니. 전 호조 씨가 환각을 유령이라고 믿는다고 인식하겠습니다. 호조 씨는 절 머리가 굳은 놈이라고 생각하세요. 어떻습니까?"

"얘, 생각하는 게 좀 귀엽다."

"그, 호조 씨는 유령이라고 생각하는 게 어떤 식으로 보이는 겁니까?"

"아하하, 말하는 거 약간 성가시다. 거긴 그냥 유령이라고 하면 되잖아. 음, 설명하기 어렵네. 라디오에 가깝다고 해야 하나."

"전 팟캐스트밖에 못 들어 봐서요."

"꺅! 그만! 나랑 그렇게 세대가 다른 것도 아니면서. 나 세대 차 같은 거 느끼기 싫어."

"난 알지."

"고바야시 씨는 당연히 알겠죠. 으음, 그러니까 옛날 라디오는 주파수가 맞을수록 음이 뚜렷하게 들리거든."

"그… 유령도 그거랑 같다는 말입니까?"

"그래, 맞아. 뚜렷하게 보이는 것도 있고, 엄청 어슴푸레하게 보이는 것도 있고, 목소리가 들리는 게 있는가 하면, 모래 폭풍 같은 소음이 들리는 것도 있어. 딱히 거리 문제도 아니고, 왜 그런 차이가 나는지는 나도 잘 몰라."

"목소리가 들린다는 건 말을 걸어 온다거나, 뭐 그런 거 같다는 겁니까?"

"음…. 그럴 때도 있지만 대개는 안 그래. 뭐라고 해야 하지, 식물이나 곤충이랑 비슷해. 말을 했다 쳐도 딱히 나더러 하는 건 아닌 거 같고. 의미가 있다기보다는 습성으로 그러는 거 같달까."

"어쩌면 유령이란 게 그런 존재일지도 모르지. 그 왜, 괴담 '반초사라야시키'[10]에서는 오키쿠가 밤이면 밤마다 접시를 세지 않나? 만약 오키쿠의 유령이 있다고 치고, 원한을 풀고 싶다면 원망하는 사람 찾아가서 죽이면 그만일 거야. 그런데 그렇게 안 하고 매일 밤 계속해서 접시를 세지. 거기에 어떤 의미가 있다기보다, 동물적인 습성으로 그렇게 행동한다. 그렇게 생각하는 게 오히려 와닿지."

"그러면 유령에겐 딱히 자기 의사란 게 없다는 말씀이세요?"

"안 믿는 거치고는 잘 받아먹네. 뭐, 확실하게는 나도 몰라. 하지만 의사가 있는 것처럼 보이는 유령도 있어. 그런 건 대개 다 위험하고. 목적이 있어서 누군가에게 들러붙어 따라다니거나 말을 거는 유령에겐 안 얽히는 게 좋아. 끌려갈 테니까. 난 아버지랑은 달리 일반인으로 살고 싶어서 그런 거랑은 되도록 안 얽히려고 해. 뭐, 대다수 유령은 그저 거기 있을 뿐, 잔상 같은 거지만."

"참고로, 지금도 보이십니까?"

---

10  '사라야시키'는 저택(야시키)의 하녀가 다른 사람의 음해로 접시를 깼다거나 훔쳤다는 억울한 누명을 쓰고 우물에 빠져 죽은 뒤 밤이면 밤마다 우물가에 망령으로 나타나 접시(사라)를 센다는 괴담의 총칭인데, 에도의 '반초'라는 곳을 무대로 '오키쿠'라는 하녀가 망령으로 등장하는 '반초사라야시키'가 가장 유명하다.

"보여."

"어디에 있습니까?"

"지금은 말 안 할래."

"어째서요?"

"안 믿으니까."

"안 믿으면 안 보이는 겁니까?"

"그럴지도. 게다가 지금 보여 주면 회의를 못 할 테니까. 보여 줄 거면 전부 끝내 놓고 해야지."

"제가 무서워할 거라는 말을 하고 싶은 겁니까?"

"미안, 미안. 좀 놀려 봤어. 열받지 마. 게다가 희한하게 우리 흥미가 그쪽으로 쏠리면 그쪽에서도 알아채니까."

"그러면 곤란하지."

"전 잘 모르겠네요."

"그야 모르겠지. 아, 고바야시 씨."

"왜?"

"나 맥주 주문해도 돼요? 목이 말라서. 또 감자칩도 먹고 싶어요. 패밀리 레스토랑 감자칩 좋아하거든요."

"변한 게 하나도 없네…."


"그래서 호조는 이렇게 가끔 괴담 작가로 일을 거들고 있지."

"본업은 패션지 쪽이지만 말이야. 프리랜서거든."

"근데 괜찮으세요? 아직 책이 나온다고 확정 난 것도 아닌데,

호조 씨까지 부르고."

"전에도 말했지. 만약 꽝이 나도 다른 출판사에 들고 갈 거고, 그래도 안 되면 다른 잡지에 심령 명소 괴담으로 기고할 거야."

"그러면 나한테도 원고료 줘요. 아무리 고바야시 씨 부탁이래도 공짜로 일하긴 싫으니까."

"알았다니까."

"그런 겁니까. 근데 고바야시 씨, 그 건은 이야기가 된 건가요? 그, 있잖습니까…."

"그 건? 아, 조작 말이군. 그래. 호조는 그런 거 신경 쓰는 사람이 아니어서."

"아니, 실제로 유령이 보이는데 조작이라니, 호조 씬 그래도 괜찮아요?"

"응, 괜찮지 않아? 조작하는 게 실제 피해 없이 끝날 거고. 다만 심령 명소 같은 델 장난 삼아 갔다가는 쓸데없는 걸 들고 올 테니까 주의를 환기해 두는 편이 좋겠지. 또 고바야시 씨가 날 부른 건 그냥 글만 쓰게 할 셈은 아닐 거잖아, 그죠?"

"눈치도 참 빨라."

"무슨 말이에요?"

"정말로 위험해지면 내가 미리 알려 줄 거야. 탄광의 카나리아처럼 말이야."

"고바야시 씨, 이러니저러니 해도 역시 유령 긍정파였네요."

"아니, 그저 신중할 뿐이지."

"그래도 너무 믿지는 마세요들. 난 정화나 퇴마 같은 건 못 하니까. 어디까지나 보이기만 할 뿐."

"괜찮아. 그런 건 다 알고 있어."


"사실은 아까 보여 줬던 그 에세이도 호조가 보내 준 거야."

"내가 이래 보여도 일은 제대로 하는 사람이니까."

"어떻게 찾아낸 겁니까?"

"솔직히 말하면 우연이야. 얼마 전에 고바야시 씨가 어차피 한가할 테니까 일을 거들라고 해서, 그래서 그 병원이었나? 그 장소에 관한 자료를 모아야 했거든. 그래서 뭐 아는 정보 없나, 동료 글쟁이들한테 물어보니까 거기에 관한 에세이를 쓴 작가랑 인터뷰한 적이 있다고 하더라고."

"이 작가는 병원이 폐업한 뒤에 심령 명소가 된 걸 압니까?"

"아니, 그땐 그런 이야기가 안 나왔나 봐. 근데 이 에세이가 실린 책이 출판되고 몇년 후에 죽은 모양이야."

"어? 그랬나?"

"어라? 이거 보낼 때 내가 이야기 안 했나? 죽었어요. 게다가 자살."

"허…. 할머니가 그건 지켜 주지 않았군."

"죽을 뻔할 때마다 조상님이 지켜 주면, 고령화도 점점 심해지겠다."

"왜 자살 같은 걸 했지?"

"글쎄요, 거기까진 모르겠고. 근데 그런 일이 있었어서 글쟁이 지인도 인터뷰했던 걸 잘 기억하는 거 같더라고요."

"고바야시 씨, 어때요? 이거 잘 이어 붙일 수 있을 거 같은데요. 천국 병원 소문과 이 에세이."

"천국 병원?"

"호조, 제대로 조사 안 했네…. 그 폐병원이 심령 명소가 됐다는 건 이제 뭐 알겠고, 거길 통칭 천국 병원이라고 해."

"조사했거든요, 십오 년 치 정도. 아니, 것보다 거기 이름, 후지미(富士見) 병원 아니었나? 의료 사고가 계속 나서 야반도주하듯 폐업했다고 인터넷에는 쓰여 있었는데."

"맞습니다. 하지만 지금은 천국 병원이죠. 천국 병원이라고 불리기 전에는 같은 후지미라도 불로불사 뜻의 후지미(不死身) 병원이라고 불렸다네요."

"뭔가 멋들어진 이름이네. 불사신 쪽은 대충 알겠는데, 천국이란 이름은 왜 붙은 걸까?"

"죽은 사람을 만날 수 있다는 소문이 있다는군."

"하하. 죽은 사람이야 여기저기 온통 널려 있을 텐데."

"그렇게 생각하는 건 호조 자네뿐이야. 게다가 소문에 따르면 천국 병원에서는 죽은 사람 중에서도 자기가 만나고 싶은 사람을 만날 수 있다고 하니."

"네에, 거참 고마운 장소네요. 그래서 짱이케는 유튜버로서 거기 갔겠지? 만났어? 만나고 싶은 사람을?"

"만났을 리 없잖아요. 아, 그리고 비즈니스 파트너더러 짱이케라고 부르지 좀 마세요."

"아니, 그게 어때서. 짱이케. 귀엽잖아."

"…아, 진짜 성가시네. 뭐, 알아서 하시고요. 후지미 병원이란 이름도 괜히 멋있으라고 부르는 게 아니라 일단 인터넷에 그럴싸한 글이 올라왔던 모양입니다."

"허. 천국만 아니라 불사신까지. 파워 스폿[11]이네."

"뭐, 굳이 이야기할 정도는 아니고, 시시한 소문이긴 한데요."

"나 소문 좋아하거든. 일단 가르쳐 줘."

"원래 그 장소가 군 병원이었다고 합니다. 제2차 세계 대전 때 일본군이 비밀리에 그 병원에서 연구를 했던 모양이에요."

"어떤 소문인가 했더니 생각지도 못한 데서 치고 들어오잖아?"

"그 연구 내용이란 게, 전장에서 어떤 부상을 당해도 죽지 않는 부대를 만드는 것이었답니다. 즉, 불사신 부대죠. 그리고 그 연구는 성공했습니다."

"세기의 대발명이네."

"살아 있는 부대를 개조하는 게 아니라, 병원에서 죽은 사람의 시신을 되살리는 방법을 고안해 낸 거예요. 전기 충격을 줘서 근육을 움직였다던데. 그렇게 해서 통증을 느끼지도 않고 의사도

---

11 신흥 종교, 유사 과학 등에서 말하는 '영적인 에너지가 충만한 특별한 장소'의 총칭.

없는, 총에 맞아도 죽지 않는 시체를 적지에 투입했습니다."

"하긴, 처음부터 죽어 있었다면야 불사신이라면 불사신이지만… 그래도 너무 억지 아냐?"

"주술사 집단이 금단의 주술로 시신을 되살렸다는 이야기도 있고요."

"그런 건 울 아버지도 못 하시는데."

"억지건 뭐건 이거 헛소문이니까. 나도 이케다 군한테 듣고 조사해 봤는데, 후지미 병원이 옛날부터 있던 병원인 건 맞아. 하지만 군 병원인 적도 없고, 뭔가 특별한 연구를 했다는 기록도 없어. 그냥 저기 산 쪽에 있는 큰 병원일 뿐이야. 아마 죽은 사람을 다시 살렸다는 부분만 뚝 떨어져 나와서 죽은 사람을 만날 수 있는 심령 명소로 바뀐 게 아닐까."

"이야기가 너무 대충이야."

"의료 사고가 겹쳐서 야반도주나 마찬가지로 폐업했다는 게 이상한 소문을 불러온 건지도 모르지."

"그런데 이 사람이 쓴 에세이 내용은 천국 병원과 딱 맞아떨어집니다."

"확실히 쓸 만해 보이기는 해."

"근데 천국 병원으로 불릴 정도면 그런 이야기는 얼마든지 있는 거 아냐?"

"있습니다. 셀 수 없을 만큼. 시시한 이야기가."

"그럼, 그 시시한 이야기 중에서 쓸 만한 걸 몇 개 골라내면 되잖아."

"그래. 그건 이미 해 놨지."

"역시 일 처리 한번 빠르다니까."

"다만….."

"다만, 뭡니까?"

"완성도가 낮아."

"아….."

"소문이래야 인터넷 정보가 거의 다니까. '옛날에 자살한 급우를 봤습니다!' 같은 이야기거나 딱 봐도 거짓말 같은 이야기밖에 없어."

"딱히 그건 문제없지 않나? 나랑 고바야시 씨 둘이 적당히 각색하면 그만인데."

"그야 그렇지만… 그래도 천국 병원 소문의 진상을 해명하는데, 그저 체험담을 죽 늘어놓다가, '예, 끝입니다' 하면 좀 맛이 안 살지 않나? 제대로 편집이 안 된 거 같고."

"고바야시 씨, 성실하시니까."

"재미가 없으면 기획도 통과 못 할 거고. 그래서 여러모로 찾아보고 있어. 뭔가 좀 더 확 오는 게 없을까 싶어서."

"이건 어떻습니까?"

"뭐야, 뭐? 어떤 거?"

※※※※※

## F 병원 터

한 달쯤 전에, 담력 시험하다 겪은 무서운 사건입니다. 거긴 사이타마현에 있는 F 병원이라는 곳이었습니다. 지금은 폐공간이 된 그 병원은 지역에서는 알아주는 심령 명소입니다. 장난삼아 놀러 갔던 사람이 돌아오지 못해서 '천국 병원'이라고 불리고 있습니다. 소문으로는 일본 병사 유령이 나온다고도 하고, 기도하면 죽은 사람을 만날 수 있다는 이야기도 유명합니다. 하지만 우리가 그곳에서 본 것은 둘 다 아니었습니다.

저는 친구 둘과 렌터카를 빌려서 심야에 그 병원으로 담력 시험을 하러 갔습니다. 산 위에 있는 탓에 스쳐 지나가는 차도 전혀 없어서 다들 무서워하며 그곳으로 향했습니다. 도착한 병원 앞에는 방문객을 위한 큰 주차장이 있었는데, 우리가 거기에 도착했을 때 다른 차는 없었습니다.

입구를 봉쇄한 쇠사슬은 끊어져 있어서 간단히 안으로 들어갈 수 있었습니다. 막상 들어가 보니 안이 넓기는 했지만, 딱히 어질러져 있지도 않아서 딱 봐도 험악한 폐건물 같은 광경을 상상했던 우리 기대에는 좀 미치지 못했습니다.

그래도 역시 분위기는 제법 그럴싸해서, 스마트폰 불빛으로 근처를 비추면서 움직이지 않는 엘리베이터 버튼도 눌러 보고, 큰 기계가 방치된 수술실 같은 방도 조심조심 탐험했습니다. 3층짜리 넓은 병원이어서 속속들이 다 보지는 못했지만, 30분쯤 걸려서 대충은 본 거 같습니다. 다만 들어갈 수 없는 장소가 있었습니다.

병원 입구에서 올려다봤을 때, 좌우로 긴 건물이었던 거 같은데, 왼쪽에도 병동이 있고 거기가 봉쇄되어 있었습니다. 우리가 탐험했던 접수처나 수술실이 있는 병동의 앞쪽과 뒤쪽, 두 개의 연결 통로로 이어진 그 병동은 3층의 모든 계단과 연결되어 있었습니다. 하지만 우리가 본 바로는 어느 계단, 어느 통로든 끝 쪽에 판자를 바리케이드 치듯 박아 놓아서 지나갈 수 없었습니다. 바리케이드 바로 앞 바닥에 일부러 붉은 페인튼지 뭔지로 커다랗게 X 표시를 해 둬서 묘한 느낌이었습니다. 다만 그 병동에 들어가지 않아도 탐험할 장소는 많았으니까 딱히 신경을 쓰지는 않았습니다.

슬슬 차로 돌아갈까, 그런 이야기를 하면서 로비 쪽까지 돌아왔을 때, 문득 연결 통로 안쪽을 비추던 친구 하나가 그것을 발견했습니다. 바리케이드의 판자가 조금 벌어져 있었습니다. 그러니까, 사람 하나가 들어갈 만한 틈새가 있었던 겁니다.

"모처럼 왔는데, 잠깐 들어가 볼까?"

친구가 그렇게 말했을 때, 저는 걷다 지치기도 해서 그럴 맘이 들지 않았습니다. 하지만 나머지 하나가 찬성하는 바람에 들어가게 됐습니다.

틈새를 비집고 나가자, 입원 병동이 나타났습니다. 네모나게 탁 트인 중정을 감싸듯 회랑이 뻗어 있고, 다시 그걸 감싸듯 병실이 배치되어 있었습니다. 바리케이드를 빠져나간 우리는 복도를 걷기 시작했습니다.

오른쪽으로 보이는 병실은 하나같이 창이 판자로 막혀 있어서 캄캄했습니다. 스마트폰 불빛으로 안을 비추니 시트가 바닥에 어질러져 있고, 큰 침대가 뒤집혀 있었습니다.

왼쪽의 중정은 잡초가 무성했는데, 복도는 창으로 비치는 달빛 덕에 꽤 밝았습니다. 병실은 많았지만, 뭐 하나 크게 다르지 않아서, 봉쇄되어 있으니까 뭔가 위험한 게 있지 않을까 생각했던 우리로서는 좀 맥이 빠졌습니다.

도중에 위층으로 올라가 보자는 이야기가 나왔지만, 회랑 네 귀퉁이에 있는 계단도 하나같이 사무용 책상이 천장까지 쌓여 있어서 올라갈 수 없었습니다. 나머지 다른 연결 통로도 판자로 봉쇄되어 있어서 우리는 원래 왔던 곳까지 한 바퀴 돌아서 돌아가게 되었습니다.

"딱히 재미있는 건 없었네."

친구가 그렇게 말하며 판자를 막 빠져나가려 할 때, 다른 친구 하나가 말했습니다.

"어라? 스마트폰이 없어."

당황한 눈치로 주머니를 뒤지면서요. 하지만 방금까지 그 친구는 스마트폰을 쥐고 불빛을 비추었습니다. 떨어뜨렸대도 금세 알아차렸을 겁니다.

"아까까지 들고 있었잖아."

"그랬을 텐데…."

"전화 걸어 볼까."

저는 친구의 스마트폰으로 전화를 걸었습니다.

복도 안쪽에서 신호음이 들렸습니다.

"너 인마, 역시 떨어뜨렸잖아."

"어? 그럴 리 없는데."

셋이 소리를 더듬어 다시 처음과 똑같이 두 바퀴째 걷기 시작했습니다. 첫 번째 모퉁이에 왔을 때, 위화감을 깨달았습니다. 소리에 가까워지지 않는 겁니다. 처음에는 복도에 소리가 메아리치니까 거리감을 알기 어려울 수도 있다고 생각했습니다. 하지만 원래 장소로 돌아가도 소리는 복도 안쪽에서 들려왔습니다.

"뭔가 좀 이상하지 않아?"

친구가 경직된 얼굴로 말했습니다.

"하지만 스마트폰이 없으면 안 되고…."

"병실에 떨어뜨렸다가 못 본 건가?"

"이제 됐잖아. 그만 나가자."

"그럼 나 혼자 보고 올게. 산 지 얼마 안 됐단 말이야."

세 바퀴째 걷기 시작한 친구를 내버려둘 수 없어서 우리도 뒤를 따랐습니다. 소리는 변함없이, 어렴풋하게 계속 들려왔습니다.

두 번째 모퉁이를 지나서도 역시 보이지 않았습니다. 하나씩 들여다본 병실에도 없었습니다. 이쯤 되니 모두 이 상황이 이상하다는 걸 확실히 깨닫기 시작했습니다.

"어쩐지 기분이 안 좋아. 그만 나가자."

"…응."

체념한 기색이 역력한 친구와 함께 세 번째 모퉁이를 향해 걷기 시작했습니다. 아직 스마트폰의 소리는 어렴풋이 들려오고 있었습니다. 저는 다시 귀를 기울였습니다.

쾅당.

그때 큰 소리가 복도에 울려 퍼졌습니다. 모두가 순간적으로 서로 몸을 바짝 붙였습니다.

"어라… 누구지?"

친구가 창을 가리켰습니다.

중정을 사이에 두고 보이는 맞은편 복도, 거기에 남자가 있었습니다. 달빛을 받으며 만면에 웃음을 띠고 이쪽을 바라보고 있었습니다. 남자가 치켜든 손안에 희게 점멸하는 빛을 보았을 때, 그게 스마트폰이란 걸 알아차렸습니다.

"어? 저거, 내 스마트폰? 어?"

"야, 걷고 있어."

남자는 얼굴을 이쪽으로 향한 채 천천히 복도를 직진했습니다.

"어쩌지? 위험하지 않아? 막 웃고 있어."

"아니, 근데 내 스마트폰…."

"아무리 생각해도 이상해. 나가자."

우리는 그 남자를 보면서 거리를 벌리기 위해 앞으로 빠르게 걷기 시작했습니다. 남자는 변함없이 우리 쪽을 웃는 얼굴로 지켜

보면서 맞은편 복도를 계속 걸었습니다. 마치 술래잡기가 시작된 것 같았습니다. 세 바퀴째를 끝내고 원래 왔던 장소로 돌아왔을 때, 친구가 크게 소리 질렀습니다.

"야! 막혀 있어!"

우리가 지나온 판자 틈새, 그 너머에 무언가가 놓여 있어서 빠져나갈 수 없게 된 겁니다.

"위험해! 위험하다고!"

친구가 막힌 것을 쾅쾅 걷어찼습니다. 저는 그 뒤에서 창을 보고 있었습니다. 남자는 이제 곧 세 번째 모퉁이에 도착할 참이었습니다. 다만 그 걸음걸이가 휘청휘청, 이상했습니다. 그 이유를 깨달았을 때, 저는 너무 무서워서 소리조차 낼 수 없었습니다. 머리가 커져 있었던 겁니다. 남자는 어깨너비까지 커진 머리 때문에 휘청휘청 걸으면서, 모퉁이를 막 돌려는 참이었습니다.

"위험해! 따라잡히겠어!"

제 목소리에 뒤를 돌아본 두 사람은 크게 소리를 지르며 달리기 시작했습니다. 저도 그 뒤를 따랐습니다. 복도를 전력 질주해서 첫 번째 모퉁이를 돌았습니다. 그 기세 그대로 두 번째 모퉁이를 지날 즈음 멈춰 선 두 사람을 따라잡았습니다.

"어…."

거친 숨을 내쉬면서 친구가 창 너머를 가리켰습니다. 거기에는 더욱 머리가 커진 남자가 걷고 있었습니다. 눈과 코와 입의 위치가 어긋나 일그러진 얼굴은 여전히 웃고 있었습니다. 넘어질 듯

비틀비틀하면서 계속 걸었습니다. 그 자리에 어울리지 않는 스마트폰 신호음이 복도에 어렴풋이 울려 퍼졌습니다.

친구가 소리 없는 비명을 지르며 다시 뛰기 시작했습니다.

쾅 쾅 쾅 쾅.

먼저 도착한 친구가 바리케이드 판자를 마구 걷어찼습니다. 저도, 다른 하나도 그 친구 뒤를 따랐습니다.

쩍 쩌억 쩍 쩌억.

커지는 신호음과 겹치듯 그런 소리가 들려왔지만, 이제는 뒤를 돌아볼 수 없었습니다.

빠각, 소리를 내며 판자가 부서졌습니다. 굴러가듯 판자 맞은편 연결 통로로 몸을 던졌습니다. 우리가 들어왔던 틈새에는 큰 사무용 책상이 마치 출구를 가로막듯 놓여 있었습니다.

있는 힘을 다해 주차장까지 달려가서 급히 산기슭으로 차를 몰았습니다.


그런 일이 있고 나서 오늘까지 저도, 친구도 무사합니다. 아무도 죽거나 그러지 않았습니다.

하지만 그날 이후 매일 전화가 걸려 옵니다. 그날, 친구가 떨어뜨린 스마트폰 번호로. 이미 해지한 그 번호로. 저는 지금도 그 전화를 받지 않고 있습니다.


※※※※※

"아, 딱 요즘 이야기네."

"그렇죠. 그래서 안성맞춤이다 싶어서."

"음? 무슨 뜻이야?"

"으음. 좀 시기가 너무 잘 맞아떨어져서 거짓말 같다고 해야 하나, 그런 미묘한 느낌도 드는데. 또 죽은 사람을 만날 수 있다는 취지와도 어긋나고."

"그렇습니까. 아쉽네요."

"아니, 잠깐만! 요즘 이야기 같단 말이 무슨 의미냐고."

"호조, 풍선남 이야기 모르나?"

"뭐예요, 그 웃기는 이름의 남자는?"

"최근 SNS에서 유행하고 있습니다. 보세요. 저도 노트북에 붙여 놨어요."

"이 스티커 뭔데. 징그러운데 귀여워."

"그렇죠? 유튜버 친구가 줬습니다."

"도시 전설이야. 머리가 큰 귀신 이야기. 나도 최근 기사로 썼어. 인터넷에서는 밈으로 다루고 있지. 이젠 이런 스티커까지 만들 만큼."

"그럼 이 이야기도 그 유행에 편승한 창작이란 말씀?"

"이 글, 올라온 게 바로 최근이잖아? 그럴 가능성이 충분하지."

"뭔가 변태 오두막 때도 그런 이야기가 있었죠."

"뭐, 머리 큰 유령 같은 거 드물지도 않으니까."

"호조 씨는 진짜 이야기라고 생각하세요?"

"응, 진짜겠지, 이 이야기."

"어째서요?"

"어쩐지."

"'어쩐지'라…."

"그러고 보니 이케다 군의 동영상에서는 갔던가? 입원 병동."

"안 갔을걸요, 아마."

"그 동영상 나도 보여 줘."

"호조는 아직 안 봤나?"

"그야 고바야시 씨, 나더러 자료 모으란 소리만 했으니까."

"그럼 지금 보실래요? 지면에 쓸 소재도 찾을 겸."

"그럴까."


"지금 달리는 데가 게시글에도 있던 산길입니다."

"짱이케, 젊은데 차가 있구나."

"뭐, 집에서 사 준 거지만요."

"집에 돈이 많으면 피차 이득이지."

"여기서 제일 가난한 건 나로군."

"제법 산이 높네."

"예. 병원이 커서, 아무래도 거기 짓는 게 나았을 겁니다."

"주변에 건물은 있었나?"

"아뇨, 보시는 대로 아무것도 없습니다."

"어때, 호조. 뭐 보이는 거 없나?"

"네? 뭐가요?"

"있잖아, 그거, 유령이라든가."

"뭐래? 그런 건 안 보인다니까."

"누님, 영감이 있는 거 아니었어요?"

"아냐, 나 화면이나 사진으로는 못 봐. 아버지도 아니고. 무리야, 그런 거. 아니, 근데 미남한테 누님이라고 불리니까 좀 쑥스럽네."

"아마 이케다 군이 부르는 누님은 호조가 생각하는 누님이랑은 다를 거 같은데."

"하하, 아, 여기가 정문 현관입니다."

"꽤 넓네, 여기."

"지금 얼굴 찡그린 건 연출?"

"아, 아마 그럴걸요. 기억 안 나지만요."

"되게 성큼성큼 걷는다, 이케다 군."

"그게 나름 셀링 포인트라서."

"그런 거치곤 머리 아프다느니 뭐 그런 얄팍한 상황극도 끼워 넣고."

"그 정도 연출이 없으면 재미가 없지 않습니까? 앗."

"왜 그래?"

"생각났어요. 이거, 상황극이 아닙니다. 정말 머리가 아팠어요."

"그랬어? 호조는 유령이 보일 때 머리가 아프거나 해?"

"아뇨, 딱히 그렇진 않은데."

"아마 숙취였을 거예요."

"지금 있는 데가 간호사 스테이션인가?"

"그렇게 보이네요."

"이상한데."

"뭐가요?"

"아니, 좀."

"뭡니까, 그 의미심장한 말투는."

"미안, 미안. 나중에 이야기할게."

"그러고 보니 병원이 폐쇄된 건 언제였죠?"

"어디 보자, 한 이십 년쯤 전이었던 거 같다."

"어라, 꽤 최근이잖아."

"그렇다니까요. 소문이 무성한 거치고는 폐쇄된 지 얼마 안 됐습니다."

"차로 가기 쉬운 데면 좀 빨리 유명해지기도 하고."

"아니면 정말 글러 먹은 데거나."

"글러 먹어요?"

"그나저나 이 동영상 왜 이렇게 인기야?"

"글쎄요, 저도 잘 모르겠습니다. 그냥 유명한 장소니까 검색에 잘 걸렸을 수도 있고요."

"그럼 이케다 군 말고도 쳐들어간 유튜버가 있는 거 아냐?"

"아무래도 있긴 있겠죠. 근데 이런 폐건물은 다루기가 꽤 어렵거든요."

"무슨 말이야?"

"편집이죠. 보세요, 여기 넓잖아요. 게다가 황량하긴 해도 딱히 뭐가 남아 있지도 않고. 특정한 방에 유령이 나온다는 소문도 없고요. 그래서 그럴싸하게 만들기가 쉽지 않죠."

"아, 알았다. 짱이케의 편집 솜씨가 좋았다는 거지?"

"그렇죠."

"겸손이란 걸 아예 모르네."

"그야 정말이니까요. 그리고 또 화면이 확실하게 흐릿해지거든요. 그게 괴기 현상 같아서 시청자들 평판이 좋았던 거 같습니다."

"그건 조작이야?"

"아뇨, 진짭니다."

"앗!"

"지금 거기?"

"딱 좋은 타이밍이었네요. 그렇습니다."

"뭐지? 순식간에 지직거리네."

"몇 번 더 그렇게 화면이 맛이 갑니다."

"카메라 고장 아냐?"

"저도 그렇게 생각했지만요. 하지만 이거 찍을 때 말고는 그런 일이 없어서."

"짱이케, 리액션 잘한다."

"그야, 여기가 클라이맥스라고 생각하고 찍었으니까요."

"고바야시 씨, 아까 말한 이상하다는 게 뭐야?"

"아, 그거. 이케다 군은 다양한 폐공간을 가 봤을 텐데, 이 병원, 어떻게 생각하나?"

"어떻게…? 그냥 재미없는 폐공간이라는 생각밖에…."

"그래. 재미가 없지."

"폐공간에 재미가 있고 말고가 있나?"

"아니, 있어. 예를 들어 폐병원이면 다 쓴 주사기나 진료 기록부 같은 거…. 그게 의료 사고랑 엮여 있으면 더 재밌지."

"하긴 동영상 볼 때도 그러면 더 흥미롭죠. 심령 현상이랑 연결하기도 쉽고."

"그렇구나…. 그런 게 여기는 하나도 없다고?"

"그래. 없어. 야반도주나 마찬가지로 폐업했는데도. 그런 잔류 물품이 대형 기기 말고는 하나도 없어."

"들고 가 버렸는지도 모르겠네요."

"누가?"

"뻔한 이야기라서 그냥 넘겼는데, 자요, 여기 블로그 좀 보세요."

※※※※※

## 무서운 이야기 하나

안녕하세요. 최근 비가 계속 와서 우울하네요.

어제 드라이브를 했는데, 라디오에서 어떤 괴담이 흘러나오더군요. 개그맨이 이야기한 건데, 심령 명소에 갔다가 죽은 모친의 유령을 봤다는 이야기. 그 개그맨이 갔다는 '어떤 병원', 그거 아마 저 사는 동네에 있는 병원일 겁니다…. 이름을 대면 폐를 끼쳐서 안 되니까(요즘은 놀이 삼아 몰래 숨어드는 인간들도 많다고 하니까), 자세한 건 비밀로 하고요. 천국 병원 하면 딱 알아듣는 분들도 더러 있지 않으려나. (웃음) 우리 지역에서는 심령 명소로 꽤 알아주는 데라서 학창 시절엔 그런 소문도 많이 들었습니다. 이참에 저 놀던 시절, 선배 S한테 들은 이야기를 하나 해 볼까요….

S는 바이크를 타고 친구들과 담력 시험을 하러 갔답니다. S가 소속된 동네 폭주족 사이에서는 산에 있는 그 폐병원에 가는 게 일종의 담력 시험 같은 연례행사였나 봅니다. 한 사람씩 입구를 지나 안으로 들어가서 전리품을 들고나오면 정식으로 멤버가 될 수 있다는 그런 규칙 같은 게 있었다나요.

아직 새내기였던 S는 한 손에 손전등을 들고 용감하게 뛰어들었다고 합니다. 병원 안을 우왕좌왕 돌아다니면서 전리품을 물색하고 있자니 어떤 것이 눈에 들어왔습니다. 바로 더러워진 진료

차트였습니다. S는 그걸 둥글게 말아 주머니에 넣고, 밖에서 기다리는 패거리 곁으로 돌아왔습니다. 그 후 순서대로 들어갔던 다른 패거리들도 끊어진 간호사 호출기, 수술용 도구 같은 걸 저마다 하나씩 들고 돌아왔죠.

담력 시험은 그걸로 끝이 아닙니다. 그 전리품을 가지고 뭘 좀 해야 했어요. 그게 뭐냐면, 이것도 우리 지역에서는 유명한 이야긴데, 전리품을 들고 시계 방향으로 빙글빙글 도는 겁니다. 그러면 죽은 사람한테서 전화가 걸려 온다, 그런 소문이 있었거든요. 실제로 그런 전화가 걸려 온 적은 지금까지 없었다는데, 그걸 무서워하지 않고 하는 거 자체에 의미가 있었던 거죠. 어두운 주차장에서 산기슭 편의점에서 사 온 츄하이 캔으로 술잔치를 벌이면서 패거리가 부추기는 대로 S가 그걸 해 버렸다네요.

취기가 돌아서인지, 몇 번 도는 사이에 평형 감각을 잃고 속이 거북해지는 바람에 S는 그 자리에 멈춰 섰습니다. 그때 주머니 안에서 휴대 전화가 울렸다고 합니다.

액정에 표시된 건 지난해 바이크 사고로 죽은 친구의 이름이었습니다. S가 패거리에게 그 사실을 알리자, 단숨에 그 자리가 물을 끼얹은 듯 조용해졌습니다.

"받아 봐."

패거리 중 하나의 재촉을 받고 통화 버튼을 눌렀습니다.

"여보세요?"

S의 말에 대꾸는 없었습니다. 다만 바람 같은 소리가 들려왔

다는 겁니다. 천식으로 좁아진 기도를 공기가 지나가는 듯한 기묘한 소리였다나요. 그러고는 전화가 갑자기 끊어졌습니다.

그 후, S의 휴대 전화에는 그 번호로 밤낮을 가리지 않고 전화가 계속 걸려 왔답니다. 차단할 때까지요.

"죽은 친구가 전화를 건다고 생각했지. 하지만 아니었어. 저세상과 연결된 건지도 몰라."

S는 제게 이렇게 말했습니다. 하지만 저는 이런 생각을 해 봅니다. S가 들었다는 바람 같은 소리, 그게 바로 친구의 목소리가 아니었을까 하고.

그는 괴로워하고 있었던 게 아니었을까요. 우리가 물속에서 숨을 제대로 쉬지 못하고 괴로워하듯이. 천국에서 평온하게 지내고 있었는데, 이상한 주술 탓에 억지로 세상에 불려 나왔으니까요. 그래서 도와 달라고, 몇 번씩 전화를 걸었을지도 모르죠.

어때요, 무섭죠? 여러분도 장난이랍시고 괜히 담력 시험 같은 거 하지 마시고요.

그러면 오늘은 이쯤에서 인사드리겠습니다.

※※※※※

"확실히 어디선가 들어 본 이야기 같긴 해. 그래도 이게 진짜면 그 동네 폭주족이나 뭐 그런 애들이 병원에서 이거저거 가져갔을 수도 있겠네."

"전부 가져갈 만큼 폭주족이 많을까 하는 의문은 남지만요."

"근데 고바야시 씨, 아까부터 무서운 얼굴로 왜 그러실까?"

"…뭐 좀 생각난 게 있는데."

"예? 뭐죠?"

"호조, 노트북 갖고 왔지?"

"네, 그럼요."

"좀 나눠서 일을 해 보자고."

"네엡."

"이케다 군, 이 병원에 관한 인터넷 게시물 중에서 달리 또 '전화'가 나오는 게 없는지 찾아봐 줘. 호조는 병원이 아니라 이 지역 일대의 괴담이나 도시 전설이 없는지 조사해 줄래?"

"고바야시 씨, 뭐 좋은 생각이라도 난 겁니까?"

"별거 아닌 가설이긴 한데."

"우리한테 일 시키기 전에 좀 가르쳐 달라니까."

"아니, 나도 찾아보고 싶은 게 있으니까 좀 기다려 봐."


"찾았다!"

"어, 빠르시네요. 전 아직 못 찾았습니다."

"그게, 병원이 있는 산 이름으로 검색했더니 바로 나오지 뭐야."

"괴담입니까?"

"아니, 유에프오였어."

"허, 이번엔 유에프오예요? 그거 좋아하는 사람 진짜 많네."

"어디 보자, '전국 유에프오 목격 지도'라네. 개인 사이트 같아. 고바야시 씨, 이런 것도 괜찮아요?"

"그래. 뭐라고 쓰여 있어?"

"으음, 쇼와 시대부터 헤이세이 시대에 걸쳐서 유에프오 열풍이 불 때마다 이 산에서 목격 증언이 잇달았다네? 그러고 보면 나 어릴 때도 이런 방송 많았는데. 어디 보자, 아담스키형[12] 비행물체의 목격 증언이 많고… 아담스키가 뭐지?"

"유에프오 유형의 하난데, 유에프오 하면 떠오르는 전형적인 생김새 있지? 그런 걸 말해."

"역시 전직 오컬트 잡지 편집자시네요."

"그와 함께 외계인을 목격했다는 복수의 증언도 찾을 수 있었다. 그중에서도 그레이형으로 분류될 만한 것도 많이 목격되었다…. 이게 다 뭔 소리람."

"고바야시 씨, 해설 부탁드립니다."

"그레이형이라는 건, 종종 아담스키형이나 원반형 유에프오와 세트로 목격되는 외계인을 말해. 우리가 외계인 하면 머릿속에 떠올리는 그거. 머리가 크고 눈도 큼직하니 새까만 외계인."

---

12  1950년대 미국에서 유에프오와 접촉했다고 처음으로 주장한 조지 아담스키가 공개한 사진 속 유에프오 같은 형태를 가리키는데, 보통 엎어진 접시 모양의 본체에 세 개의 랜딩 기어가 달려 있는 모습이다.

"아, 그건가."

"제 생각에는 착각이나 상상의 산물이 유령이나 외계인으로 둔갑한 거 같은데요."

"내 입으로 말하긴 좀 그런데, 반은 나도 동의해. 유령을 보고 외계인이라고 생각하는 사람은 어느 정도 일정하게 있을 거고."

"하지만 왜 외계인이었다고 믿었을까요?"

"유에프오의 목격 증언이 있어서가 아니려나. 달걀이 먼저냐 닭이 먼저냐는 아니지만, 외계인을 봤다는 증언이 있었으니까, 유에프오를 봤다는 증언이 나왔을지도 모르지. 그 무렵엔 유에프오 붐이었을 테고, 그 병원도 아직 현역이었을 테니까. 뭔가 이해가 안 되는 걸 본 사람이 그걸 유령으로 생각 안 하고, 외계인이라며 소동을 피웠을 수도 있어."

"이거, 고바야시 씨가 찾던 겁니까?"

"그래. 지금까지 꽤 잘 풀리고 있어."


"고바야시 씨, 여기 있습니다."

"오, 어떤 이야기야?"

"피에이치에스(PHS)라는 거 휴대 전화 맞죠? 일단 그런 게 나왔는데요."

※※※※※

## 간토 심령 명소를 이야기하는 스레드[13] 13

949가 쓴 천국 병원, 옛날에 거기서 일했어.

정식 명칭은 후지미 병원이지만.

지금은 결혼해서 그만뒀는데, 간호사로 일했거든.

전 직장이 심령 명소가 됐다니 기분이 좀 이상하네.

뭐, 원래 이상한 소문 같은 게 제법 많긴 했어.

인지도가 꽤 높네. 그러면 963의 요청대로 쓸게.

내가 일했던 건 좀 옛날이지만, 아무튼 분위기가 나쁜 직장이었어. 담당하는 환자에 비해 의사와 간호사 수가 너무 모자랐던 탓도 있었을 거야.

다들 막 예민해져서 늘 피곤했어. 그래서 노이로제 같은 거 걸려서 그만두는 사람도 많았고.

그래서 그런 건지 몰라도 원내에서 유령을 봤다는 소문이 되게 많았어. 하긴 뭐 병원이면 그런 소문이 꼭 돌긴 하더라.

>> 970

고마워, 그럼 계속 써 볼게.

병원 전체에 소문은 있었던 거 같아.

야간 근무할 때, 진작에 죽은 담당 환자가 불쑥 지나간다든가

---

13 메시지에 대한 댓글이 실(thread)처럼 줄줄이 이어지는 형식의 인터넷 게시물을 가리킨다. 글타래라는 역어로 대응하기도 한다.

그런 소문.

수술실에서도 있었던 모양이야. 거기 문은 손잡이에 손을 안 대도 자동으로 열리게끔 되어 있었는데, 누가 문 앞에 우연히 서 있더라도 무작정 안 열리도록 움푹 팬 곳에 발을 집어넣어야 열려. 그런데 수술실 간호사한테 들은 이야기로는 그 문이 종일 열린다는 거야. 멋대로.

수술 후에 기기를 씻거나 뭐 그런 잔업을 하고 있으면 멋대로 문이 열렸다가 닫히고 잠시 후, 또 열리는 거야. 누군가가 안에 들어왔다 나간 것처럼.

그거 말고도 수술 중에 환자의 긴장을 풀어 주려고 배경 음악을 틀곤 하는데, 그게 종종 이상해졌다나 봐. 뭔가 휘익, 하고 바람 소리 같은 이상한 소리가 들렸다나.

>> 974
맞아. 단순한 고장일지도 몰라.

그 병원, 의료 기기 고장이 되게 잦아서 내내 업자가 수리하러 왔으니까. 그래도 그거까지 포함해서 이 병원은 틀림없이 저주를 받았다고 다들 그랬어.

그리고 내가 있던 병동에서도 그런 심령 소동 같은 일이 딱 한 번 있었어.

보스? 왕언니? 뭐라고 해야 하지. 아무튼 드센 선배가 한 명 있었는데, 다들 그 사람 눈치를 봤어. 그 사람, 표적 하날 정해서 좀 괴롭히는 스타일이었거든. 그래서 몇 사람이나 견디지 못하고 그만뒀고. 수간호사도 알았을 텐데 그 사람한텐 아무 말도 못 하는 거 같았어.

근데 괴롭히는 거라고 해도 패거리로 뭔 짓을 하는 건 아니고, 그냥 무시하는 거야. 다들 지칠 대로 지쳐서 신발에 압정 같은 거 넣을 기력도 없었으니까.

나 일한 지 삼 년 차쯤 되었을 때, 신입이 들어왔어.

걔, 순하고 상냥하긴 해도 요령이 좀 없는 타입이었는데, 얼굴 하나 예쁘다고 의사들이 오냐오냐해 주니까 일찌감치 표적이 되어 버린 거야. 틀림없이 질투였겠지. 왕언니가 꼬시던 의사도 걔를 마음에 들어 했거든.

기계 고장이 잦았단 이야긴 아까도 했을 텐데, 업자가 수리하러 올 때면 꼭 영업 사원도 같이 오거든. 선물용 과자 상자를 들고 와서는 의사한테 꾸벅꾸벅하는 거지. 그러면 이제 의사가 과자 상자를 휴게실에 놓고 가. 다 같이 나눠 먹으라고. 그럴 때면 어김없이 왕언니가 손댈 때까지는 아무도 못 먹는다는 암묵의 룰이 작동하는 거야.

그 사람, 자기가 과자를 조금씩 나눠 가지고 그걸 애들한테 돌려. 자기 것도 아니면서. 그리고 걔한테만 안 나눠 주는 거야. 아무리 많이 있어도, 다들 두세 개씩 나눠 줄 수 있어도 걔한텐 절대로 안 줬어.

그런 식으로 걔를 살살 괴롭혔어. 다들 눈치는 챘지만, 안 그래도 사람이 적어서 살인적으로 바쁜데 그런 일에 신경 쓸 여유가 없으니까 왕언니가 그 앨 무시하는 걸 무시해 버린 거지.

걔, 자살해 버렸어. 야간 근무하던 날, 탈의실에서 목을 매고.

이거저거 쌓인 게 많았을 테지만 너무 갑작스러웠어. 설마, 그렇게 고민할 줄 누가 알았겠어. 우리도 엄청 책임감을 느끼긴 했지만 솔직히 걔 없어진 구멍 메우느라 정신없어서 슬퍼할 틈도 없었어.

근데 왕언니 대단하더라. 자기 탓이 아니라는 얼굴로 슬퍼하는 척하면서 좋아하는 의사한테 위로도 받고 그랬으니까. 정말이지 그런 사람은 신경줄이 어떻게 생겨 먹은 건지.

느릿느릿 써서 미안해. 계속 이어 쓸게.
〉〉985
병원에서 괴롭힘 당한 거 때문에 자살하는 일이 꽤 있나 봐. 원내에서 자살했다는 건 별로 들어본 적 없지만.

그 애가 죽고 얼마 지난 후에, 원내에서 업무 연락용으로 쓰는 피에이치에스에 이상한 전화가 걸려 오기 시작했어. 그것도 죽은 걔의 내선 번호로.

나도 야간 근무 때 걸려 온 전화를 받은 적 있어.

"쩝쩝. 쩝쩝."

그런 이상한 소리가 끝없이 이어지는 기분 나쁜 전화.

같은 병동 동료도 야간 근무할 때 그 전화를 받았다고 하더라. 아마 왕언니한테도 걸려 왔을 거야.

다들 되게 기분 나빠했어. 병동의 분위기도 최악이었고.

그런 가운데 왕언니가 갑자기 그만둔 거야.

그만두기 얼마 전에 왕언니랑 같이 야간 근무했던 애한테서 들었는데, 이상한 걸 봤다면서 난리를 피웠다나.

심야에 그 사람 담당 환자한테서 호출이 와서 보러 가는 거 같더니 안색이 새파래져서 되돌아왔다는 거야.

왕언니가 말하기를 그 환자는 몇 년이나 뇌사 상태여서 자력으로 호출기를 누르지도 못할 테니까 오작동이려니 생각하고 갔는데, 침대에 반쯤 일어나서 뭔가를 하고 있더래.

처음에는 뭐가 뭔지 몰랐다는데, 자세히 보니까 글쎄, 과자를 먹고 있었다나 봐. 침대 옆에는 낮에 의사가 휴게실에 갖다 놓은 양갱 포장지가 굴러다녔고. 부랴부랴 말리려고 팔을 붙잡으려다 되레 손을 꽉 잡혀 버렸대. 순간적으로 환자의 얼굴을 봤더니, 세상에, 환자가 아니라 자살한 걔였던 거야.

걔, 왕언니 얼굴을 보고 히죽히죽 웃으면서 무슨 말을 하려고 했대. 그래서 팔을 뿌리치고 냅다 도망쳐 왔다지 뭐야.

그 드센 왕언니가 거의 울면서 말했다는 걸 보면 어지간히 충격이 컸나 봐. 갑자기 그만둔 것도 그게 원인이라고들 했지.

나도 그 후 바로 결혼이 정해져서 그 병원에서 멀어졌지만, 지금 돌아다니는 소문을 보면 정말이지 그만두길 잘한 거 같아.

※※※※※

"어때요? 괜찮지 않습니까?"
"음. 아주 좋은걸."
"고바야시 씨, 이제 슬슬 가설인지 뭔지 가르쳐 주시죠."
"그러게. 우리만 일 시키고."
"미안, 미안. 그것도 그렇네."

"아마 여기가 제로 자기장[14]일 거야."
"제로 자기장? 첨 듣는 말인데요"
"나도. 이과는 딱 질색이야."
"여기 일본 지도를 봐."
"뭔가 선이 그어져 있네요."
"중앙구조선이라는 거야. 간단히 말해서 지층이 어긋나서 종류가 다른 지질이 서로 만나는 장소. 이 그림이 경계선. 봐, 여기서 단면도가 확 바뀌었지. 이 경계선이 간토에서 규슈 쪽으로 쭉 뻗어있는 거야."
"이번엔 지리야? 나 지리도 싫은데."
"이 중앙구조선이 그 제로 자기장이란 거랑 관계가 있는 겁니까?"

---

14  주변에 자기장이 거의 없거나 아예 없는 상태.

"그래. 이 중앙구조선 위에 있는 땅에서는 서로 다른 지층의 자기장이 맞부딪쳐서 상쇄되어 자기장이 제로가 되는 거야. 그 탓에 나침반이 제 기능을 못 하지."

"요컨대, 천국 병원이 중앙구조선 위에 있다는 말입니까?"

"아니, 확실하게는 알 수 없어."

"예? 방금 고바야시 씨가 말했잖아요."

"봐봐, 이 지도에서도 간토는 점선으로 표시되어 있지? 지층 깊숙이 있으니까 아직 확실하게 특정되어 있지는 않아. 하지만 대략적인 선은 밝혀졌지. 그리고 이 점선 가까이에 천국 병원이 있어."

"만약 천국 병원이 있던 장소가 제로 자기장이었다고 치면, 그거랑 유령은 무슨 관곕니까?"

"사실 중앙구조선 위에는 파워 스폿도 그렇고, 유명한 사찰이나 신사가 많아. 분쿠이 고개[15] 같은 덴 전국적으로도 유명하지."

"아, 알았다. 그 제로 자기장의 영향으로 유령이 보인다는 거네. 영도[16]란 거 아냐?"

"저로선 그냥 제로 자기장의 영향으로 유령 같은 환각이 보이는 거 같은데요."

"뭐, 그건 아무래도 상관없고, 암튼 자기장과 영적인 것은 깊

---

15 나가노현 이나시와 시모이나군의 경계에 자리한 표고 1,424m의 고개.
16 유령 같은 영적인 존재가 다니는 길.

이 연결되어 있어. 민감한 사람은 뭔가가 느껴지거나 몸 상태가 나빠지기도 한다더군."

"그러고 보니 짱이케, 동영상에서 머리 아프다고 하지 않았어?"

"…그냥 우연이죠."

"에세이 작가도 유령을 보기 전에 두통이 있었다고 썼지. 게다가 몇 번씩 병문안 다녔던 모친도 불안정했던 거 같고, 그 병원에서 일했던 간호사는 모두 몸이 안 좋아 보였다고 했어."

"그만하세요, 고바야시 씨까지 왜 그러세요. 전 환각 같은 거 안 봤으니까."

"아까 내가 찾아낸 유에프오 목격 증언도 제로 자기장의 영향인 건가?"

"유령인지 외계인인지는 별개로, 관계가 없는 거 같지는 않아. 또 제로 자기장에 가까운 장소에서는 전자기기가 자주 고장을 일으키는 모양이야."

"그렇군요. 그래서 전화 이야기를 찾으라고…."

"그 병원에서는 의료 기기 고장이 잦았다고 했지? 이케다 군의 카메라가 고장을 일으킨 것도 그렇고, 전화와 얽힌 에피소드가 많군."

"그럼, 그 병원에서 죽은 자의 유령과 만난 사람은 전부 영도의 영향을 받은 건가."

"글쎄. 거기까진 모르겠군. 하지만 어떤 감각의 소유자에게 그 병원은 유령을 만날 수 있는, 이승과 저승의 경계였을지도 몰라."

"환각이죠."

"정말 환각일까."

"그러니까 그건 아무래도 좋아. 목적은 이케다 군의 책을 재밌게 만드는 거니까. 다행히 재미있게 만들 만한 소재는 갖추었고, 이제 남은 건 어떻게 다듬느냐지."

"제로 자기장이 일으키는 환각이라는 설명으로는 제 팬들이 실망할 텐데요."

"그럼, 역시 영도가 답이네. 아마 실제로도 그럴 테고."

"그걸로 가지. 그래도 그것만으로는 부족하니까, 이러면 어떨까. 천국 병원은 이승과 저승의 경계선인 거지. 거기로 영도가 지나고 있으니까. 그리고 그걸 알아챈 일부 사람이 거기서 강령술을 하는 거야. 소환된 죽은 자의 혼은 휴대 전화나 스마트폰을 통해 산 자와 대화를 시도하지."

"아하, 되게 그럴싸한데요."

"고바야시 씨, 역시 대단해."

"좋았어. 그럼, 호조, 이 기획이 통과되면 지금 이야기한 방향으로 인터넷 괴담을 인용하면서 정리해 봐."

"네!"

"저기, 고바야시 씨, 저 좀 궁금한 게 있는데요."

"뭔데."

"그 병원이 제로 자기장 지대라면요. 심령 현상이 일어나는 건 병원이나 그 산 주변뿐이라는 이야기겠네요?"

"뭐, 그렇겠지."

"그럼, 인터넷이나 블로그에 글 올린 사람들은 어째서 병원에 간 후에 계속 전화가 걸려 오는 겁니까? 이미 병원에선 멀어졌을 텐데."

"그건 있지, 그래서야. 달고 와 버린 거야."

"예?"

"아까 내가 그랬잖아. 유령이 알아채면 안 된다고. 틀림없이 알아채고 따라왔을 거야. 이 병원뿐 아니라 심령 명소란 데는 다 묘지처럼 음기가 쌓이는 장소니까, 이런저런 유령이 있을 테고."

"호조 말은 불러들이기도 전에 이미 유령이 한가득 있다는 건가."

"맞아요, 그거. 참고로 짱이케한테 경고 하나 해도 될까?"

"뭡니까?"

"처음에 내가 말했던, 이 패밀리 레스토랑에 있는 유령."

"그게 왜요?"

"짱이케한테 붙어 있을지도 몰라."

"예?"

"처음엔 그냥 여기 머무는 유령인가 했는데, 그런 거 같지가 않네."

"저도 심령 명소에서 유령을 달고 왔다는 겁니까?"

"글쎄. 그건 나도 모르지. 그치만 봐봐, 고바야시 씨가 위험해질 거 같으면 말하라고 해서 말해 주는 거야. 뭐, 안 믿어도 딱히 상관은 없어."

"그나저나 어떤 유령이지?"

"으음. 여자 유령. 뒤돌아 앉아 있어요. 쇼트커트고요. 앗, 두 리번대면 안 돼요, 고바야시 씨. 알아차린 거 들킨다고요."

"이대로면 이케다 군 위험한가?"

"어떠려나. 잘 모르겠네."

"그렇다는데. 이케다 군 어떻게 하겠나?"

"누님, 충고 고맙습니다. 그래도 전 역시 유령이 있대도 안 믿기니까 아무것도 안 할 겁니다. 만약 이대로 아무 일 없으면 그거야말로 유령 따위 없다는 증명이 되겠네요."

"난 일단 충고했다. 암튼 본격적으로 위험해지면 나 혼자라도 작별 인사를 할게."

※※※※※

오래 사는 것. 그것이 그렇게 대단한 일일까.

"노인을 공경하세요."

도덕 수업 시간에 선생님이 그렇게 말했을 때, 할머니를 떠올렸다. 그 사람에게 과연 공경할 가치가 있나 싶어서.

"할머닌 엄한 사람이니까."

내게 늘 그렇게 말하던 엄마의 얼굴에서는 경외심보다 혐오가 느껴졌다. 여름방학이 되면 어김없이 끌려갔던 나가노의 넓고 낡은 단독 주택. 만날 기회가 일 년에 몇 번 없는데도 가는 동안 차 안에서 양친은 늘 표정이 어두웠다. 그건 나도 마찬가지였다.

"시원찮은 딸을 맡겨서 정말로 미안하네."

엄마를 앞에 두고 진지한 얼굴로 그런 말을 하는 할머니. 아빠는 그 말을 불편한 표정으로 들었다.

"오라비인 다카유키는 좋은 대학 나와서 어엿하게 사람 노릇을 하는데, 애는 옛날부터 뭐 하나 제대로 하는 것도 없고…."

엄마를 향한 직접적인 공격과 아빠를 향한 에두른 거부감을 토해 내면서 선물은 빈틈없이 받아 챙겼다. 할머니의 경멸은 여자인 내게도 똑같이 향했다.

"리쓰코, 중학교에서 리듬 체조 하고 있어요."

대회 나갔을 때 사진을 엄마가 보여 주었을 때, 할머니는 그걸 힐끗 보고 내뱉었다.

"상스럽기는."

구석구석까지 청소가 되어 있지 않아 먼지가 쌓인 거실, 장롱의 방충제 같은 냄새가 코에 들러붙었다.

"할머니, 입원했단다. 엄만 앞으로 병원 갈 일도 많아질 테니까 잘 부탁해."

엄마가 그렇게 말했을 때 나도 모르게 입을 열었다.

"외삼촌은 뭐하고?"

"바보야, 그런 말 하면 안 돼."

무표정으로 그렇게 대답하는 엄마에게 나는 아무 말도 할 수 없었다.

할머니는 암이었다. 병원을 워낙 싫어했던 것이 화근이 되어 병이 밝혀졌을 때는 이미 돌이킬 수 없는 상태였다고 한다. 무슨 일이라도 있으면 엄마가 달려갈 수 있도록 집에서 차로 한 시간쯤 걸리는 곳에 있는 병원에서, 완치 따위 도저히 가망 없는 할머니는 마지막을 기다리게 되었다.

엄마는 파트타임으로 하던 일을 그만두고, 매일같이 병원에 다녔다. 화장기가 없어지고, 눈 밑에 퀭한 그늘이 짙어져 갔다. 마치 할머니에게 생기를 빨리러 병원에 가는 것 같았다. 수험을 앞둔 내 걱정 따위 할 여유는 없어 보였다. 엄마와 아빠의 싸움도 늘었다. 밤늦게 화장실 가느라 일어나면 종종 거실 문 너머로 아빠와 엄마가 말싸움하는 소리가 들렸다.

"나만 고생이지."

"난 일이 있으니까."

어째서 저런 사람 때문에. 나는 침대 안에서 진작 답이 나와 있는 물음과 마주했다.

우리 집은 유복하지는 않았다. 딱히 가난하지도 않았지만, 엄마는 늘 여유가 없다며 푸념했다. 엄마도 아빠도 할머니를 좋아하지 않는 건 명백했다. 딸로서 느끼는 의무감, 아주 약간의 애정만으로는 할머니를 돌봐 줄 이유가 되지 않는다는 건 중학생인 내 눈으로 봐도 분명했다. 아마 다른 이유가 있었을 것이다. 욕심 많은 할머니, 할아버지의 사후에 거액의 유산을 손에 넣고도 우리 가족에게는 돈 한 푼 주지 않은 구두쇠 할머니를 보살피는 이유가.

"할머니 병문안 가야지."

어딘가 담담한 엄마의 손에 이끌려 병원에 갔다.

많은 튜브에 연결된 채 멍하게 눈을 뜬 할머니를 보았을 때, 나는 생각했다. 상스럽다고. 이렇게 주변 사람들에게 폐를 끼치면서까지 생에 매달린, 그런 할머니의 뻔뻔함에 진심으로 혐오가 치밀었다. 할머니는 눈을 가느다랗게 뜨고 내 쪽을 보았지만, 아무 말도 하지 않았다. 나도 말을 걸지 않았다.

할머니는 끈질겼다. 몇 번이나 고비를 넘겼다. 그때마다 나는 학교를 조퇴하고, 아빠는 회사를 쉬고 병원으로 달려갔다.

"언제까지 계속될까."

차 안에서 누구에게랄 것도 없이 아빠가 흘린 말에 나는 대답할 수 없었다.

이제 마지막일지도 모른다. 몇 번째인지 모를 연락을 받고 병원으로 달려갔을 때, 분주하게 돌아다니는 간호사와 의사 곁에, 우리는 잠자코 병상 옆 접이식 의자를 펼쳐 앉았다. 기진맥진한 엄마와 아빠의 얼굴을 더는 보지 않아도 되도록 나는 병실을 나갔다. 저녁 해가 비쳐 드는 병실의 복도, 회랑으로 길게 이어지는 복도를 목적도 없이 그저 계속 걸었다. 왼쪽으로 창을 보면서, 발을 내디뎠다. 오른쪽으로는 문을 열어젖힌 병실의 광경이 스쳐 지나갔다. 아마도 할머니처럼 병상에 누워 지내는 사람이 많은 층이었나 보다. 병실이 하나같이 조용했다. 스쳐 지나가는 간호사들도 바쁜 듯, 나 따윈 신경도 쓰지 않았다. 모퉁이에 다다를 때마다 왼쪽으로 꺾었다. 깨닫고 보니 눈물이 흐르고 있었다. 나는 혼자 울면서 회랑을 계속 걸었다.

어느덧 앞서 걷는 남자의 등이 보였다. 천천히 걷는 등을 바라보면서 나도 걸었다. 갑자기 남자가 뒤를 돌아보았다. 크디큰, 남자의 얼굴이 눈앞으로 다가왔다.

그것은 어린 시절, 꿈속에서 내가 쫓아갔던 사신이었다.

"병문안, 나도 데려가 달라니까."

내가 그렇게 말했을 때, 엄마는 조금 놀란 표정이었지만, 아무 말도 하지 않았다.

병원에 도착한 나는 간호사에게 부탁했다. 할머니랑 산책하고 싶다고. 기특한 손녀의 부탁에 바로 휠체어가 준비되었다. 엄마가 의사와 면담하는 동안, 나는 모르핀 부작용으로 의식이 흐리멍덩한 할머니를 휠체어에 태우고 회랑을 걸었다. 왼쪽으로 언제까지고 계속.

얼른 죽어. 처음에는 머릿속에서 빌었지만, 어느새 할머니의 귓가에 속삭이고 있었다. 몇 번이나, 몇 번이나 속삭였다. 사신이 말한 대로.

할머니가 죽은 것은 다음 날이었다.

병상에 누운 할머니. 병상 옆에 놓인 모니터에서는 규칙적인 전자음이 들려왔다. 산소마스크에 작게 김이 서렸다 사라졌다. 의사는 아빠에게 뭔가 설명했다. 엄마는 조용히 흐느꼈다. 간호사가 잰걸음으로 병실에서 나갔다.

소란 속에서 창밖으로 작게 보이는 무언가를 알아차렸다. 밤하늘에 작게 국화꽃이 피어 있었다. 피어올랐다가 사라지는 알록달록한 불꽃. 그 모습을 보고 비로소 오늘이 여름 축제란 걸 깨달았다.

불꽃이 피어오를 때마다 전자음이 울렸다. 빨리 멈춰. 불꽃도. 심장도. 창밖을 노려보았다. 빨리 멈춰. 빨리. 끝나 버려. 전부. 머리가 아플 만큼 빌었다.

큰 불꽃이 일제히 피어올랐을 때, 심전도의 물결이 평평해졌다. 더는 불꽃도 피어오르지 않았다.

원고의 집필 의뢰를 받았을 때, 어째서 이 이야기를 쓰자고 생각했는지 알 수 없다. 하지만 이렇게 이상적인 추억으로 날조해서라도 당시의 나를 구원해 주고 싶었는지도 모른다.

나는 마지막까지 할머니를 사랑할 수 없었다. 손녀라는 이름의 타인. 할머니가 그렇게 나를 대했듯이 나도 할머니를 나와는 관계없는 노인이라고 생각했다.

내가 양녀라는 사실을 엄마 아빠가 알려 주었을 때, 나는 기뻤다. 친자식이 아니었다 해도 내 엄마 아빠라는 사실은 변함없었다. 집안 살림이 어려워도 나는 불편함을 모르고 살도록 사랑해 주었다. 그런 그들의 마음은 충분히 전해졌으니까.

그와 동시에 우리 가족에게 어쩐지 냉담했던 할머니의 태도도 이해가 되었다. 그래서 더욱 나는 할머니를 사랑할 수 없었다.

어떤 사정이 있었건, 내가 글에서 얼마나 거짓말을 하건, 사신에게 혼을 판 인간임은 변함없다. 얼마 전, 말을 깨친 아이가 말했다. 불꽃을 바라보면서.

아마도 틀림없이 용서받지 못할 것이다. 할머니는, 그 사람은 나를 원망하고 있다. 나도 할머니를 원망했던 걸까. 그건 죽이고 싶을 만큼 절실한 원망이었을까. 도저히 기억해 낼 수가 없다.

나는, 왜.

# 제 3 장

# 어리석은
# 세 사람

## 탐욕스러운 찬탈자

아사가야에 있는 좁은 원룸, 한 구짜리 더러운 가스레인지 위에서 거슬리는 소리를 내며 회전하는 환기팬을 향해 고바야시는 담배 연기를 내뿜었다.

가열식 전자 담배여서 냄새는 적게 나겠지만, 궐련을 피우던 시절의 버릇은 없어지지 않았다. 동년배 남자들을 보면 담배 냄새에 둔한 사람도 많지만, 고바야시는 달랐다. 직업상, 취재를 목적으로 생판 남과 처음 만날 때도 많아서 첫인상에 나쁜 영향을 줄 만한 것은 되도록 피하고 싶어서였다.

그렇지 않아도 험상궂은 얼굴이다. 거기에 학창 시절에 유도부에서 만든 체격이 더해지면 상대가 느끼는 압박감이 여간 크지 않다. 이런 생김새가 유리하게 쓰일 때라고는 뒷골목을 취재할 때 얕보이지 않는 정도일 것이다. 실제로 이렇게 수염이 제멋대로 자란 얼굴로 이맛살을 찌푸리며 담배를 피우는 모습은 건실한 사람으로는 보이지 않는다.

고바야시가 담배 연기 냄새를 피하는 데는 한 가지 이유가 더 있다. 출판사에 근무하던 때, 상사였던 남자 편집장도 고바야시와 비슷했다. 풍모라는 단 한 가지 점에서.

대학을 졸업하고 바로 입사한 중견 출판사에서 고바야시가 발령받은 자리는 자신의 바람과는 어긋나게 가십을 주로 다루는 주간지 편집부였다. 면접 때 고바야시의 모습을 본 편집장이 이 친구 대차 보인다며 편집부로 받아들였다고 나중에 들었다. 하지만 편집장의 기대는 양자 모두에게 불행한 결과를 낳았다.

고바야시는 그 생김새와 반대로 앞뒤 가리지 않고 저돌적으로 나아가는 성격이 아니었다. 굳이 말하자면 사려 깊고 신중하게 일을 진행하는 편이었다. 그런데 가십 주간지에서는 정보의 정확성보다 속도감과 지면에서의 충격이 중시되었다. 그런 편집부에서 고바야시의 신중함은 굼뜨다고 받아들여졌다. 또 고바야시가 제출하는 의료 사고나 정계의 부정부패 사건 같은 사회파 기획안은 "새내기는 건방 떨지 말고 잠복해서 연예인 스캔들이나 쫓아!"라는 편집장의 한마디로 퇴짜를 맞았다.

편집장은 늘 담배 냄새를 풍기는 남자였다. 굵은 팔을 보란 듯이 소매를 걷어붙인 와이셔츠가 트레이드마크였다. 회사 안에서건 밖에서건 제 의견을 억지로 밀어붙이기로 유명했지만, 한편으로 그의 무모한 호방함을 남자답다고 평하는 사람이 많았던 것도 사실이다.

실제로 고바야시도 그의 그런 면을 종종 목격했다. 비도덕적인 지면에 대하여 여러 방면에서 쏟아지는 이런저런 비판이나 불평을 "내가 어떻게든 할 테니까 신경 쓰지 마"라며 혼자 떠맡았고, 편집부원들을 데리고 밤거리로 몰려 나가서는 비용을 전액 자신이 부담한 적도 있다. 하지만 그의 그런 성격은 부정적인 방향으로도 크게 작용했다.

당시 선배의 말을 빌리자면 '똥개 훈련'이나 다름없었다.

"야, 너, 신문 기사 쓰는 게 아니잖아, 지금. 헤드라인 더 좋은 걸로 내일까지 서른 개 써 와."

막무가내 주문은 일상다반사였다. 때로는 둘둘 만 교정지 뭉치로 때리고, 밤새워 쓴 원고에 X자만 크게 써서 되돌려 준 적도 있었다. 그 무렵, 담배를 몰랐던 고바야시에게 "흡연실에서 얻을 수 있는 정보도 있으니까"라며 반쯤 억지로 담배를 가르쳐 준 것도 편집장이었다. 그때까지만 해도 아직 상사의 갑질이라는 말은 없었다. 동경하던 매스컴 업계, 그 이상과 현실 사이에서 고바야시는 피폐해졌다. 어느 날, 편집장이 고바야시를 술자리에 데려갔다.

"고바야시, 좀만 더 요령 있게 굴어."

니시신주쿠의 싸구려 선술집, 청주 잔을 기울이면서 편집장은 말을 꺼냈다. 다른 쪽 손에 있는 담배에서는 연기가 피어오르고 있었다. 그 옆에 놓인 재떨이에는 열 개가 넘는 꽁초가 있었다.

"…어떻게 해야 할까요?"

교정을 끝내고, 벌써 이틀이나 잠도 제대로 못 잔 데다 억지로 마신 술에 머리가 어질어질했지만 물었다.

"너무 고지식해. 매사 너무 정확하게 전하려 한다니까."

"독자에게 거짓말은 못 하겠습니다."

"이거 봐봐, 그렇게 금세 극단적으로 말하잖아. 그런 게 문제야. 같은 말도 다르게 전달하거나 해석하면 얼마든지 자극적으로 바꿀 수 있다고."

"그렇습니까?"

"그렇다니까. 바로 그런 데서 편집자의 솜씨가 드러나거든."

"인상 조작[17]을 하는 게… 옳은 일일까요."

"됐고. 너 헛소리하는 거 들으려고 술자리에 데려온 거 아니다. 이건 최후통첩이야. 네 놈은 너무 무능해. 이대로면 모가지라고."

그때까지 좌절을 경험한 없는 고바야시에게 편집장이 내뱉은 매정한 말은 큰 상처였다. 사랑의 채찍이라고 스스로 타일렀던 말이 사실은 사형 선고나 다름없다는 걸 알아서였다. 며칠 후, 편집장은 고바야시를 데스크로 불러냈다.

"다음에 네가 맡을 페이지가 마지막 기회다."

고바야시는 그 말이 무슨 뜻인지 알아들었다.

그것은 대인기 아이돌의 수상쩍은 죽음에 얽힌 진상을 조사하는 기획 페이지였다. 인기 절정의 여자 가수가 자택인 고층 아파트에서 뛰어내려 사망한 충격적인 사건은 당시 세간의 주목을 받고 있었다. 언론 보도로는 자살로 결론지어졌지만, 고바야시가 소속된 가십 주간지를 비롯하여 각 출판사의 가십 전문지가 기를 쓰고 그 진상을 파헤치고 있었다. 고바야시도 전부터 꾸준히 취재도 하고, 관계자들 뒤도 캤지만, 다른 회사와 마찬가지로 동기가 불분명한 자살이라는 것 이상의 정보는 얻지 못했다.

---

17  상대방에게 제공하는 정보를 취사선택하거나 자의적으로 전달하여 상대방이 받아들이는 인상을 제어하는 것.

어떻게 해서든 결과를 내야만 했다. 오명을 씻기 위해서.

고바야시는 아이돌의 언니인 여성에게 취재를 시도해 보기로 했다. 사건 이후, 몇 번이나 직접 쓴 편지를 보낸 덕에, 직접 취재도 할 만한 사이가 되었다는 의미로는 다른 회사보다 한발 앞서 있었지만, 전에 그 여성을 취재한 내용을 정리한 기획안을 편집장에게 제출했다가 퇴짜 맞은 적이 있었다.

"뭐 하나 새로울 게 없잖아. 눈물이나 짜내는 추도문을 써서 어쩌자는 거야."

뭔가 빠뜨린 정보를 건질 수 있을지도 모른다. 다시 이야기를 들을 수 있다면.

일주일 만에 마주한 여성은 아직 동생의 갑작스러운 죽음에서 회복하지 못한 듯 의기소침했다. 아름다운 긴 머리가 특징이었던 동생과 달리, 쇼트커트의 상한 머리카락이 눈에 보이는 비통함에 더욱 짙은 그림자를 드리웠다.

"여전히 동생분이 삶을 놓으신 이유는 알지 못하시나요."

"네. 그렇게 사이가 좋았는데, 어째서 아무 말도 안 해줬는지, 매일 생각하고 있어요."

여성이 이야기한 내용은 전에 들은 것과 같았다. 이대로는 돌아갈 수 없었다. 고바야시는 준비한 질문을 던졌다.

"죄송한 말씀이지만, 일부에서는 약물 때문에 정상적인 사고를 하지 못해서라는 억측도 있습니다. 그 점과 관련하여 짚이는 데는 없으십니까?"

"설마요. 그 앤 담배도 안 피웠고, 술도 안 마셨어요. 그럴 리 없습니다."

"언니분께는 보여 주지 않은 다른 면이 있었다고는 생각되지 않으세요?"

"그야 누구든 그런 면이 다소는 있겠죠. 하지만 그 애만큼은 그렇지 않을 거예요."

"단언하실 수 있으십니까."

"무슨 대답을 바라세요?"

"실례했습니다. 교제하셨던 분은 없었나요?"

"그건 댁이 더 잘 알겠죠."

"…예. 그러면 정말로 아무것도 모르신다고…."

"전에도 말씀드렸다시피 전 몰라요. 다만 텔레비전에 나가다 보니, 저는 상상이 안 되지만 여러 가지로 힘들었겠죠. 옛날부터 섬세한 아이였으니까. 가족 앞에서는 밝게 행동했지만, 무리하는 부분도 있었을 거예요."

"그 말씀은 전에도 하셨죠. 다만 동시에 보람도 느끼셨다는 말씀도 하셨고요."

"네. 그래서 그게 원인이어서 자살한 건 아닌 거 같아요. 푸념한 적도 있지만 늘 즐겁게 이야기해 주었으니까요."

"구체적으로 몸이 어디 안 좋았다거나, 그런 건 없었을까요."

"몸이 망가졌다거나 그런 건 없었던 거 같네요. 다만 상담을 한 번 받은 적이 있어요. 좀처럼 잠을 잘 수가 없다고 해서요. 침대에 누우면 방송 녹화할 때 뭐 실수한 거 없었나, 뭐 이런저런 생각이 들었나 봐요. 저도 잠을 깊게 자는 편은 아니어서 시판 중인 수면 유도제를 쓰는데, 그걸 가르쳐 줬어요. 그렇다고 그걸 잔뜩 먹거나 그러진 않았을 거예요. 많이 먹으면 약효가 떨어져서 안 된다고 저도 말했고요. 그러니 그게 원인일 거 같지도 않네요."

"…그렇습니까."

다음 날, 고바야시가 제출한 원고를 읽은 편집장은 히죽 웃으며 말했다.

"맘먹으면 잘하네, 또."

헤드라인은 '○○의 자살 배경에 드리워진 약물의 그늘! 언니가 말하는 숨겨진 얼굴이란'이라고 적혀 있었다. 입사했을 무렵부터 가슴에 품고 있던 긍지는 이미 버리고 없었다.

그 기획이 실린 호는 많이 팔렸다. 서점에서 품절이 잇따라 긴급히 증쇄도 이루어졌다. 아이돌이 소속되어 있던 회사 관계자와 일부 독자가 불만을 제기했지만, 늘 그랬듯 편집장이 전부 처리했다고 들었다.

그로부터 며칠 후, 찌는 듯이 더운 밤이었다. 고바야시는 평소처럼 승강장에서 막차를 기다리고 있었다. 자판기에서 캔 커피를 사 들고, 사람 적은 승강장에서, 멀리 솟아난 빌딩 무리 위로 떠오른 달을 바라보면서 내일 해야 할 일을 생각했다. 문득 깨닫고 보니, 낯익은 여성이 옆에 서 있었다. 바로 그 아이돌의 언니였다.

손에는 그가 터뜨린 특종이 실린 주간지가 있었다. 여성은 그 자리에 선 채 옴짝달싹 못 하는 고바야시를 바라보면서 말했다.

"당신은 죽은 동생을 다시 죽였어. 그리고 내 마음도. 절대로 용서 안 할 거야."

여성의 얼굴은 분노와 슬픔으로 가득했다. 하지만 고바야시가 압도된 것은 여성이 내뱉은 말도, 표정도 아니었다. 여성이 뿜어내는 어둠의 기운. 고바야시를 향한 깊은 분노와 동생의 죽음에 대한 슬픔이 뒤섞인 채 끈적이는, 질량마저 느껴지는 부정형의 그것이 여성에게 엉겨 붙으며 흔들리는 것 같았다.

아무 말도 하지 못한 채, 1분쯤 서로 응시했다. 그동안 여성은 고바야시에게서 한시도 눈을 떼지 않았다. 마찬가지로 고바야시도 눈을 피하지 못했다.

막차의 도착을 알리는 안내 방송이 들려왔다. 정신을 차리고 도망치듯 고바야시는 차량에 올라탔다. 문 너머에서 여성은 언제까지고 고바야시를 바라보고 있었다.

그 일 이후, 고바야시는 잇따라 특종을 터뜨렸다. 선을 한 번 넘고 나서는 일사천리였다. 어떻게 독자의 관심을 끌 것인가를 최우선으로 생각했다. 그 내용의 정확성보다도. 동시에 스캔들의 중요한 요소인 관계자가 폭로하는 비밀, 그것을 얻어 내는 솜씨가 다른 편집부원보다 훨씬 좋아졌다.

비밀을 폭로하고 싶어 하는 사람은 대체로 그 대상에게 어두운 감정을 품고 있다. 질투, 증오, 집착, 슬픔, 불안 같은 감정에서 대상을 나락에 빠트릴 만한 정보를 제공한다. 그런 정보 제공자의 냄새를 맡는 후각을 고바야시는 몸에 익혔다. 잘 알아보게 되었다. 어두운 감정을 두른 사람을. 숨기고 있어도 알 수 있었다. 나락에 빠트리고 싶은 누군가를 이야기할 때, 서서히 짙어지는 분위기, 그것이 그날 밤 그 여성에게서 느낀 분위기와 같았으니까. 영감이나 초능력이라고 하기에는 너무나 조잡하지만, 그 특기는 고바야시에게 큰 도움이 되었다. 때로는 그것을 이용해서 정보 제공자를 부추기고 원하는 정보를 받아 냈다. 그렇게 해서 만들어 낸 선정적인 기사는 실제로 판매 부수를 높였다.

그 여성이 자살했다고 들은 것은 꽤 오랜 시간이 지나고 나서였다. 그 사실은 주간지에서 다루어지지 않았다.

결국 고바야시는 이동할 때까지 십몇 년 동안, 편집부의 에이스로서 활약했다. 그 후 이동한 오컬트 잡지의 편집부에서 묘한 소문을 들었다.

막차 시간이 다가오는 역 승강장, 무서운 얼굴을 한 여자가 우뚝 버티고 서서 오가는 사람들을 노려본다고 했다. 마치 누군가를 찾고 있는 것처럼. 그 여자가 보이는 사람이 있는가 하면 보이지 않는 사람도 있었다. 고바야시가 출퇴근에 이용하는 역이었다.

그 소문을 듣고 나서 고바야시는 다른 역으로 출퇴근했다.

고바야시가 프리랜서 편집자 겸 작가로 독립한 지 이제 거의 십 년. 주간지 편집부 시절에 얻은 특기는 이동한 오컬트 편집부나 독립 후에도 크게 도움이 되었다. 그 익숙한 솜씨로 수많은 일을 해치웠다.

예전에 오컬트 잡지 편집부 시절 친분을 맺은 작가의 상담을 받은 적이 있다. 어떤 심령 명소를 조사하고 있으니 아는 정보가 있으면 좀 제공해 달라. 그렇게 말한 작가는 강렬한 어둠의 감정을 몸에 두르고 있었다. 고바야시는 작가가 갈등하고 있다는 사실을 알아차렸다. 그는 자기가 저주받을지도 모른다고 망설였다. 그 점을 알아차리고 고바야시는 그의 몸을 걱정하는 척, 교묘한 말로 유도하여 조사를 진행시켰다. 그 결과, 그 작가는 정신이 이상해지고 말았다. 의도한 대로 고바야시는 그 작가가 했을 타사의 일감을 가로채는 데 성공했다. 그렇게 수단을 가리지 않고 살아남아 왔다.

하지만 그 특기로도 겨룰 수 없는 커다란 벽이 눈앞을 가로막았다. 해묵은 책상 앞, 싸구려 의자에 앉아 굼뜬 노트북을 열어 모니터를 보았다. 모니터에 떠오른 메일 수신 화면에는 〈정규 기획 종료에 대하여〉라고 적혀 있었다.

일감이 줄었다. 출판 불황인 지금, 오컬트 잡지 편집부에서 일군 경험을 살릴 수 있는 일감은 그리 많지 않았다. 주간지 시절 가십 기사의 노하우는 이제 웹 영역으로 완전히 옮겨졌다. 고바야시도 웹 작가로 활동의 폭을 넓혀 보려 했지만, 요구되는 전문적인 기술이 다양해서 애를 먹었다.

지금은 옛날 연줄에 기대며 장르를 가리지 않고 일감을 받아

입에 풀칠하는 형편이었다. 하지만 그것만으로는 쪼들리게 살 미래가 그리 멀지 않았다. 프리랜서로서 커리어를 돋보이게 만드는 의미에서도 큰 일감을 맡아야 했다.

한숨을 쉬면서 받은 메일 화면을 스크롤했다.

「이번 연재는 여기서 일단 종료되지만, 좋은 기획 있으시면 주저 말고 제안해 주세요. 다른 사람도 아니고 고바야시 씨 제안이니 긍정적으로 검토하겠습니다.」

일로 만난 사람과 나누는 마지막 대화에 어울리는 립서비스 같은 그 문장을 바라보면서 혀를 찼다. 잠시 낮은 천장을 올려다본 후, 다른 브라우저를 열어 통판 사이트에 접속했다. 카테고리 선택 창에서 커서를 '책'에 맞추고 위에서부터 순서대로 스크롤을 움직였다. 인기 작가의 신작 소설, 대인기 게임의 자료집, 수상쩍은 다이어트법을 제창하는 실용서, 이름도 들은 적 없는 유튜버의 팬 북…. 고바야시의 커리어를 살릴 만한 것은 없어 보였다.

다시 한숨을 쉬다 노트북 옆에 나뒹굴던 스마트폰을 쥐었다. 기분 전환으로 한잔하러 가려고 해도 친구라고 할 만한 존재가 없었다. 메신저의 연락처 목록을 보며 망설이다가 스마트폰을 놓으려 했다. 문득 그 손을 멈추고 유튜브 앱을 열었다. 검색 창에 '오컬트 유튜브'라고 입력했다. 화면에 나타난 동영상 목록에는 특별히 고바야시의 눈길을 끄는 것은 없었지만, 위에서부터 순서대로 동영상을 재생해 보았다. 몇 분 만에 멈추고, 다른 동영상을 재생하기를 몇 번, 어느 동영상에 비친 인물에 고바야시의 눈길이 멈추었다. 그 인물은 폐건물로 보이는 장소에서 이쪽을 보며 이야기하고 있었다.

"이거다."

그렇게 혼자 중얼거렸다.

※※※※※

### 천박한 순례자

나카메구로에 있는 방 두 개짜리 말쑥한 아파트, 한 사람이 쓰기에는 넓은 거실에서 이케다는 관엽식물에 물을 주면서 통화를 했다.

"예, 그러면 그걸로 가죠. 알겠습니다. 청구서 보낼 테니까 잘 부탁드립니다."

큼직한 유리창으로 비쳐 드는 오후의 햇살이 창가에 놓인 수입산 책상에 빛을 떨구었다. 책상 위에는 아이맥. 한 차례 크게 기지개를 켜고 의자에 앉았다. 화면에는 개인이 경영하는 미용실의 웹사이트가 떴다. 이케다가 만든 것이다. 적당히 훑고 화면을 닫았다.

미대를 졸업한 뒤 이케다는 주변 친구들이 그랬듯이 일반 기업에 입사했다. 입학 당시에 품었던 얄팍한 야심은 진작 사라지고 없었다. 특별히 예술가가 되고 싶었던 것도 아니다. 그저 시시한 어른이 되는 미래에 저항하고 싶었다. 미대에 진학하면 뭐라도 될 줄 알았다. 자신은 주변 사람과는 다르다. 이름깨나 행세하는 사람이 될 가능성이 있다. 그런 미숙한 생각이 현실이 되는 일은 없었다. 이케다는 도내의 웹 제작 회사에 디자이너로 입사했다. 창립한 지 얼마 되지 않은 그 회사는 대표의 나이도 젊고, 말하자면 '트렌디'한 회사였다.

그 나름대로 즐겁게 일했지만, 대표의 아이디어로 시작된 어떤 제도가 이케다의 그 후를 크게 좌우했다. 이름하여 '창작자 지원 제도'. 웹 제작이라는 현장에서 일하는 한 사람 한 사람이 창작자임을 잊어서는 안 된다는 생각을 바탕으로, 사원이 개인 생활에서 수행하는 창작 활동에 급여와는 별개로 지원금을 지급하는 제도였다.

많은 사원이 바쁜 업무에 쫓겨 그런 제도에 흥미를 보이지 않았지만, 딱 그 무렵, 이케다는 집에서 쓰는 컴퓨터를 새로 맞출 생각을 하고 있었다. 마침 잘됐다고, 그 제도를 활용해 보려 했지만, 정작 중요한 창작 활동이 떠오르지 않아 반쯤 억지로 쥐어 짜낸 것이 유튜버였다.

어떤 장르로 활동을 할지 생각하다, 좋은 기회다 싶어 심령 명소 탐방을 주제로 삼기로 했다. 그건 전부터 지녔던 생각을 몸으로 증명하기 위해서였다. 다른 누구에게가 아니라 자기 자신에게.

휴일을 이용해서 심령 명소에 갔다 와서는 그럴싸하게 동영상을 편집했다. 시작하고 보니 특히 동영상 편집이 그 나름대로 재미가 있어서 그럭저럭 계속할 수 있었다. 그렇다고 딱히 구독자를 얻을 수 있겠다는 생각은 들지 않았다. 군웅할거의 유튜브 세계에서 자기가 성공할 것 같지도 않았다. 지원금과 자신의 어떤 목적을 위해 계속할 따름이었다.

이케다의 예상대로, 재생 횟수는 전혀 늘지 않았다. 하지만 시작한 지 일 년쯤 지났을 무렵, 유명한 인플루언서의 눈에 들어 동영상이 널리 퍼진 것을 계기로 폭발적으로 재생 횟수가 늘었다. 하지만 그것도 금세 한계에 다다랐다. 그래서 이케다는 동영상에 꼼수를 부렸다. 나오지도 않는 존재를 덧붙인 것이다. 효과는 금세 나타났다. 처음의 목적과는 달라졌지만, 재생 횟수가 늘면서 자신감이 생겼다. 학창 시절에 잃은 자기 효능감을 되찾을 수 있을 것 같았다. 월 수익이 몇만 엔을 넘었을 때 이케다는 회사를 그만두기로 했다

현재는 프리랜서로서 먼저 다니던 회사에서 건별로 발주받는 웹 디자인과 유튜버 수익, 이 두 가지를 주요 수입원 삼아 생활하고 있다. 거기에 정기적으로 본가에서 보내 주는 생활비를 합치면 또래들보다는 훨씬 많이 버는 셈이다. 만에 하나, 갑자기 돈 들어오는 구멍이 없어지더라도 전 직장에 울며 매달리면 재취업도 어렵지 않을 것이다. 그것도 이케다가 퇴직을 망설이지 않았던 큰 이유였다.

커피에서 김이 피어오르는 머그잔을 입에 대며 새롭게 브라

우저를 열었다. 자기 유튜브 채널의 관리 화면이 나타났다. 애널리틱스[18]로 지난번 올린 심령 묘지 잠입 동영상의 재생 횟수를 확인했다. 촬영 허가 따위는 받지 않았다. 관리자에게서 항의가 들어오면 동영상을 삭제하므로 큰 문제가 아니었다.

계속해서 시청자가 줄줄이 남긴 댓글을 보았다.

— 짱이케, 오늘도 잘생겼다.

— 5:25 여기, 빛 방울 찍힌 거 같은데…?

— 너 그러다 천벌 받는다 ㅋㅋㅋㅋ

내용 확인도 하는 둥 마는 둥, 댓글 하나하나 하트를 눌렀다. 채널 구독자 수가 20만 명을 넘은 지금, 모든 댓글에 반응할 수는 없지만, 인기를 지속하려면 이런 소소한 팬 서비스를 빠뜨릴 수 없었다. 기계적으로 마우스를 클릭해 가는 가운데, 어떤 댓글이 이케다의 눈에 들어왔다

— 제가 감이 좀 있는데, 여긴 진짜 장소가 안 좋아요. 이런저런 유령이 보입니다.

한 번 읽고 나서 중얼거렸다.

"뭔 황당한 소리야."

가볍게 내뱉은 말과는 반대로 이케다의 얼굴에는 그늘이 드리워졌다.

---

18 analytics는 원래 분석이라는 의미로, 데이터 안에서 의미 있는 패턴을 찾아내 해석하고 전달하는 것을 뜻한다. 여기서는 웹사이트의 트래픽을 추적하고 보고하는 구글 애널리틱스 서비스를 가리킨다.

미대생이라는 생물은 두 종류로 나뉜다. 독자적인 감성을 지닌 사람과 독자적인 감성을 지니는 것을 동경하는 사람. 이케다는 후자였다. 그래서인지 전자였던 유코에게 끌렸다. 이케다는 디자인과, 그녀는 조각과. 다른 건물로 다니는 두 사람이 우연히 마주친 것은 일반 교양 수업이었다.

2학년 가을 학기, '서양 미술사' 수업에 지각한 이케다는 계단 모양으로 좌석이 배치된 대강의실 맨 뒤에 자리를 잡았다. 졸다 깨다, 졸다 깨다 수업도 막바지에 다다랐을 무렵, 이케다 옆에 여자애 하나가 서둘러 앉았다. 얘도 지각생이네. 그렇게 생각하면서 한발 앞서 출석 카드에 학번과 이름을 적고 나니 그녀가 작은 목소리로 말을 건넸다.

"강의 계획서, 좀 찍어도 될까요? 너무 늦게 와서…."

"아, 괜찮아요. 여기요."

"고맙습니다."

강의 계획서를 건네는 이케다의 손을 그녀가 물끄러미 보았다.

"…저기요, 뭡니까?"

"아, 죄송해요. 손이 예뻐서…."

대체 뭐지, 얘. 그런 말은 좋아하는 사람 꼬실 때나 하는 거 아닌가? 그렇게 생각하며 이케다는 그녀를 바라보았다. 화장기 없는 쇼트커트. 이제 막 일어났다고 해도 그런가 보다, 믿고 말 것 같은 차림새였지만 묘하게 끌리는 구석이 있었다. 단순히 얼굴이 취향이어서였는지도 모른다. 그런 생각을 하고 있자니 다시 그녀가 입을 열었다.

"저기, 이따 사진을 찍어도 될까요?"

"예?"

무심코 높아진 목소리에 앞자리 몇 사람이 수상쩍다는 얼굴로 돌아보았다. 급히 목소리를 낮추어 그녀에게 물었다.

"갑자기 무슨 소리예요?"

"손 사진이요. 손이 예쁘니까."

"…알겠어요. 점심 사 주면요."

영문을 알 수 없었지만, 거부할 만큼 싫은 기분도 아니어서 받아들이기로 했다.

학생 식당 테이블에서 라면이 불어 터지는 것도 아랑곳하지 않고 유코는 이케다의 손을 몇 장이나 촬영했다. 반쯤 질린 채 무엇 때문에 그러는지 묻는 이케다에게 그녀는 대답했다.

"지금 다양한 사람의 손 사진을 찍고 있어."

부탁받은 사람이 자기만이 아니라는 사실에 조금 실망하면서도 이케다는 말했다.

"그랬군. 그래도 왜 생판 처음 보는 나한테?"

"손이 너무 예뻤으니까. 우리 학부에서는 별로 본 적 없는 손이야."

"그렇게 예쁘다고?"

"응. 고생이라곤 하나도 모르는 예쁜 손."

"그거 좀 실례 아냐?"

"그런가?"

즐거운 듯 이야기하는 유코는 아까보다도 귀여워 보였다.

동갑인 유코는 조각과 전공이라고 했다. 노래하듯 말하는 그녀의 종잡을 수 없는 모습을 보니, 지금까지 이케다가 만나 왔던 사람 중에는 없는 유형 같았다. 점심을 함께 먹은 뒤, 딱히 아쉬워하는 기색도 없이 자리에서 일어나는 그녀를 붙잡고 이케다는 연락처를 물었다. 그날 바로 메시지를 보냈지만, 답장은 없었다. 며칠 후 돌아온 답장에는 "미안, 작업하느라 바빴어"라는 문자. 이건 완곡한 거절일까. 지금까지 이성에게 거절당한 기억이 그다지 없는 이케다에게는 신선한 체험이었다. 이케다는 한층 더 유코에게 끌렸다.

그 후 이케다는 종종 유코와 점심을 함께 먹었다. 학생 식당의 늘 앉는 자리에서 그녀와 만났다. 그녀는 늦게 오거나 아예 바람을 맞히기도 했다. 그래도 이케다는 개의치 않았다. 유코와 이야기하는 것이 즐거웠으니까. 이케다가 학교 밖에서 데이트를 하자고 꼬드겨도 그녀는 웃으며 받아넘겼다. 그런 관계가 3학년이 되고 나서도 이어졌다.

한번은 수업 시간에 만들고 있는 과제를 서로 보여 준 적이 있다. 이케다가 보여 준 것은 제품 디자인 과제. '사용하기 쉬운 연필'을 상품으로 정해서 그것을 그래픽으로 구현해 제출하는 과제였다. 소비자의 수요를 상정하고, 그것을 어떻게 디자인에 반영했는지 이야기하는 이케다를 유코는 서늘한 얼굴로 바라보았다.

"이케다 군, 대단하다. 난 잘 모르겠어."

이케다를 지나 먼 곳을 보는 듯한 눈으로 그녀는 웃었다.

유코가 이케다에게 보여 준 것은 소조를 이용한 자유 과제. 그녀는 조각과 안에서도 점토 같은 것으로 형태를 만들어 내는 공방에 소속되어 있었다. 전에 한 번, 왜 소조를 하는지 물은 적이 있다. 그때 그녀는 노래하듯 '빚어서 만드는 게 표현하기 쉬우니까'라고 대답했다.

그녀가 보여 준 과제를 이케다는 이해하지 못했다. '심층'이라는 주제로 만들어진 그것은 녹아내린 인간의 흉상으로 보였다.

"친구가 모델이야. 이건 걔 알맹이."

"그렇군. 잘 만들었네."

질문이 떠오르지 않았지만, 이해하지 못했다는 걸 그녀에게 들키고 싶지 않았다. 이해할 수 있는 사람인 척, 자신도 그녀와 같은 인종인 것처럼 생각하고 싶었는지도 모른다.

"그렇지? 느낌이 좋아."

옅은 미소를 머금고 그녀는 중얼거렸다.

"내 거도 만들어 줘."

그녀가 자신을 어떻게 보고 있는지 알아보고 싶었다.

"으음. 무리일지도 몰라."

이케다를 잠깐 보고 나서 그녀는 고개를 갸웃했다.

"왜? 너무 미남이어서?"

대충 얼버무리는 이케다에게 그녀는 진지한 얼굴로 대답했다.

"텅 비어서 내가 아는 게 없어."

"그럼, 지금부터 알아가면 되지."

그녀는 난처한 얼굴로 미소를 지었다.

"난 있지, 인간의 내면을 표현하고 싶어."

이케다에게인지, 자기 자신에게인지 알 수 없는 톤으로 그녀는 말했다.

"내면이란 게 감정 말하는 거지?"

자신의 천박함을 들키지 않도록, 이케다는 필사적으로 머리를 굴리며 그럴싸한 말을 골랐다.

"미안해."

왜 그녀가 사과하는지, 그때의 이케다는 알지 못했다.

취업 준비 시기가 다가왔다. 이케다도 당연하게 그 흐름을 따랐다. 유코를 만나고 나서 자신에게는 예술가에게 필요한 재능이 없다는 사실을 알았다. 그래서 디자인과 동기들과 마찬가지로 일반 기업에 취직하려고 면접용 양복을 입고 설명회에 참가했다. 하지만 유코는 달랐다.

"오늘도 취업 준비?"

"맞아. 벌써 열 번째 회사야. 귀찮아 죽겠어."

"힘들겠다."

"넌 취업 준비 안 해도 돼?"

"응. 제자로 들어가기로 했어."

학생 식당에서 이야기할 때 그녀의 입에서 나온 인물의 이름을 이케다는 몰랐지만, 그 자리에서 스마트폰으로 검색을 해 보니 그 바닥에서는 제법 유명한 인물 같았다. 동문 선배인 그 인물이 공방을 방문했을 때, 그녀의 작품을 보고 마음에 들어 했단다. 그것이 어지간히 이례적인 일이라는 건 이케다도 알았다.

왜 이 타이밍이었는지는 알 수 없다. 하지만 이케다는 그녀에게 말했다.

"있잖아, 우리, 사귀지 않을래?"

"왜?"

그녀는 말했다. 먼 곳을 바라보는 눈으로 이케다를 응시하면서.

"왜라니…, 좋아하니까. 진작 눈치챈 거 아냐?"

"좋아한다, 라…."

난처한 얼굴로 그녀는 말했다.

"나 싫어?"

"으음. 좋고 싫고의 문젠 아닐지도 몰라."

"근데, 계속 같이 점심도 먹고 그랬잖아. 왜 그랬어?"

"왜냐니. 점심은 누구라도 먹으니까."

"아니, 그게 아니라."

"네가 같이 먹자고 했으니까, 딱히 괜찮지 않나 싶어서. 난 친구 없으니까."

"세상에…."

귀가 뜨거워졌다. 미지근한 물을 한 모금 마시고, 생각을 토해냈다.

"내가 좋아하는 거 눈치 못 챘어?"

"눈치챘지. 근데 날 좋아한 건 아니었잖아."

"무슨 말이야, 그게."

"뭐라고 해야 하나. 이상한 소리 해 버릴 거 같은데."

"됐으니까 말해 봐."

"나 있지, 줄곧 널 봤어. 네 속을. 근데 계속 텅 비어 있더라. 그래서 생각했어. 아, 이케다 불안하겠다. 틀림없이 뭔가로 속을 채우고 싶어서 못 견디겠다, 하고."

"너, 그거 무슨 뜻이야?"

"미안해. 내가 말이 서툴러서. 분위기 파악 못 한단 소리도 많이 들었어. 미안해."

이케다는 자리에서 일어났다. 그것을 마지막으로 그녀와는 다시 만나지 않았다.


졸업 작품 제작에 쫓기던 어느 날 밤. 같은 지도 교수 아래 있는 동기들과 졸업 후 진로를 이야기하던 때였다.

"네가 노리던 여자애, 스즈키 유코였나? 굉장하더라. 내 친구도 조각관데, 소문이 났더라고."

그렇게 말하는 동기의 얼굴에서는 선망과 질투가 엿보였다.

"아, 그래."

"어라? 무슨 일이야? 차였어?"

불퉁한 이케다의 대꾸에 동기가 흥미진진한 표정을 보였다.

"딱히, 이젠 흥미가 없어졌어."

"아, 그랬구나. 하긴 그런 천재랑 우리 같은 범잰 안 어울리지."

아직 낫지 않은 상처를 헤집는 듯한 말. 그것을 없애듯 응수했다. 자기가 그렇게 빠르게 말할 수 있다는 사실을 새삼 깨달으면서.

"그러게. 인간의 내면이 어쩌니저쩌니, 무슨 예술가 나셨네, 싶은 말만 하더니 결국 사람을 내려다보더라. 우리 같은 사람을 말이지. 그렇게 자기 연출 하다 보면 어떻게든 대가의 제자가 될 수 있으니 편해서 좋겠어. 나도 말할 걸 그랬네. '유령이 보입니다'라거나."

웃는 얼굴로, 빠른 말투로 억지로 이야기하자, 끼어들 듯 동기 여자애가 말을 걸어 왔다.

"아니, 뭐야? 유령 이야기?"

"그런 거 아냐."

"에이, 뭐 어때. 유령 이야기 좀만 더 하자."

"뭐야. 그냥 네가 이야기하고 싶은 거잖아."

"아무렴 어때. 있지, 가나에 씨 이야기 알아?"

"아, 유명한 거잖아. 이제 와서 무슨."

"에이, 뭐야. 알고 있었네."

뿌루퉁한 여자애와 조금 떨어진 자리에 있던 다른 동기가 물었다.

"그게 뭐야? 난 모르는 이야긴데."

"아, 몰라? 가나에 씨란 사람, 우리 대학에 다니던 여잔데, 그 사람 자살했다지 뭐야. 기껏 노력해서 우리 대학에 들어온 거까진 좋았는데, 계속 주변 사람들과 비교하다 자기한텐 재능이 없다고 절망했다나."

"아, 너무 거짓말 같은데."

"진짜라니까. 뭐라더라, 마지막에 어떻게든 자기 이름을 남기려고, 졸업 작품 삼아 카메라로 자기가 불타 죽는 걸 찍었대."

"그럼, 그 동영상이 있는 거야?"

"몰라. 경찰이나 뭐 그런 데서 갖고 있지 않을까."

의기양양하게 풀어내는 그녀의 이야기를 이케다는 흘려들었지만, 다른 동기의 반응은 달랐다.

"그 가나에 씨란 유령, 교내 어디서 나오는데?"

"아니, 나오는 게 아니라…."

"응? 무슨 말이야?"

"교신을 할 수 있어. 콧쿠리 상[19]처럼. 종이에다 자음이랑 모음 적어서."

"그거 그냥 콧쿠리 상이잖아."

"아니라니까. 곳쿠리 상의 가나에 버전이야."

"뭔 소리래."

"아니, 진짜라니까. 사토미도 한 적 있대."

"스물 넘어서 그런 걸 하는 애가 호러다, 진짜."

"사토미가 했을 땐 다양한 질문에 대답해 줬다더라."

"이야, 그럼 내가 졸업할 수 있는지 가르쳐 줬으면 좋겠네."

"뭐, 어때. 물어봐. 이케다 군도 할 거지?"

성가신 꼼에 이케다는 조금 망설이다 받아들이기로 했다. 가나에 운운하는 괴담을 믿는 것은 아니었다. 하지만 만약 그런 게 있다면 물어보고 싶은 것이 있었다.

리포트 용지에 샤프로 쓴 오십음, '예'와 '아니요', 거기에 도리이[20] 마크. 동기가 쓴 둥글둥글한 히라가나가 어쩐지 그 자리에 어울리지 않아 보였다. 분위기를 내기 위해 조명을 끈 어두운 실내를 달빛이 밝혔다.

"그래서, 뭐라고 하면 돼?"

"글쎄. 나도 자세한 건 몰라. '가나에 씨, 이리 오세요' 하면 되

---

19  책상 위에 예/아니요, 숫자, 가나의 오십음, 도리이 등을 적은 흰 종이를 놓고, 그 종이 위에 올린 동전에 참가자 전원이 검지를 대고 주문을 외워 여우의 혼령을 불러내어 이런저런 질문을 던지는 일종의 강신술 겸 점술. 서양의 위저보드에서 유래되었으며 한국에서도 분신사바라는 이름으로 비슷한 놀이가 유행했다.
20  신성한 관문의 시작을 나타내는 상징물로서 신사의 입구에서 흔히 볼 수 있는 기둥문을 가리킨다. 두 개의 기둥 위를 가로대가 연결하는 형태가 기본이다.

지 않을까?"

"대충대충이네."

넷이 10엔 동전에 손을 얹고 저마다 말했다.

"자, 시작한다."

그것을 신호로 함께 외쳤다.

"가나에 씨, 이리 오세요."

당연하지만, 아무 일도 일어나지 않았다.

"이제 어떡해?"

"그럼, 나부터 물어볼까?"

"분위기 띄울 만한 거로 해 봐."

"어디 보자…. 그럼, 저 결혼할 수 있나요?"

"뭐야, 그게. 누가 관심 있다고."

그런 말을 하면서도 넷의 시선이 손가락 끝에 모였다. 그때 10엔 동전이 움직였다. 〈예〉, 그렇게 적힌 문자 위로.

"오오, 굉장한데."

"누구야, 움직인 사람."

"어? 진짜? 아, 나 좀 무서운데."

"신난다! 나 결혼할 수 있대!"

다들 알아차렸다. 누군가가 움직이고 있다는 것을. 그래도 가나에 어쩌고 하는 어린애 놀이를 즐기기로 했다.

"이번엔 나! 가나에 씨, 전 졸업할 수 있습니까?"

다시 10엔 동전이 움직여 〈예〉 위에 멈추었다.

"됐다!"

"가나에 씨, 이 녀석 너무 기 살리지 마세요."

"그러게, 나 〈아니요〉로 움직이려고 했는데."

"뭐 아무렴 어때. 됐어."

계속해서 이케다가 질문했다. 어린애 놀이여도 상관없었다.

"가나에 씨, 제겐 재능이 있습니까?"

10엔 동전이 〈아니요〉 위에서 멈추었다. 이케다는 자기도 모르게 눈을 크게 떴다.

"엇? 너무해!"

"아니, 이건 아니지, 진짜."

"가나에 씨, 눈치 좀 챙겨!"

한순간 감돌았던 어색한 공기를 떨치기 위해 저마다 익살을 떨었다.

"애들아, 자백할 거면 지금이다."

어색한 웃음으로 다른 세 사람을 돌아보며 이케다는 다시 말했다.

"가나에 씨, 이 중에 누군가가 이걸 움직이고 있습니까?"

다시 〈아니요〉 위로 10엔 동전이 움직였다.

"아니, 잠깐만, 나 안 움직였어."

"나 진짜 아냐."

"나도 아냐."

이케다는 다시 질문했다.

"가나에 씨, 한 번 더 묻겠습니다. 누군가가 이걸 움직이고 있습니까?"

〈아니요〉

"제겐 정말 재능이 없습니까?"

〈예〉

"왜 제겐 재능이 없는 겁니까?"

〈텅 비 어 서〉

순간 머리가 뜨거워졌다.

"아니, 이게 무슨 말이야?"

무슨 말인지는 이케다가 가장 잘 알았다.

"야, 이거 누구야, 진짜."

주위를 돌아보았지만 하나같이 거북한 표정으로 고개를 저었다. 자기가 아니라고.

"가나에 씨, 제게 재능이 없다고 생각한 사람을 죽여 주시겠어요?"

"야아, 그만해."

참다못해 동기가 끼어들었지만, 이케다는 하고 싶은 말을 내뱉었다.

"아무도 안 움직였잖아. 그럼 문제없을 거 아냐?"

웃는 얼굴이 경련을 일으키고 있다는 건 스스로도 알았다.

〈예〉

그것을 보고 동기가 말했다. 그 말투는 마치 스스로를 설득시키려 하는 것 같았다.

"이케다, 이런 거 다 속임수라니까. 뭘 그렇게 정색을 해."

"그럼 속임수라고 치고, 누군가가 날 바보 취급하고 있다는 건가?"

"그건…."

"봐라, 어느 쪽이건 열받거든."

"암튼 이런 거 그냥 최면 효과야. 신경 쓰는 게 바보지."

"그래? 그럼 넌 신경 안 쓰겠네."

"응. 난 신경 안 써."

정색하고 말싸움을 벌이는 두 사람을, 나머지 두 사람은 거북한 눈길로 바라보았다. 하지만 네 사람은 여전히 손가락을 10엔 동전 위에 올려둔 채였다.

"그래? 신경 안 쓴다니 무슨 질문을 해도 상관없겠네?"

"상관없어. 믿지도 않고."

"가나에 씨, 이 녀석 수명은 앞으로 얼마나 남았습니까?"

"아니, 잠깐만!"

그때 미끄러지듯 10엔 동전이 움직이기 시작했다. 도리이를 빠져나가 자음과 모음 사이를 지나쳤다. 그 아래에는 숫자가 0부터 9까지 적혀 있었다. 동전이 향해가는 곳은 왼쪽 아래. 멈추는 것은 어디일까.

"이제 됐어! 그만해!"

히라가나의 〈모(も)〉 언저리에서 갑자기 손가락 하나가 10엔

동전에서 떨어져 나갔다. 손가락을 뗀 것은 이케다가 가나에 씨에게 수명을 물은 동기였다.

10엔 동전은 힘을 잃은 듯 움직임을 멈추었다. 전원이 말없이 그 동전을 바라보았다. 계속해서 그대로 나아간다면 아마 다다를 그 숫자를.

〈3〉

〈모〉의 아래에는 그 숫자가 있었다.

"야! 이거 어떻게 할 거야!"

손가락을 뗀 동기가 소리쳤다.

"3이 뭔데! 삼 년 후란 거야? 아니면 삼십 년 후란 거야? 죽을 때까지 계속 이 숫자를 무서워해야 한다고?"

"아니, 미안… 저기….''

이케다가 말을 끝맺기도 전에 동기는 강의실을 뛰쳐나가 버렸다. 다른 한 사람도 그 뒤를 쫓았다. 강의실을 나가기 직전, 이케다를 향해 경멸의 눈초리를 던지며.

남겨진 이케다와 나머지 한 사람은 어색한 분위기 속에서 각각 하던 작업을 재개했다.

동기한테서 유코가 학교에 오지 않는다는 이야기를 들은 것은 그로부터 얼마 지나서였다. 소문으로는 대학을 그만두었다고 했다. 이유는 그녀가 친구가 많은 것도 아니어서 아무도 몰랐다.

이케다는 유코가 궁금했다. 메시지를 보낼 생각도 해 봤지만 결국 관뒀다. 새삼스레 그녀에게 뭘 물어야 할지도 알 수 없어서였다. 모바일 메신저 말고는 SNS 계정도 몰랐다. 그녀에 대해서 아무것도 몰랐다는 사실에, 그녀가 자신을 얼마나 깔보고 있었는지가 새삼 뼈저리게 와닿아 비참했다.

'스즈키 유코', 그녀의 이름을 컴퓨터로 입력하고 자조했다. 자신을 텅 비었다고 평한 인간의 행방을 알아서 대체 뭘 어쩌겠다는 건지. 하지만 그 마음과는 반대로 검색 결과에 나타난 내용을 눈으로 좇았다.

검색 결과에 나타난 '스즈키 유코'와 관련된 페이지의 수는 엄청났다. 하나같이 동명이인인 사람을 가리키는 것으로, 이케다가 찾는 유코를 찾아내기란 불가능에 가까워 보였다. 마지막 발버둥으로 '최신순'으로 정렬했을 때, 어떤 기사가 눈에 들어왔다.

○○현 ○○시 횡단보도에서 한 여성이 쓰러진 채 발견되었으며, 그 후 사망이 확인되었습니다. 경찰은 여성이 뺑소니 사고를 당한 것으로 추정하고 현재 수사 중입니다.

6일 오후 8시 반경, 119로 '횡단보도에 사람이 쓰러져 있다'라는 목격자의 신고가 들어왔습니다.

현장으로 달려간 경찰이 귀가 중이던 ○○시의 대학생 스즈키 유코 씨(21)가 쓰러져 있는 것을 발견하고, 병원으로 이송했지만, 사망이 확인되었습니다. 현장의 상황으로 보아 횡단보도를 건너던 스즈키 씨가 뺑소니 차량에 치인 것으로 보고 경찰이 수사를 진행 중입니다.

그 기사를 보고 이케다는 말을 잃었다. 유코가 죽었다. 그런 식으로 헤어진 게 마지막이었다고 해도 한때는 연애 감정을 품었던 사람이 죽고 말았다. 멍하니 기사를 다시 읽었다. 6일 오후 8시 반경이라고 적혀 있었다. 문득 불쾌한 가능성이 짚여서 스마트폰의 일정 앱을 다시 보았다.

부디 이 짐작이 틀리기를.

그렇게 빌면서 확인했지만 그 바람은 이루어지지 않았다. 그날 그 시간이면 이케다가 동기들과 가나에 씨 놀이를 할 때였다.

"가나에 씨, 제가 재능이 없다고 생각한 사람을 죽여 주시겠어요?"

동기들은 당연히 아무도 죽지 않았다. 그 말을 입에 담았을 때, 유코를 떠올리지 않았다면 거짓말이다. 하지만 설마, 나 때문에? 가나에 씨가 유코를? 그런 일이 있을 리 없다.

인터넷으로 과거에 대학에서 분신자살한 사건이 있었는지도 필사적으로 찾아보았다. 가나에 씨 놀이에 얽힌 시시한 소문을 적은 글은 몇 개 발견했지만, 실제 보도나 신문 기사는 눈에 띄지 않았다. 하지만 일반적으로 사건성이 없는 자살은 어지간하면 보도되지 않는다고 들었다. 이케다의 의심은 풀리지 않았다. 그래서 이케다는 이렇게 생각하기로 했다.

유령 따위 있을 리 없다. 설마 있을 리가. 절대로 없다.

그 후 이케다가 대학에서 유코의 이름을 입에 담은 적은 한 번도 없었다.

유령의 부재를 증명하기 위해 이케다는 제 발로 심령 명소를 찾아다니며 촬영했다. 몇십 군데를 돌아다닌 지금까지도 유령을 본 적은 운 좋게 없었다. 동영상의 볼거리를 만들기 위해 그럴싸하게 가공하는 일도 많지만, 그런 수고 따위, 실제로 유령을 목격하는 것에 비하면 아무것도 아니었다. 그리고 동시에 증명이 되었다. 자신에게 창작자로서 재능이 있다는 사실이.

이케다는 아직 공개 전인 동영상의 원본 데이터를 모니터에 띄웠다. 채널의 규모가 커진 지금, 편집에 걸리는 시간도 늘었다. 하지만 외주는 맡기지 않기로 했다. 직접 동영상을 빠짐없이 확인하고 손질하고 싶어서였다.

동영상의 편집 시간과는 반대로 최근 재생 횟수는 제자리걸음이었다. 설상가상으로 광고 수익은 단가가 감소하면서 점점 나빠지고 있었다. 이쯤에서 다시 팬을 늘려야 했다.

모니터 화면 위로 커서를 부산스레 움직이고 있자니, 오른쪽 아래로 팝업이 떴다. 새로 메일이 도착했다는 알림이었다. 프로필란에 공개해 놓은 주소로 온 그 메일의 제목은 〈팬 북 제작 제안〉이었다.

"타이밍 한번 기가 막히네."

그렇게 혼자 중얼거렸다.

※※※※※

## 가난한 공범자

산겐자야에 있는 여성 전용 아파트, 가구를 전부 빼서 텅 빈 방에서 호조는 괴로운 표정을 짓고 있는 남자와 이야기했다.

"이런 손상은 별로 본 적이 없는데 말이죠…. 이쪽 벽에다 뭘 붙이거나 직접 페인트칠이라도 하신 겁니까?"

"아뇨, 안 했어요. 불평은 제가 해야죠. 아, 기분 나빠."

"그렇지만, 입주할 땐 없었던 거니까요. 원상회복을 하려면 벽도 다시 칠해야 하니, 보증금에서 일부를 사용해야 할 수도 있습니다."

"그건 아니죠. 어쩌면 벽 뒤쪽 배관 탓일 수도 있는데."

"일단 저희가 검토를 해 보죠. 업자에게 점검도 맡겨야 하니까."

두 사람의 시선 끝에는 검은 얼룩. 마치 곰팡이가 생긴 듯한 얼룩이 커다랗게 사람의 형상을 그리고 있었다.

납득할 수 없다는 얼굴로 관리 회사 사원에게 마지막 인사를 건네고, 방문을 열고 공용 복도로 발을 내디뎠다. 짐은 어제 이사 업체가 새집이 있는 요요기우에하라까지 옮겨 놓았다. 호조가 더는 여기에 머무를 이유는 없었다.

깨끗하게 청소된 복도를 지나 엘리베이터로 향했다. 문득 등 뒤로 시선이 느껴지는 것 같아서 뒤를 돌아보았다. 지금 막 호조가 나온 방의 바로 옆 방, 살짝 열린 문틈으로 찌든 표정의 여자가 이쪽을 바라보고 있었다. 그 사람은 호조의 얼굴을 보자마자 당황한 기색으로 큰 소리를 내며 문을 닫았다.

"내가 잘못했네. 미안해요."

들릴 리도 없는 사과의 말을 중얼거리고, 호조는 엘리베이터 버튼을 눌렀다.

'유령 보는 애'. 그게 호조의 중학 시절 별명이었다.

그 신사의 이름을 말하면, 사찰과 신사에 어느 정도 조예가 있는 사람이라면 바로 알 것이다. 새해 첫 참배를 하러 오는 사람도 많고, 최근에는 사찰과 신사마다 다른 기념 도장을 찍으러 평일에도 남녀노소 찾아오는 사람이 늘었다. 여행 안내 책자에도 실릴 만큼 알려진 그 신사는 높은 신을 모신다는 것 말고도 또 다른 얼굴이 있었다. 바로 정화 의식이다.

호조도 어린 시절, 종종 신관의 우두머리인 부친에게서 이야기를 들었다. 이를테면 유령과 잘 지내는 법 따위를. 호조 가문은 대대로 신관으로 일해 왔기에 사람이 아닌 것을 볼 수 있었다. 호조 가문에게 그것은 일상에 존재하는 것이었다. 호조 역시 예외는 아니어서 철들 무렵부터 그런 것들이 보였다. 하지만 모친에게 그 이야기를 처음 했을 때 들은 말은 지금까지도 잊히지 않았다.

"가엾게도."

그 고장 지주의 딸로 혼담을 거쳐 신사에 시집온 모친에게는 호조 가문의 피가 흐르지 않았다. 그렇기에 더욱 예사롭지 않은 것이 예사롭게 보이는 딸의 미래가 걱정스러웠을 것이다.

부친은 호조를 타일렀다.

"네겐 여러 가지가 보일 거다. 하지만 괜히 상관하거나 그러면 안 돼. 다들 외롭거든. 아무도 그들을 찾아내지 못해서. 그래서 자길 찾아내 준 사람을 따라와. 악령이라고 불리는 것도 마찬가지야. 자기 원한이나 슬픔을 발견해 달라고 못된 짓을 하지. 다만 못된 짓을 한 이상에야 쫓아낼 수밖에 없고. 우리 가문은 남들이 못하는 걸 할 수 있어. 그런 만큼 그걸로 사람들한테 도움이 되는 일을 해야 해."

호조의 어린 마음으로는 이해가 되지 않았다. 그게 진짜라면, 그들의 마음은 어떻게 되는 걸까. 분하고, 슬프고, 그 마음을 알아줬으면 해서 방황하는 유령들. 그들을 인간의 일방적인 사정 때문에 퇴치해 버려도 되나. 저세상으로 돌려보낸다니, 듣기야 그럴싸하지만, 과연 그들이 그걸 바랄까. 하지만 그런 의문을 부친에게 쏟아낼 수는 없었다.

그렇다고 모든 유령이 미련을 남기는 것도 아니다. 아지랑이처럼 멀리서 흔들리는 사람 모양의 안개, 속도랑[21]을 줄지어 걷는 자들, 전봇대 위에서 계속 하늘을 올려다보는 노파, 공원 모래밭에 엎어져 자는 남자 등, 세상 사람이 자신을 발견해 주기를 기다리는 것처럼은 보이지 않는 것이 대부분이었다. 호조의 부친이 말

---

21   배수를 위해 땅속이나 구조물 밑으로 낸 도랑.

하기를, 그들은 '못된 짓을 하지 않는 유령'이었다. 성불을 준비하는 자, 어떤 타이밍으로 불쑥 이승에 들른 자 등, 산 사람과 관계없는 자들이라고 했다. 부친의 말대로 어린 호조가 발걸음을 멈추고 바라보아도 그들은 전혀 관심을 보이지 않았다.

반대로, 그렇지 않은 자도 드물게 있었다. 그건 금세 알아볼 수 있었다. 걷는 샐러리맨의 뒤통수에 얼굴을 묻으며 따라가는 여자, 호조에게만 들리는 큰 소리로 폐건물 속에서 웃어 대는 남자, 엉망진창으로 손을 계속 휘두르는 그림자 같은 건, 그들이 뿜어내는 기운으로 바로 엮이면 안 되는 존재임을 구분할 수 있었다. 그리고 부친이 정화해 내쫓는 것은 이런 자들이었다는 것도 알았다.

"있지, 너, 유령이 보인다는 거 진짜야?"

초등학생 시절, 반이 바뀐 직후에 옆자리 여자애가 그렇게 물은 것이 시작이었다.

"응. 보여."

선뜻 대답하는 호조를 보고 그 여자애는 법석을 떨었다.

"굉장하다! 이 교실에도 있어? 가르쳐 줘, 얼른!"

그것을 계기로 호조는 온 학교 여자애들의 인기를 얻었다. 쉬는 시간이 되면 반 애들이 번갈아 와서는 유령에 대해 이것저것 물었다. 나한테 혹시 유령이 붙어 있어? 유령은 어떤 식으로 보이는 거야? 그거 무섭지 않아? 그런 질문에 태연스레 대답하는 호조를 여자애들은 멋지다고 칭송했다. 단, 부친의 당부대로 가까이서 죽은 자의 넋이 보였다 하더라도 친구에게 그 사실을 알리지는 않았다. 열기가 잦아들고 나서도 호조는 '유령 보는 애'로 알려졌다. 그것은 초등학교를 졸업할 때까지 계속되었다.

불행하게도 그 평판은 중학교에 올라가자 뒤바뀌고 말았다. 감수성 예민한 시기를 맞이하는 중학생에게 호조의 특별한 정체성이 '눈에 띄기 위한 거짓말'로 받아들여져서였다.

"신사 딸내민지 뭔지 몰라도, 영감 있는 캐릭터 따위 인기 없어."

반에서 튀는 무리, 그중에서도 리더 격인 여자애의 말이 방아쇠가 되었다. 학교라는 좁은 공동체에서는 일단 고립되면 학년이 바뀌어도 그 평판이 이어진다. 중학 생활의 대부분을 호조는 혼자 보내야 했다.

폭력을 당하거나, 협박을 받은 것은 아니었다. 그저 누구나 뒤에서 호조를 '유령 보는 애'라고 부르며 깔보았다. 처음에는 무리에 들어가려고 필사적으로 굴었지만, 그 노력이 헛수고라는 것을 깨닫고 나서 호조도 타인과 얽히기를 스스로 포기했다. 동시에 호조 가문의 피에 대한 분노가 늘어갔다.

한번은 같은 반 애들한테 별의별 이야기까지 들었다. 2학년 때, 문화제에 출품할 아이템을 정하는 학급 회의 시간에 있었던 일이다.

연극, 카페, 미로 등, 칠판에 적힌 몇 개의 후보. 그중에 유령의 집이 있었다. 그건 찬성자의 수를 나타내는 바를 정(正)자가 가장 많이 적힌 후보이기도 했다.

"우리 반이 유령의 집을 하면 진짜 무서울 거라니까."

호조를 곁눈질하면서 남자애 하나가 말했다.

"그런 말 좀 하지 마."

남자애를 나무라는 다른 여자애, 하지만 그 얼굴도 히죽 웃고 있었다.

"호조는 그거잖아, 그냥 좀 별난 애."

악의가 깃든 발언에 온 교실이 옅은 웃음에 휩싸였다.

그 말을 들은 호조는 담임에게 보건실에서 쉬고 싶다고 했다. 이런 취급은 익숙한 편이었지만, 그날따라 며칠 전에 생리도 시작한 탓에 몸이 힘들었다. 더는 그들의 조소를 듣고 싶지 않았던 호조로서는 딱 좋은 구실이었다. 호조의 안색을 본 담임은 누가 좀 따라가서 도우라고 했지만, 아무도 손을 들지 않으리라는 것을 호조는 잘 알고 있었다. 그래서 혼자 가도 괜찮다고 우겼다. 교실 문을 옆으로 당겼을 때, 등 뒤에서 그 말이 들려왔다.

"힘들다니. 저거 분명히 동티야, 동티."

"멍청이, 동티가 아냐, 그냥 병이야."

계속해서 들려오는, 몇 사람의 숨죽인 웃음소리. '병'이라고 표현된 그것이 현재 호조의 나쁜 컨디션만을 가리키는 것이 아니라는 점은 명백했다.

병이었다면 얼마나 좋았을까. 나을 가망이 있으니까. 복도로 발을 내디뎠다. 정신을 차렸을 때는 눈물이 흘러넘치고 있었다.

하지만 슬픔보다 분노가 컸다. 수업 중, 인기척 없는 보건실로 이어지는 복도 끝 창가에서는 기모노 차림의 여자가 아른아른 흔들리고 있었다. 누가 이런 거 보고 싶다고 부탁이라도 했냐고.

"전부 너희들 탓이야."

창밖을 향해 있는 기모노 차림의 여자더러 한마디 내뱉었지만, 그것이 이쪽을 보는 일은 없었다.

부친이나 모친에게는 학교에서 있었던 일을 이야기할 수 없었다. 그런 이야기를 하는 건 당시의 호조로서는 그들의 생업과 삶의 방식을 부정하는 일 같아서였다. 하지만 신에게 사람들의 안녕을 빌고 액을 물리치는 부친을 보고 있으면 과연 인간에게 그렇게 할 만한 가치가 있는지 의문이 솟았다. 또 왜 그 역할을 호조 가문이 떠맡아야 하는지도.

3학년에 올라가서도 호조의 학교에서 위치는 달라지지 않았다. 이제는 익숙해져 버려서 반에서는 기척을 죽이고 지냈다. 하지만 외부인이 등장하면서 상황은 바뀌었다.

"교생으로 왔습니다. 모교이기도 한 이 학교에서 여러분과의 교류를 통해 함께 성장할 수 있었으면 좋겠습니다. 짧은 기간이지만 잘 부탁드립니다."

검은 바지 정장에 쇼트커트의, 미소를 머금고 발랄한 표정으로 이야기하는 그 여자 교생은 첫날부터 반에서 인기를 끌었다. 나이도 가깝고, 성격도 털털해서 친근감을 느꼈을 것이다. 게다가 대학생이니 진로를 상담하는 학생도 많아 보였다. 그런 그녀를 보아도 호조는 딱히 관심이 가지 않았다. 하지만 책상에 엎드린 채 아무와도 이야기하려 하지 않는 호조를 본 그녀 쪽은 달랐다.

"호조도 여기서 같이 점심 먹지 않을래?"

고개를 들었더니 그녀가 손짓으로 호조를 부르고 있었다. 주위에서는 학생들이 저마다 책상을 서로 이어 붙여서 점심을 먹고 있었다. 교실에 생긴 몇 개의 책상 섬. 그중에서도 비교적 얌전한 아이들이 모인 섬에 그녀는 있었다. 갑작스러운 그녀의 제안에 그 섬의 여자애들도 당황하는 눈치였다. 조금 떨어진 섬에서는 리더 격인 여자애가 속한 무리가 이쪽을 보며 수군거렸다. 바라지도 않았던 동정에 호조는 짜증이 치밀었다.

"전 괜찮아요."

어느 섬에도 속하지 않은 자신의 책상을 떠나 교실을 나갔다.

그 후로도 그녀는 끈질기게 말을 걸었다.

"머리 잘랐어?"

"호조네 집은 어느 동네야?"

"오늘 날씨 참 좋지 않니?"

호조는 그녀를 계속 피해 다녔다. 외부인, 게다가 인기인의 걱정을 사서 쓸데없는 주목을 끌고 싶지 않았으니까.

그녀가 오고 일주일쯤 지났을 무렵. 그날, 호조는 늘 그랬듯이 도서실에서 참고서를 펼쳐 놓고 수험 공부를 했다. 그곳을 그녀가 우연히 지나갔다.

"열심히 하는구나! 앗, 미안. 내가 방해했니?"

그녀는 호조에게 웃어 보였다.

"네."

공책에서 고개도 들지 않고 대답했다.

"진로나 뭐 곤란한 일 없니? 아, 연애 상담도 괜찮아."

그러거나 말거나 신경 쓰는 기색도 없이 그녀는 말을 이었다.

"딱히 없어요."

"그래? 아, 맞다. 공부하는 중에 미안한데, 좀 도와주지 않을래?"

지긋지긋해하면서도 고개를 들자, 그것을 동의라고 받아들였는지 웃는 얼굴로 도서실 바깥으로 호조를 이끌었다. 시각은 오후 6시 전. 바깥은 이미 어둡고 쾌청하던 가을 하늘에는 달이 떠 있었다. 건물과 건물을 잇는 복도에서 보이는 운동장에서는 아마도 축구부일 학생이 공을 정리하고 있었다.

"특별 교실을 좀 정리해 달라는 부탁을 받았거든. 네가 있어서 다행이야."

앞장서 걸으면서 그녀는 말했다.

데리고 간 곳은 미술 준비실. 하필이면 호조가 교내에서 가장 꺼리는 장소였다.

수많은 수업 중에서 호조가 가장 싫어했던 것이 미술 시간이었다. 수업 내용이 싫어서가 아니었다. 미술실과 이웃한 미술 준비실에 그것이 있어서였다. 미술실과 준비실에는 각각 복도 쪽에서 들어가는 문이 있었는데, 그것과는 별개로 두 방을 연결하는 문도 교실 안쪽에 설치되어 있었다. 용구 등을 교실에 들여놓는 것을 고려한 설계일 것이다. 문이라고는 해도 늘 열려 있고, 닫혀 있는 모습은 본 적이 없었다. 그래서 그것은 늘 준비실에서 미술실을 엿보았다.

그것은 아마 세상에 해를 끼칠 존재였다. 남자처럼 보이는 것. 문짝 제일 높은 자리에, 바닥과 수평이 되게 모로 누운 꼴로 얼굴을 딱 반만 드러내고 남자는 늘 이쪽을 엿보았다. 세로로 나란히 놓인 두 개의 눈은 아무것도 포착하지 못했는데, 눈알만 그저 두리번두리번 분주하게 움직이며 무언가를 찾고 있는 듯했다. 당연히 호조 말고는 아무도 그것의 존재조차 몰랐지만, 호조만은 남자의 위험성을 알아차렸다.

입구에서 주저하는 호조에게 그녀는 웃어 보였다.

"왜 그래? 얼른 들어가자, 얼른."

재촉을 받고, 호조는 안을 보지 않도록 고개를 숙인 채 마지못해 준비실로 발을 들여놓았다.

호조가 준비실에 들어가는 것은 이번이 처음이었다. 그것의 얼굴이 미술실에서 보였으므로 가급적 발을 들이지 않도록 애를 썼기 때문이다.

그녀가 시키는 대로 화구를 정리하면서 안쪽을 살짝 보았다. 호조의 예상과 달리, 준비실 안에 그것의 몸은 보이지 않았다. 하지만 안으로 보이는, 여느 때처럼 열어젖힌, 미술실로 통하는 문의 천장 가까운 높은 자리에 남자의 얼굴 반쪽이 엿보였다. 미술실에서 보는 광경과 같았다. 지금 그것은 준비실 안을 보고 있다. 그때 호조는 깨달았다.

그것은 늘 미술실을 보고 있었던 게 아니다. 미술실에 있는 사람을 보았던 거다. 그래서 이렇게 미술실에 아무도 없고, 준비실에 호조와 교생밖에 없는 지금, 이번에는 미술실에서 이쪽을 보고 있다.

엮여서는 안 된다. 내가 알아차린 것을 들켜서는 안 된다. 한결같이 시선을 아래로 떨어뜨리고, 기계적으로 작업을 계속했다.

"옛날 생각 난다. 여기 내 추억의 장소거든."

호조 옆에서 석고상을 나란히 정리하면서 그녀는 태평스럽게 이야기했다.

"방과 후에 좋아하는 남자앨 여기로 불러내서 고백했지 뭐야. 결국 차였지만. 앗, 이런 이야기 다른 애들한텐 비밀이다. 나랑 너만 아는 비밀."

"…네."

"호조는 혼자 있는 게 좋아? 나 여기 오고 나서 호조가 누구랑 이야기한 거 한 번도 못 봤는데."

"네, 그냥 뭐."

"뭐 고민이라도 있니? 날 친구라고 생각해도 되니까. 뭐든지 이야기해 줘."

"뭐든… 이라. 뭘 이야기하면 좋을까요."

"그러니까, 그, 남들에게는 보이지 않는 게 보인다거나…."

아까까지 신경 쓰였던 등 뒤의 시선도 잊을 만큼 귀가 뜨거워졌다. 쓸데없는 바람을, 같은 반 누군가가 그녀에게 불어넣은 거다. 호조가 잠자코 있자 그녀가 말을 이었다.

"사실은 나도, 조금이지만 있거든, 그 영감이란 거. 호조의 마음 이해해. 그러니까…."

"…누구한테 들었어요? 담임이에요?"

"어? 무슨 뜻이야?"

"머리 이상한 애가 괴롭힘을 당하고 있으니까 이해하는 척하래요? 아니면, 반 애들이랑 내기라도 한 거예요?"

"아니… 난 진짜로…."

"말도 안 되는 거짓말은 그만하시고요. 당신 같은 사람이 내 기분 알 리가 없지."

"아니, 잠깐만. 진짜라니까, 정말이야."

"그럼, 저거 보이세요? 안 보이죠? 봐봐요, 저기서 이쪽 보고 있는 거."

"…뭐?"

그것과 눈이 마주치지 않도록 고개를 숙인 채 손가락으로 안쪽을 가리켰다. 그것이 엿보고 있는 방향을. 눈물이 흘러넘쳐 시야가 번졌다.

"…저거라니?"

"이거 봐, 역시 거짓말이네. 가르쳐 드릴까요. 남자가 눈을 부릅뜨고 이쪽을 보고 있어요. 봐요, 잘 좀 보라고요."

호조의 말이 끝나자마자였다. 그녀가 절규했다. 반사적으로 고개를 들어버린 호조의 시야 끄트머리로 그것이 비쳤다.

여전히 엿보고 있는 얼굴, 하지만 지금은 절반이 아니라 전체가 보였다. 그 얼굴이 눈을 가느다랗게 뜨며 입을 벌린다. 검붉은 혀, 그것이 길고 길게, 천천히 이쪽으로 뻗어 오고 있었다.

위험해, 들켰어. 내가 폭로해 버려서.

기절한 그녀를 내버려두고 교무실로 내달렸다.

그녀는 다음 날부터 학교에 오지 않았다. 며칠 후 그녀가 죽었다고 담임이 조회 시간에 알려 주었다. 자살이었다. 소문으로는 호조가 저주로 죽였다고 했다. 정말이지 이제 호조로서는 아무래도 좋았다. 실제로 그 소문이 크게 어긋난 것도 아니었으니까.

그 후 호조의 학교에서는 죽은 교생의 유령이 나타난다는 소문이 떠돌았다.

다른 지역의 고등학교로 진학한 호조는 자기 능력을 감추는 법을 익혔다. 유령이 보이지 않는 척하고 있으면 어디에나 있을 법한 평범한 여고생으로 살아갈 수 있었다. 열심히 동아리 활동도 하고, 또래와 연애도 하고, 중학 시절의 기억에 덧칠하듯 청춘을 누렸다. 유령은 변함없이 계속 보였지만 모두 무시했다.

대학을 졸업하고, 호조는 집을 나와 상경했다. 이제는 신이건 유령이건 진절머리가 났다. 하지만 그토록 미워했던 가업이 지금까지 자신을 지켜 주었다는 사실도 몸소 깨달았다. 아무리 무시해도, 성가신 유령이 제 주위를 맴돌 때가 드물게 있었다. 그런 탓에 어쩔 수 없이 이사를 하고, 직장도 바꿔야 했던 적이 여러 번이었다. 본가에 살던 무렵에 그런 일이 없었던 까닭은 신사라는 성역의 보호를 받아서였을 것이다.

나와서 살면서는 벽에 얼룩이 생겼다느니 심야에 소음이 시끄럽다느니 하는 엉뚱한 불평을 듣고, 직장에서는 유령을 목격했다는 증언이 잇따르는 등, 실질적인 피해를 보았다. 그런 가운데 직장이 한정되지 않는 패션지 프리랜서 기자를 하면서 이사를 반복하며 생활하는 법을 익혔다. 제멋대로 사는 딸이라지만 본가에서도 도와줘서 사치만 부리지 않으면 그럭저럭 살 수 있는 경제력은 다행히 있었다.

그러던 어느 날, 호조는 맞닥뜨렸다. 글쟁이들끼리 술을 마신 날, 삼 차로 우연히 들어간 신주쿠 골든가이[22]의 바. 주문한 술에 입을 대지도 못하고 카운터에 엎어진 동료의 곁에서 호조는 한숨을 쉬었다. 이거 마시고 나면 계산을 하자. 진토닉을 억지로 들이키면서, 옆에 앉은 남자가 바텐더와 나누는 대화를 무심코 들었다.

"마스터, 뭐 좀 무서운 이야기 모르나?"

"또 그러시네요, 고바야시 씨."

"실화 괴담으로 써야 할 원고가 하나 있는데, 뭔가 딱 꽂히는

---

22　신주쿠 구청과 히나조노 신사 사이의 좁은 골목으로 1950년대풍의 오래된 술집이 밀집해 있는 유흥가.

게 없네."

두 사람이 이쪽을 보고서야 호조는 비로소 자기가 혀를 차 버렸다는 사실을 깨달았다.

"죄송합니다. 시끄러웠나요?"

"앗, 죄송해요. 아뇨, 괜찮습니다. 신경 쓰지 마세요."

"그래요? 다행이네요. 그나저나 마침 잘됐네. 아가씨, 뭔가 무서운 이야기 아는 거 없어요?"

"아뇨, 전 그런 건 전혀…."

"…역시 좀 거슬렸나 본데."

"네?"

"아니, 그런 건 내가 잘 알아보거든."

"…네."

"그래요. 화가 났네. 내가 무서운 이야기 묻고 그러니까 엄청 화가 나셨어."

"어째서 아시는 거죠?"

"별거 아니지만 특기 같은 거라서."

충동적으로 마신 술에 머리가 뜨거워졌다. 정신이 들었을 때 호조는 그 고바야시라는 편집자에게 자기 출신에 대해 술술 이야기하고 있었다. 보고 싶지 않은 것이 보인다, 그것 때문에 자신은 고통을 겪었다, 그렇기에 더욱 단순한 호기심으로 그런 이야기하는 걸 보면 불쾌해진다.

"죄송해요. 갑자기 이런 말을 들어봐야 짜증만 나시겠죠."

말이 지나쳤다고 후회하며 호조는 말했다.

"그거 좋네요."

"네?"

"나랑 손잡고 뭐 좀 합시다."

"뭘요?"

"유령을 돈으로 바꿔 봅시다."

"갑자기 무슨 말씀이세요. 전 딱히 돈 같은 건…."

"그런 게 멋대로 보이는 바람에 지금껏 얼마나 끔찍했을까. 이번에는 이쪽 차례요. 정화와는 다른 방법으로 지금까지 당한 앙갚음을 합시다."

"앙갚음이라니…."

"유령 말고. 당신을 바보 취급한 사람에게."

택시를 타고 집으로 돌아와, 주머니에서 고바야시의 명함을 꺼내 바라보았다.

"재밌네."

그렇게 혼자 중얼거렸다.

# 제4장

# 윤회
# 러브호텔

"너 같은 거, 태어나지 말아야 했어."

언제였던가. 어린 시절, 어머니는 내게 곧잘 그렇게 말했다. 어째서 그런 말을 들어야 했을까. 나로서는 알 수 없었다.

처음으로 철봉 거꾸로 오르기에 성공했을 때도, 시험에서 만점을 받았을 때도, 지역에서 첫손에 꼽히는 고등학교에 합격했을 때도 칭찬 한 번 듣지를 못했다. 아마 내가 싫었나 보다. 입 밖으로 내뱉은 적은 없지만, 그건 아버지도 마찬가지였다.

"게이이치, 혼자 살아 보면 어떠냐. 돈은 챙겨 줄 테니까."

대학에 합격했을 때, 아버지는 그렇게 말했다. 부모를 향한 사랑 따위 진작 사라진 지 오래여서 딱히 항변도 하지 않았다.

입학식이 열리기 얼마 전, 그날은 일요일이었다. 이사 트럭을 보낸 후, 나는 거실로 향했다. 어머니는 빨래를 개고 있었다. 아버지는 신문을 읽고 있었다. 내내 틀어 놓은 텔레비전에서 흐르는 시시한 정보 방송, 사회자의 목소리만이 울려 퍼졌다.

"그럼, 난 갈게."

"아, 그러냐."

아버지의 무뚝뚝한 대답. 빨래 개던 어머니는 고개도 들지 않고 그저 가만히 끄덕였다.

"근데, 아마 이제 돌아올 일이 없으니까 묻는 건데, 내가 두 사람한테 뭔 짓을 했던가?"

두 사람은 침묵을 지켰다.

"매일 밥도 주고, 돌봐 줘서 일단 감사는 하고 있어. 근데 그거 말고는 뭐 받은 기억이 없네. 두 사람한테 대체 난 뭐였어?"

반응이 없으리라는 예상은 했다. 하지만 막상 그런 모습을 보고 나자, 절망감에 휩싸였다.

"그래. 알았어. 그럼."

등을 돌렸을 때, 어머니가 작은 목소리로 말했다.

"너, 기억하고 있지?"

아버지가 당황한 듯 꾸짖었다.

"이봐."

나는 뒤를 돌아보았다.

"뭘? 무슨 말이야?"

어머니는 무표정으로 말했다.

"그때 했던 말. 우릴 책망했잖아."

"그러니까 대체 무슨 소릴 하는 거야?"

아버지가 느닷없이 큰 소리를 질렀다.

"이제 됐으니까. 얼른 가! 두 번 다시 돌아오지 마라. 네 얼굴 따위 보고 싶지 않다."

나는 그날 이후 본가로 돌아간 적 없다.

※※※※※

"앗, 고바야시 씨. 여기요, 여기!"

"많이 기다렸지. 어라? 이케다 군 아직 안 왔나? 늘 일찍 왔는데."

"슬쩍 둘러봤는데 아직 안 온 것 같네요. 음료수면 되죠?"

"응. 고마워."

"그나저나 매번 이 패밀리 레스토랑인데, 고바야시 씨가 여기서 모이쟀어요?"

"물론."

"좀만 가까운 데서 하면 얼마나 좋을까."

"어쩔 수 없잖아. 투정 부리지 말고."

"짱이케 상태는 좀 어때요?"

"어떠냐니?"

"또 또 이런다. 시침 딱 떼고."

"괜찮은 거 같지 않아?"

"그건 어떤 의미로 괜찮다는 거죠?"

"내가 괜찮다는 건 하나밖에 없지 않나."

"고바야시 씨, 진짜 흔들림 없네. 뭐, 그런 점은 좋아하지만."

"그 좋아한다는 건 어떤 의미로 좋아한다는 거야?"

"으아, 그만해요, 진짜. 저 고바야시 씨, 기본적으로는 싫어하니까."

"그래? 얼굴 보고 그런 말 하니까 상처 받네."

"그런 말을 전혀 상처 안 받은 얼굴로 하는 게 싫다고."

"난 호조 꽤 좋아하는데."

"'그 좋아한다는 건 어떤 의미로 좋아하는 거야?'라고 물었으면 좋겠어요? 안 물을 거지만요. 어느 쪽 의미든 안 기쁘니까."

"거참 가차 없네. 아이고, 쓸데없는 이야기 하는 사이에 주역이 등장한 거 같군."

"정말이네. 쨩이케! 여기야, 여기."

"늦어서 죄송합니다."

"기운이 없네. 잘생긴 얼굴도 소용없게. 유령이라도 봤어?"

"…그럴 리 없잖아요."

"안색이 나쁜데 괜찮은가?"

"예. 뭐."

"무슨 일 있었어?"

"좀 지쳐서."

"지쳐 있으면 다가오는 거 알아? 이런 거 저런 거."

"바보 같은 소린 그만하시고요. 그냥 좀 이상한 일이 있었어요."

"이거 봐. 역시 무슨 일이 있었네."

"장난 전화, 두 분한텐 안 왔습니까?"

"아니, 딱히?"

"나도. 왜?"

"아뇨, 별일은 아닙니다. 그냥 얼마 전에 장난 전화가 와서요. 혹시 두 분한테도 오면 말해 주세요."

"별일은 아니라면서 신경을 쓰는군."

"기분 탓이건, 유령이건 쨩이케 몸이 안 좋아 보이니까 이거 가져갈래?"

"뭡니까, 이건."

"보면 알잖아. 부적이야. 우리 본가에서 만든 거. 실제로 효과가 있어."

"호조, 유령을 믿지 않은 이케다 군에게 그걸 줘 봐야 무슨 소용이 있겠어. 이쪽이 더 유용하지 않을까."

"이건 또 뭡니까? 스티커?"

"전자파 차단 스티커야. 일부에서 유행하고 있지."

"일부는 또 어딜 말하는 겁니까. 엄청 수상쩍은데. 고바야시 씨, 이런 거 모으세요?"

"전에 그런 쪽 사람을 취재한 적이 있어. 봐봐, 이케다 군, 아무래도 자기장이나 뭐 그런 거 영향을 쉽게 받을 거 같으니까. 없는 거보다 낫지 않나?"

"이거 어떻게 쓰는 겁니까?"

"스마트폰 케이스에 넣어 두면 된다던데."

"알겠습니다. 적어도 부적보다는 효과가 있을 거 같으니 고맙게 받아 두죠."

"짱이케, 유령을 믿기 싫다고 이상한 방향으로 가 버리네."

"암튼, 어떻게 할래? 이케다 군은 이 기획 계속할 거지? 설마 유령이 무섭다거나 그런 건 아니지?"

"…예. 당연하죠. 일이니까요."

"이야, 계속하는구나. 훌륭하네. 전에도 말했지만, 이상해질 거 같으면 난 바로 돌아갈 거야."

"그럼, 속행하기로 결정이 났고. 재생 횟수로 보면 변태 오두막과 천국 병원 다음으로 많은 게 이 '윤회 러브호텔'이라는 동영상이지?"

"예. 하지만 이건 좀 미묘하지 않나 싶은데요."

"미묘하다고? 왜?"

"재생 횟수가 늘어난 이유가 좀…."

※※※※※

**【사고 발생】윤회 러브호텔에서 위험한 상황에 처했습니다**

(차 안)

예, 안녕하세요. 〈오컬트 양키 채널〉, 짱이케 인사드립니다.

오늘은 이바라키의 모처에 와 있습니다!

시청자분들의 요청이 많았던, 바로 그 윤회 러브호텔을 찾아갑니다. 워낙 유명한 데라서 새삼스럽게 뭘 또, 싶은 느낌도 있습니다만 폐건물이 된 러브호텔에 그려져 있는 그림이 대박이란 소리가 있어서 저, 짱이케가 잠입해서 이 눈으로 직접 보려고 합니다!

(폐호텔 입구)

교외라곤 해도, 도심에서 그렇게 떨어져 있지는 않네요. 무슨 일이 있어도 바로 도망칠 수 있을 거 같습니다. 다행이네요, 진짜.

어, 음, 여기가 정면 현관이고요. 엄청 삼엄하게 잠겨 있습니다. 쇠사슬을 몇 겹이나 휘감아 놨네요. 자물쇠도 이렇게 커요. 보세요. '감시 카메라 작동 중'이라고 쓴 종이도 붙어 있습니다. 그런 게 어디 있나 싶지만 말이죠. 이 표지판도 뭔가 엄청나네요. '침입 금지'라. 빨간 글씨로 엄청 크게 써 놨어요. 뭐, 이번엔 특별히 허가를 받았으니까 안심하시고요.

주차장을 빙 돌아가면, 종업원용 화장실로 들어갈 수 있는 거 같으니까 거기로 가 봅시다.

(폐호텔 뒤편)

아, 여기네요. 확실히 판자가 벌어져 있습니다. 여기로 들어가란 건가. 뭔가, 이 주변만 판자가 새것인데… 왤까요. 높이가 좀 있으니까 힘껏 넘어가 보겠습니다.

(폐호텔 1층)

예! 무사히 내부로 잠입했습니다. 여긴 종업원 사무실 같네요. 러브호텔 사무실엔 또 처음 들어와 보는데, 제법 넓어요. 책상도 그대로 있고. 이건, 어디 보자, 청소 당번표네요.

복도로 나왔습니다. 엉망진창이네요. 낙서도 심하고요. 담배 꽁초에 유리 파편에, 조심 좀 해야겠어요.

앗! 이거 아닙니까? 어, 여러분, 찾아냈습니다. 지금부터 보여 드리는 게 위험한 그림 중에 하나입니다. 사실은 그림이 하나가 아니라 두 개라고 하죠. 둘 다 보면 저주에 걸린다는 소문이 있으니, 지금부터는 본인의 책임하에 시청 부탁드립니다.

준비됐습니까? 후회 안 하시죠? 예, 이쪽입니다! 어쩐지 보고 있으면 마음이 좀 불안해지는 그런 그림이네요. 스프레이로 그렸나? 벽에다 직접 그린 겁니다. 다른 낙서와 비교해서 좀 이질적인 느낌이 드네요. 아무래도 초보자가 그린 거 같고요.

여기, 동영상으로는 좀 찍을 수 없는 외설스러운 낙서가 위를 덮고 있어서 알아보기 힘든데, 옆을 보고 서 있는 여자가 그려져 있습니다. 나체에, 배가 크네요. 임신한 건가? 좀 보여 주면 안 되는 부분도 그려져 있어서 공개할 때는 모자이크 처리를 하겠습니다. 옆에 문자가 쓰여 있네요. '…강한 아…가, …납니다'라고 되어 있네요. 다른 낙서 위에 겹쳐서 덧쓴 거라서 이것도 알아보기는 좀 힘드네요. 일단 검증용 사진을 찍어 두죠. 그리고 나머지 하나는 2층 어딘가에 그려져 있다고 하니 찾아봅시다.

그나저나 상태가 지독하네요. 이 방은 아예 문짝이 없어요. 좀 들여다볼까요. 으아, 지면이 온통 파편투성이네. 앗, 천장은 또 거울로 되어 있습니다. 이거 제법…. 침대도 큽니다. 아무래도 도심과 달리 방 하나가 넓습니다.

여기가 2층으로 올라가는 계단입니다. 보통은 엘리베이터를 탈 테니 비상계단 같은 거려나. 어쩐지 좀 속이 안 좋은데. 공기가 안 좋아선가요. 암튼, 계속해서 조사는 하겠지만 말입니다.

2층 복도까지 왔습니다. 1층과 비교해서 그렇게 황폐한 꼴은 아니네요. 2층의 방도 들여다볼까요. 아, 텄네. 열쇠가 채워져 있습니다. 아까에 이어서, 이번 그림은 어디에 있으려나.

앗! 여러분! 찾았습니다! 이겁니다. 복도 막다른 곳에 그려져 있네요. 이건 1층 그림과는 또 분위기가 다릅니다. 배가 큰 건 같지만, 여자가 웃고 있습니다. 여기에도 뭔가 적혀 있어요. 역시 낙서가 심해서 읽기 힘드네요. '이…에, …건강한, …이, …다'라고 적혀 있습니다. 근데 여기만 발밑에 돌이 많이 흩어져 있네요. 왜 이럴까요. 게다가 둥글고 반질반질한 돌. 이걸로 뭘 했나.

일단 그림을 두 개 다 찾아냈으니 늘 하던 대로 검증 타임을 가져 보도록 하죠. …앗, 위험해. 누가 왔습니다. 보세요, 밖에 라이트. 일단 숨을게요.

(폐호텔 뒤편의 덤불)

아, 여러분, 뜻밖의 사건이 벌어졌습니다. 아까 누군가가 폐허로 들어와 버렸어요! 남잡니다. 급히 빈방에 숨었다가 그 남자가 2층으로 올라간 틈을 타서 도망쳐 나왔습니다. 보이세요? 2층 복도에 불이 깜빡깜빡합니다. 아마 여길 아지트로 삼고 있는 양아치들 아닌가 싶은데요. 일단 차를 세워 둔 편의점까지 냅다 달려가야 할 거 같습니다.

(차 안)

어, 음, 오늘의 심령 명소 잠입은 유령이 아니라 무서운 사람에 붙잡힐 뻔했다, 이런 결과가 되었습니다. 그래도 현장감 하나는 꽤 죽여줬죠? 여기에 대한 사람들 관심이 좀 식으면, 다시 한번 잠입에 도전해 보겠습니다.

여러분도 짱이케가 가 봤으면 하는 위험한 장소나 심령 명소가 있으면 댓글 창에 꼭 요청 남겨 주세요.

그러면 다음 영상도 기대해 주세요! 또 만나요!

※※※※※

"어라? 이걸로 끝이라고?"

"예. 그래서 말했잖아요. 미묘하다고."

"이거, 미리 짜 놓은 게 어디까지야?"

"아뇨, 미리 짠 건 없어요."

"폐호텔에 들어왔다는 남자는 정말 모르는 사람이고?"

"예. 어쩌면 그 폐호텔의 땅 주인인지도 모르겠네요."

"허가받았다고 안 했어?"

"아, 그건 거짓말이고요. 제 잠입 동영상, 거의 다 불법 침입입니다. 아니, 허가 같은 거 해 줄 리가 없죠."

"세상에. 고바야시 씨, 괜찮아? 이거 출판하면 좀 위험한 거 아냐?"

"으음. 그런 건 좀 빨리 말해 줬어야지."

"안 물었으니까. 그래도 뭐, 못 들은 걸로 하세요. 혹시라도 무슨 일이 있으면 책임은 제가 질 거니까요."

"뭐, 그럼 그런 걸로 해 둘까."

"아 진짜, 난 몰라요."

"확실히 이케다 군 말대로 이 동영상은 미묘하군. 뜻밖의 사건이 일어났으니 재생 횟수는 벌었지만, 그 내용이란 게 그냥 누군가와 우연히 맞닥뜨릴 뻔했다는 거니까."

"심령 명소에 어울릴 만한 재료도 준비해 놨는데, 쓸 시간이 없었어요. 시청자한테는 그냥 방송 사고를 즐기는 동영상이죠."

"오히려 괜찮은 거 아냐? 중간에 끊겨 버렸으니까 원래 거기에 어떤 사연이 있었는지 제대로 조사해 보면 다들 좋아할 거 같은데."

"하긴 그렇지. 동영상에서는 거기에 대해 별로 말을 안 했으니 조작하기도 수월할 테고."

"내가 썩 좋은 아이디어를 냈죠? 어라? 짱이케는 별로 안 내키나 봐?"

"아뇨…. 그런 건 아닙니다."

"그나저나 왜 이런 러브호텔을 윤회 러브호텔이라고 부를까?"

"여기 유명하지. 나도 동영상 보기 전부터 알았고. 유명한 건 호텔이 아니라 그림 쪽이지만."

"그래요? 세상엔 참 심령 명소가 다양하기도 하지. 하긴, 러브호텔이면 별의별 생각이 남아 있겠다."

"가기 전에 인터넷에서 본 글에서는 저 으스스한 임신부 그림 때문에 윤회 러브호텔이라고 불린 것 같았습니다."

"낙서치고는 좀 섬뜩하네. 뭔가 의미심장하고."

"글쎄요. 그냥 장난이고 그렇게까지 깊은 의미는 없을지도 모르죠. 뭐, 저도 동영상에서는 심령 명소처럼 보이려고 했지만요."

"사실은 이미 조사를 대강 해 뒀는데…."

"진짜? 고바야시 씨, 너무 대단한걸."

"언제 또 조사를 다…."

"재생 횟수 순이면 다음이 윤회 러브호텔이겠거니 했지. 자, 봐 봐, 이거."

"요즘 세상에 종이라뇨."

"쉿! 아저씬 종이 세대니까 그런 말 하면 안 돼."

"나도 데이터쯤은 주고받는다고. 이거 아는 글쟁이가 벌써 이십 년도 전에 주간지에 쓴 칼럼 기사 사본이야."

"아, 그렇다면 죄송하네요."

"아니 근데, 그래도 스캔은 할 수 있지 않나."

"시끄러워. 얼른 읽기나 해."

※※※※※

### 제45회 심령 명소, 러브호텔 '로열 리조트'의 정체를 폭로하다!

이바라키현에 있는 폐업한 러브호텔 '로열 리조트'를 아시는지. 심령 명소로서 전국적인 지명도를 자랑하는 이곳에는 실로 많은 괴담이 전한다. 이 글에서는 오래도록 저주받은 장소로 사람들 입에 오르내렸던 이 폐호텔의 정체를 파헤친다.

로열 리조트가 유명해진 까닭은 폐건물 안에 그려진 두 개의 낙서 때문이다. 사진을 보면 알 수 있듯이, 참으로 섬뜩한 임신부 그림이 그려져 있다. 터치가 다른 두 개의 그림. 하나는 1층에, 다른 하나는 2층에 각각 그려져 있었다.

1층의 현관 로비에 스프레이로 그린 것은 공허한 표정의 벌거벗은 여성. 배가 부풀어 보인다. 그림 옆에 곁들여진 '건강한 아기가 태어납니다'라는 글귀로 보아 임신부를 그린 것으로 추정된다.

한편, 2층에 있는 그림은 복도의 막다른 벽에 매직 같은 것으로 그려져 있고, 1층과는 달리 어느 정도 사실적이다. 임신부처럼 보인다는 점은 같지만 이쪽은 불길한 미소를 머금고 있고, 곁들여진 글귀도 알아보기 힘들지만 1층의 글귀와 비교하면 어딘지 불안을 부추기는 내용이다. 그동안 이 두 개의 그림을 다 보면 저주에 걸리고 만다는 소문이 그럴싸하게 떠돌았다. 하지만 안심하시라. 필자는 이 글의 집필에 즈음하여 몇 번이나 그림을 봤지만 지금도 건재하다. 사진으로 본 것이라 효과가 약해진 건지도 모르겠다.

다음으로 이 그림에 얽힌 괴담을 몇 가지 소개한다.

● 아기 울음소리
담력 시험을 하러 갔던 대학생이 폐호텔에서 아기 울음소리를 들었다. 놀라면서도 울음소리의 출처를 찾았더니, 다름 아닌 그림에 그려진 여자의 뱃속에서 들려온 것이었다.

● 쌓아 놓은 돌
여자의 그림 앞에는 어디서 주워 왔는지 돌이 쌓여 있다. 작은 돌을 세 개쯤 쌓은 것이 몇 개나 늘어서 있다고 한다.

● 뿌리 자라는 그림
여자의 그림을 보고 '여자 머리에서 뿌리 자라고 있다'고 증언하는 사람도 있다. 그리고 그 많은 사례에서 동행자에게는 그렇게 보이지 않아서 서로 말이 어긋난다.

● 돌을 던지는 자
폐호텔을 탐색하다 보면 툭, 툭, 툭 하는 소리가 들려온다. 누군가가 그림을 향해 돌을 던지는 소리라고 한다.

여러 괴담이 사람들 입에 오르내리고 있지만 정작 그림의 유래를 다루고 있는 것은 없다. 취재를 진행하는 가운데 필자는 그림에 대한 정보를 쥔 지역 주민 A와 접촉하는 데 성공했다.

"거기, 나 같은 일을 하는 애들 사이에서는 유명했어요. 위험하다고요."
취재에 응해 준 A는 말했다. A는 고교 시절, 원조 교제를 했다. 그 무렵 다니던 고교에서는 A처럼 매춘에 손을 댄 학생이 많았다고 한다.

"다들 했는걸요. 처음엔 입던 팬티 같은 걸로 시작해서 다음은 전화방을 하고. 그러다 점차 돈이 되는 원조 교제로 흘러가요. 전화방에서 이야기한 아저씨랑 조건 만남을 하는 거예요. 호텔에 가서 대충 적당히 하고 나면 몇만 엔 받으니까. 찔끔찔끔 전화 거는 거보다 훨씬 효율적이죠."

그런 여고생 사이에서 '위험'하다고 소문난 것이 로열 리조트였다.

"딱히 유령이 나온다거나 그런 이야기는 아니었어요. 그 무렵엔 아직 영업 중이었고. 오히려 그 주변엔 러브호텔이 얼마 없어서 만실일 때도 많았거든요."

그러면 무엇이 위험하다는 말이었을까.

"뭐라고 해야 하나. 징크스 같은 거? 그 호텔에서 하면 무조건 임신한다고 했으니까. 비치된 콘돔에 구멍이 뚫려 있다는 이야기도 있었고요. 그래서 자기 돈으로 굳이 콘돔을 준비하는 애들도 있었어요. 그래도 임신했다나 봐요. 내 친구도 그 호텔에서 임신했다가 지웠고요."

성행위를 하면 어김없이 아기를 가지는 호텔. 참으로 기묘한 이야기다. 필자가 A에게 그 낙서를 보여 주자, 의외의 반응이 돌아왔다.

"아, 이거. 동네 후배가 그렸다고 들었어요. 거기, 망하고 나서는 아지트처럼 됐거든요. 다들 소문을 아니까."

저주받은 그림, 그렇게 불리고 있다는 이야기를 전하자 A는 웃음을 터뜨리며 가볍게 넘겼다.

"그럴 리가 있겠어요. 그냥 장난인데."

필자가 A에게 보여 준 것은 1층의 그림. 그러면 2층에 그려진 또 다른 그림은 어떨까.

"몰라요. 저도 그냥 들은 거라서. 그래도 처음 그린 건 아마 1층에 있는 거 아닐까요."

A도 짚이는 데가 없는 듯했다.

여기서 앞서 소개한 네 가지 괴담을 다시 살펴보자. 흥미로운 것은 처음에 든 두 가지 괴담은 1층의 그림과 관계가 있고, 세 번째 이후가 2층의 그림과 얽힌 이야기라는 점이다.

1층의 그림. A의 증언에 따르면 후배가 장난으로 그렸다는 낙서에 대한 괴담은 둘 다 아기를 연상시키는 내용이다. 그림에서 아기 소리가 들려온다는 이야기는 물론, 돌을 쌓는다는 행위도 태어나지 못한 아이를 위한 공양이나 순산을 위한 기원의 의미가 느껴진다.

한편, 2층의 그림에 관해서는 그런 의미가 희박하다. 그림에서 뿌리 자란다거나 거기에 돌을 던진다는 괴담의 문맥에서는 모순이 느껴지기도 한다. 그것도 1층의 그림에서 파생하여 본래의 의미가 옅어졌기 때문일 것이다.

애초에 1층의 낙서 자체도 호텔이 영업하던 시절의 소문을 바탕으로 그려진, 말하자면 꾸며낸 저주의 그림이다. 그렇게 보면 이 폐호텔의 괴담은 그야말로 소문이 만들어지는 과정을 보여주는 것이라 할 수 있지 않을까. 유령인가 싶어 살펴보았더니 마른 억새풀이었다는 속담처럼 맥이 빠지는 진상이다. 심령 명소의 정체 따위 그저 멋대로 덩치를 키운 소문의 산물일 뿐인지도 모른다.

그렇다고 해도 아니 땐 굴뚝에 연기 날까. 사실 이 호텔이 폐업하기 직전, 소유주의 아내가 부지 안에서 스스로 목숨을 끊은 일은 유명하다. 소문으로는 그 아내의 유령이 그림에 씌었다고도 한다. 모쪼록 그저 호기심으로 가까이 가는 일은 없도록 주의하시라.

※※※※※

"이건… 좀 김이 새네요."

"오히려 진짜로 위험한 게 아니어서 좋지 않아?"

"뭐, 괴담이란 게 다 이런 법이지."

"이 기사 사진, 짱이케 동영상에선 알 수 없던 그림 옆 문자도 확실하게 보인다."

"오래된 기사니까. 이 무렵엔 아직 낙서도 적었을 거고."

"1층은 '건강한 아기가 태어납니다', 2층은 '건강한 당신이 태어납니다'라. 근데 그 앞에 쓰여 있는 이거, 어떤 의미려나."

"'이런 밤에'라고 되어 있네요. '이런 밤에 건강한 당신이 태어납니다'. 이런 밤이 뭘 말하는 거지? 이런 밤이라…."

"글쎄. 아마 겁을 주려고 그냥 쓴 게 아닐까. 비슷한 괴담도 있고."

"그냥 낙서고 말이죠."

"그럼 다행인데."

"근데 무조건 임신한다는 소문은 어디서 생겨난 걸까요."

"아마 그건 소수의 법칙 아닐까."

"고바야시 씨, 어려운 이야기 막 꺼내지 마요."

"그렇지, 참. 그럼 호조, 이 패밀리 레스토랑 밖에 자판기 있었지?"

"아, 있죠."

"나랑 이케다 군 둘이 자판기에서 음료수를 샀더니 당첨이 돼서 하나가 더 나왔다 쳐. 그럼 무슨 생각이 들어?"

"무슨 생각이고 뭐고 지금 바로 사러 달려가죠, 난."

"그럼, 이 근방에 있는 자판기가 사실은 여기밖에 없다고 하면 어때?"

"음? 그거랑 그게 무슨 관곈데?"

"누님. 자판기가 적으면 사는 사람도 몰리지 않겠어요."

"응. 그래서 뭐?"

"사는 사람이 몰리면 그만큼 당첨 횟수도 많아진다, 이 말이

하고 싶은 거에요, 고바야시 씨는."

"그래. 바로 그거야. 표본 수가 적은 걸 간과하고, 마치 전체의 경향인 것처럼 생각해 버리는 게 소수의 법칙이란 거야."

"윤회 러브호텔도 그런 거였다고?"

"아마도. 그 증거로 호텔 근방을 조사해 봤더니 오랫동안 러브호텔은 거기 말고는 거의 없었어. 기사에서도 만실이 될 때가 많다고 되어 있었으니 아마 어지간히 번창하지 않았을까. 그런 가운데 우연히도 그 호텔에서 임신한 애들이 계속해서 나타났다면 그런 소문도 나겠지."

"그런 거면 처음부터 이상한 예 같은 거 들지 말고 그냥 그렇게 말하지."

"내 딴엔 알기 쉽게 설명하려고 그랬지."

"고바야시 씨 예상이 맞다 치면, 윤회 러브호텔에는 아무런 근거도 없는 소문이 쌓이고 쌓여 왔다는 거네요."

"뭐, 우리가 하는 거랑 같지. 사소한 착각을 각색해서 세상에 없는 괴담을 날조하는 거."

"진짜배기 소개하는 것보다는 낫지만 말야."

"암튼 유래가 될 만한 이야기가 없다는 건 확실해졌으니 이걸 바탕으로 각색할 수밖에 없겠군."

"전 이 기사에 쓰인 괴담은 꽤 신빙성이 있다고 봅니다."

"의외네. 짱이케, 유령도 안 믿으면서. 혹시 갓난애 소리라도 들었어?"

"아뇨. 돌 부분이요. 제 동영상에서도 2층 그림 앞에는 대량의 돌이 흩어져 있었거든요. 그거 누가 던진 돌 아닐까요."

"만약 그렇다고 치면, 몇십 년이나 돌을 계속 던져 왔다는 이야긴데."

"주술이나 의식 같은 거 아냐?"

"그건… 글쎄요."

"일단 이 네 가지 괴담은 각색에 좋은 재료가 될 거 같군. 최근 인터넷에 올라온 글 중에 비슷한 게 있는지 찾아볼까."

"뭐 좀 쓸 만한 거 찾았나?"

"아뇨. 하나같이 시시한 이야기뿐이네요. 그 호텔에서 죽은 임신부의 유령이 배회하고 있다거나 뭐 그런 거요."

"그러게. 내가 본 것도 비슷해. 근데 다른 의미로 무서운 걸 찾아냈거든. 이거. '폐공간 탐방'이라는 블로그 글 좀 봐 봐요."

※※※※※

### 정말로 위험한 폐공간

폐공간 탐색에는 위험이 따르기 마련이다. 파상풍, 심령 현상, 선주민(노숙자)과의 조우 등 다양한 위험이 있지만, 그중에서도 가장 무서운 건 토지 관리자와 말썽이 생기는 것이다.

애초에 폐공간이란 건 적지 않은 문제를 품고 있다. 애초에 빈터로 밀어 버리는 편이 토지 활용도 되고 좋을 텐데, 굳이 그대로 남겨 두는 것은 그렇게 해야만 하는 어떤 이유가 있어서다.

토지 권리자가 확실하지 않은 까닭에 방치된 거라면 차라리 낫다. 하지만 폐공간 중에는 누군가가 집요하게 감시하는 곳도 존재한다. 대표적인 것이 폭력단과 엮여 있는 폐공간일 것이다. 우리 같이 폐공간 탐색을 취미로 삼는 사람들 사이에서는 그런 위험한 부동산 정보가 널리 알려져 있다.

이바라키현에 있는 폐업한 호텔, 로열 리조트 터 같은 곳이 유명하다. 실명을 쓰면 문제가 있을 듯하여 가리지만, 이곳은 그 유명한 ○○○ 폭력단 조직의 관리 아래 있는 땅이었다고 한다.

나도 옛날에 근처 들렀을 때 사전 조사를 겸하여 건물 앞까지 간 적이 있지만, 그 집요하리만치 삼엄한 잠금 상태며 반쯤 협박이나 다름없는 주의 표지판을 보고 탐색을 포기했다.

아무래도 이 호텔의 전 소유주에게 자금을 융통해 준 것이 그 폭력단 관계자이고, 호텔이 경영난에 빠졌을 때, 채무 대신에 토지째 소유권을 양도받은 것 같다.

그들이 이 폐공간을 어떻게 활용했는지는 내가 알 바가 아니다.

하지만 군자는 위험한 곳에 가까이 가지 않는다는 말처럼, 그런 데는 쉽사리 발을 들이지 않는 것이 철칙이다. 폐공간 탐색을 하는 내가 이런 말을 한들 설득력이 있을까 싶지만….

폐공간에는 인간의 생활과 오래도록 단절된 데서 오는 매력이 있다. 썩은 다다미를 뚫고 나와서 늠름하게 자라는 대나무의 장엄함, 인가에서 멀찍이 떨어진 종교 시설이 빚어내는 디스토피아의 분위기. 그런 것은 일단 보고 나면 마음을 사로잡고 놓아주지 않는 마성을 숨기고 있다. 하지만 동시에 어두운 면을 거느리고 있다는 사실을 잊어서는 안 된다. 세상 사람들에게서 숨고 싶은 인간, 세상 사람들에게 무언가를 숨기고 싶은 인간에게는 안성맞춤인 장소가 될 수도 있어서다.

부디 이 글을 읽는 얼마 안 되는 분들만이라도 그런 장소에는 발을 들이지 않도록 주의를 기울였으면 하는 마음이다.

※※※※※

"이 로열 리조트란 거, 윤회 러브호텔이지? 정식 이름으로 검색했더니 이게 나왔어."

"제가 맞닥뜨렸던 사람도 그쪽 사람이었을까요?"

"그런 거면 진짜 출판했다간 야단나는 거 아냐?"

"마침 나도 비슷한 걸 지금 봤는데, 이 호텔, 확실히 그런 이야기가 많은 거 같군."

※※※※※

## 인터넷 질문 상자

Kenta987님의 질문
윤회 러브호텔에 진짜 나와요?
이번에 가려고요.

abc****님의 답글
지역민입니다.
나온다니, 유령 말씀이세요?
그 폐호텔을 야쿠자가 관리하고 있다는 건 지역에서 유명한 이야기예요.
그런데도 외지에서 온 젊은이들이 내부를 짓밟아 놓고, 심령 명소니 뭐니 소란을 피우고 있죠.
유령 따위 만들어 낸 이야기예요.
남의 땅에 무단 침입하는 건 위법 행위이니 그만두는 게 좋지 않을까요.


※※※※※


"지역민이 하는 말이면 믿을 만하네."
"어라? 이거 같은 사람 아닙니까?"


※※※※※

## 인터넷 질문 상자

piyochan님의 질문
도쿄에서 갈 수 있는 거리에 있는 심령 명소를 찾습니다!
차로 쉽게 갈 수 있는 곳이면 좋겠어요.
여기는 꼭 가야 한다, 싶은 곳 있으면 가르쳐 주세요.
지금 후보에 올라와 있는 건 윤회 러브호텔입니다!

abc****님의 답글
윤회 러브호텔이 있는 지역에 사는 사람입니다.
그 폐호텔에는 가지 않는 게 좋을 겁니다.
야쿠자가 관리하고 있으니까요.
유령보다 무서워요.

※※※※※

"꼭 같은 사람이라곤 할 수 없지 않나?"

"아니, 여기 봐 봐요. 뒷부분이 가려져 있긴 하지만 닉이 같습니다. 문장도 비슷하고요."

"아, 진짜네."

"으아, 이 사람 좀 이상한데요."

"왜 그래?"

"보세요. 이거 이 사람이 쓴 답글 목록이거든요. 윤회 러브호텔에 관한 질문만 골라서 답글을 달아 놨습니다. 그것도 몇년 동안이나."

"어유, 좀 징그럽다. 전부 같은 내용이야?"

"예. 물론 질문에 따라서 조금씩 내용은 바뀌지만 전부 야쿠자가 관리하고 있으니까 가까이 가지 말라고 하네요."

"뭐가 목적일까?"

"주의를 주려고 한다거나?"

"그런 거치고는 너무 집요한데. 게다가 아무리 친절한 마음에서 하는 소리라고 해도 이 윤회 러브호텔에 집착하는 의도를 도무지 모르겠군."

"하긴 그렇네요."

"두 분, 말씀 중에 죄송한데, 이 인터넷 기사 좀 읽어 봐요."

※※※※※

### 폐호텔에 갓난아기를 버리고 가다 - 이바라키

15일 오후 3시경, 히타치나카 경찰서에 '폐호텔에 아기를 두고 왔다' 하여 31세의 친모가 친족의 손에 이끌려 출두했다. 증언을 바탕으로 경찰이 현 내 모 폐호텔에 출동하여 2층 실내에서 신생아를 발견했다. 동 경찰서는 영아 유기 용의로 친모의 신병을 확보했다.

동 경찰서에 따르면 신생아는 몸무게 약 2,500그램. 탯줄이 붙은 채 벌거벗은 상태로 실내의 침대에 눕혀져 있었다.

영아를 유기한 친모는 "낳은 것은 나지만, 내 아이가 아니다"라고 증언했으며, 동기에 대해서도 조사가 진행 중이다.

※※※※※

"이게 윤회 러브호텔 이야기라고?"

"내가 찾아낸 건 댓글 창인데, 봐봐요. '이바라키의 폐호텔 하면 윤회 러브호텔이겠죠…'라잖아. 만약 그게 맞다면 사건이 일어난 거고. 이거, 원래 꾸며 낸 이야기라고 해도, 섣불리 건드렸다가는 위험하지 않나?"

"하긴. 좀 생각해 보는 게 좋을지도 모르겠군."

"저도 야쿠자한테 잡히기는 싫습니다."

"내가 위험하다고 한 건 그런 의미가 아닌데."

"아니, 어쩌면 야쿠자가 아닐지도 몰라."

"뭡니까. 고바야시 씨까지 유령의 짓이라고 하시려고요?"

"그게 아냐. 다만, 야쿠자가 얽혀 있다고 거짓말을 하는 사람이 있을지도 모른다는 거지."

"일부러 그런 짓을 하는 사람이 있을까요."

"소문이 멋대로 퍼져서 피해를 본 사람이겠지."

"아, 알았다! 호텔 주인이야."

"뭐, 그냥 예상일 뿐이지만. 호텔이 폐업한 뒤에 양아치들 아지트가 돼서 틀림없이 난처했을 거야. 게다가 그러는 동안 심령 명소라는 소문까지 나돌아서, 아무리 경고해도 침입자가 잇달아 나타나고. 그러다 결국에는 갓난애까지 버리고 가는 사건이 일어난 거야. 그러니 야쿠자가 얽혀 있다고 소문을 날조한 게 아닐까."

"터무니없는 소문에다 터무니없는 소문을 갖다 박았다는 겁니까?"

"눈에는 눈이란 거네. 아니, 그래도 너무 집요하지 않아?"

"증오했던 게 아닐까, 소문을. 따지고 보면 호텔이 폐업한 것도 소문 탓일 수도 있고. 임신한다는 소문이 퍼지면 손님들 발길도 끊어질 테니까."

"그 소문, 호텔 주인은 알고 있었을까요?"

"그건 알 수 없지. 그래도 소유주의 아내가 자살한 건 조사해 본 바로는 사실이니까, 자기 아내가 죽은 장소가 엉망진창으로 짓밟히는 게 보기 싫었을 수도 있지."

"어쩐지 좀 불쌍하네요."

"만약 소유주의 아내가 소문 때문에 경영이 휘청여서 자살한 거면 한층 더 불쌍하지."

"근데 그러면 보통 자살하는 건 호텔 주인 아냐? 굳이 부인이 자살할 거까지야…. 또 부인이 자살하고 나서 망한 건지도 모르고."

"하긴 그렇지. 그래도 직접적인 건 아니더라도 경영난으로 아내가 죽었을 가능성은 생각해 볼 수 있지 않나?"

"음. 뭔가 납득이 갈 듯 말 듯…."

"그래?"

"미묘하게 좀 뒤죽박죽이어서…. 낙서도 그래요, 정말 다가오지 말기를 바랐다면 그냥 지워 버리면 그만일 텐데, 굳이 야쿠자 소문을 퍼뜨려야 했나?"

"지워도 또 누가 그랬겠지."

"제가 보기엔 필사적으로 외부 세계로부터 격리하려는 것 같은데요."

"그냥 낙서를?"

"아니, 아니죠. 아기를 버리게 만든 것을요."

"자, 자, 지금 와서는 알 수 없는 일이니까, 더 말해 봐야 소용이 없을 거 같군."

"그래서, 어떻게 할까?"

"뭐를요?"

"윤회 러브호텔, 팬 북에 실을까?"

"난 그만두는 게 좋을 거 같아. 위험해 보여. 굳이 하겠다면 할 수 없고."

"고바야시 씨는 어떻게 생각하세요?"

"나도 그만두는 게 좋을 거 같군. 호조와는 다른 의미로 말썽이 생길지도 모르니까."

"그렇군요."

"정말이지, 죄업이 깊은 장사야."

"뭐가 말입니까?"

"우리가 하는 일. 말도 안 되는 소문을 날조해서 퍼뜨리니까."

"말이 되는지 안 되는지는 모르는 거 아냐."

"호조 씨."

"왜?"

"그, 전에 말했던 여자 유령은 오늘도 보입니까?"

"갑자기 왜 그래?"

"아뇨…. 아무것도 아닙니다."

※※※※※

죽어.

빨간 볼펜으로 쓴 글자를 보면서 나는 머리를 감쌌다. 어째서 이렇게 되어 버렸을까. 내가 무슨 짓을 했다고 이렇게.

게이이치를 만난 것은 아르바이트하던 선술집에서였다. 대학에 입학하자마자 시작한 아르바이트. 머릿속에 동아리나 미팅밖에 없는 동료들 속에서 과묵했던 게이이치는 그 무렵 내 눈에는 어른스럽고 멋진 선배로 비쳤다.

"좋아해요. 저랑 사귀어 주세요."

아르바이트를 마치고 돌아가는 길, 용기를 쥐어짜 내어 고백했을 때, 게이이치는 매우 놀란 표정이었다. 하지만 잠시 후 고개를 끄덕여 주었다.

사귀고 처음에는 너무나 행복했다. 학부는 달랐지만, 점심시간에는 함께 학생 식당에서 점심을 먹었고, 게이이치의 집에 놀러도 갔다. 함께 있지 않을 때도 늘 메신저로 연락을 주고받았다. 조금 귀찮게 느낄 때도 있었지만, 연애 경험이 적은 나는 그게 연애려니 했다.

언제였나, 기념일에 둘이 들른 가게에서 드물게 술에 취한 게이이치가 말해 주었다. 그의 가족 이야기를. 양친이 자신을 사랑해 주지 않는다나. 가족끼리 사이가 좋은 나로서는 상상도 할 수 없는 이야기였다. 어딘가 체념한 듯, 담담하게 말하는 그를 보며 나는 어쩔 수 없이 슬퍼졌다.

"미안. 갑자기 이런 이야길 해서 거북하겠다."

쓸쓸한 미소를 지어 보이는 그에게 나는 말했다.

"아냐. 말해 줘서 고마워. 부모님 몫까지 내가 게이이치 좋아할게."

고백받았을 때만큼 놀란 표정을 짓더니 그가 말했다.

"고마워. 계속 함께 있어 줄 거지?"

"물론이지."

그때 우리는 무척 행복했다. 관계가 어그러지기 시작한 것은 그로부터 얼마 지나지 않아서였다.

메시지를 보내는 횟수가 늘었다. 실없는 대화가 마치 생존 확인이라도 되는 양 사무적으로 바뀌었다. 게이이치는 내가 친구와 노는 것을 싫어하게 되었다. 그 자리에 이성이 없어도 떫은 표정을 지었다. 급기야 같이 일하던 선술집 아르바이트까지 그만두라는 말을 들었다. 속박이 눈에 띄게 심해졌다.

"미안. 이젠 무리야."

게이이치의 집에서 그렇게 말했을 때, 그가 붙잡으리란 건 각오했었다. 하지만 게이이치의 반응은 내 상상을 훌쩍 뛰어넘었다.

"어째서야! 계속 같이 있어 줄 거라고 했잖아!"

그는 큰 소리로 울부짖었다. 그래도 그렇게 외칠수록 내 결심은 점점 굳어졌다.

"게이이치는 변했어. 이제 함께 못 있겠어."

굳이 내치는 듯한 말투로 말하자, 그는 오열하며 되받았다.

"결혼하자."

"…뭐?"

"나랑 결혼해. 내 가족이 되어 줘."

그때 나는 깨닫고 말았다. 이 사람을 이렇게 만들어 버린 건 나일지도 모른다고. 아마 그는 사랑에 굶주려 있었을 것이다. 그리고 그가 바라는 사랑은, 아마도 우리 또래가 하는 연애에서 생겨나는 그런 것보다 훨씬 크고 무거운 것이었다.

"미안…. 정말 미안해."

그 말을 남기고 나는 게이이치의 집을 떠났다.

그날 밤은 스마트폰이 끝없이 울렸다. 액정에 뜬 부재중 전화 숫자가 엄청났다. 그리고 메신저도.

— 정말 미안해

― 내가 잘못했어

― 널 좋아해

답장하는 대신 차단했다. 그를 위해서도 그게 낫다고 생각했다. 몇 주가 지난 후, 학교 안에서 누가 말을 걸었다. 돌아보니 게이이치가 서 있었다.

"저기, 잠깐 이야기할 수 있을까."

징그러워. 그렇게 생각했다. 동시에 분노가 치밀어 올랐다.

"대체 무슨 생각이야? 우린 진작 헤어졌잖아."

"다시 생각해 줘. 내 어디가 맘에 안 들었어?"

"지금 이러는 거."

"알았어. 그러면 앞으론 이렇게 말을 안 걸게. 연락도 하지 않을 테니까 언젠가 다시 만나 줄래?"

"암튼 더는 내 주위에 얼씬대지 마."

떠나가는 내 등 뒤로 게이이치는 말했다.

"나 계속 기다릴 거야! 널 좋아하니까!"


나는 카페에서 새롭게 아르바이트를 시작했다. 거기서 고타와 만났다. 경박한 남자이고, 내게 품은 호의도 게이이치처럼 결혼을 전제로 한 것이 아니라는 건 알고 있었다. 그래도 나는 고타의 고백을 받아들였다. 그 가벼움이 그때의 내게는 오히려 마음 편했다. 내 방에서 모르는 번호로 전화가 걸려 왔을 때 옆에 고타도 있었다.

"여보세요?"

"야. 내가 말했지. 계속 기다릴 거라고."

"네?"

"나야."

"혹시 게이이치?"

"절대로 용서하지 않을 거야."

"어째서…."

"넌 내 거야."

일방적으로 전화가 끊어졌다. 나는 고타에게 상담했다. 전부터 어렴풋이 느끼고는 있었지만, 헤어진 남자 친구가 아무래도 이상하다고.

"어? 진짜? 나까지 위험한 거 아냐?"

고타는 당황한 얼굴로 그렇게 말했다.

그 후, 바깥을 걷다 보면 시선이 느껴졌다. 돌아보면 게이이치가 서 있었다. 멀리서 나를 노려보고 있었다. 나는 알아차리지 못한 척했다.

"어쩐지 이상한 놈이 뒤를 밟고 있는 거 같은데."

고타도 마찬가지였다. 그게 게이이치일지도 모른다고 알려주자 고타는 화를 냈다. 게이이치가 아니라 내게.

"왜 내가 생판 알지도 못하는 남자의 원망을 받아야 해? 대체 그 남자한테 무슨 짓을 한 거야?"

내가 필사적으로 이유를 설명해도 고타의 분노는 가라앉지 않았다. 아마 이유 따위 아무래도 좋았을 것이다. 그때의 고타에게는 자기가 애인의 전 남자 친구에게 부당한 원한을 샀다는 게 훨씬 중요했다.

나는 게이이치와 이야기를 해 봐야겠다고 생각했다. 전에 그가 걸어 온 번호로 전화했지만, 응답은 없었다. 아마 게이이치는 이제 더는 나와 이야기할 마음이 없었던 것 같다.

경찰에게도 상담했다. 하지만 멀리서 바라보기만 해서는 본인에게 주의를 주는 정도밖에 할 수 없는 모양이었다. 그걸 계기로 오히려 피해가 커질 우려마저 있다는 말도 들었다.

나로서는 어떻게 할 수가 없었다. 바깥을 걷다 보면 언제나 시선이 느껴졌다. 그게 기분 탓인지, 실제로 보고 있어서인지 알 수 없었다.

"너는 못 잠셌어. 헤어지자."

고타가 그렇게 말했을 때, 나는 붙잡을 수 없었다. 그의 얼굴을 보면 틀렸다는 게 분명했으니까. 그게 내 탓이란 것도.

고타와 헤어지면, 그것으로 끝이라고 생각했다. 하지만 아니었다. 헤어지고 나서는 우편함에 다양한 물건이 담기기 시작했다. 내가 전날 내다 버린 쓰레기봉투 속 쓰레기, 벌레의 사체, 그리고 '죽어'라고 쓴 편지. 이제 나는 한계였다.

툭. 툭. 툭. 툭.

작은 돌이 창을 때렸다. 밤새도록 돌을 던졌다. 아침에는 베란다에 돌이 잔뜩 떨어져 있었다. 돌이 던져진 만큼 감정이 사라져 갔다.

'이걸로 넌 계속 내 거야.'

이렇게 적힌 편지와 많은 돌이 우편함이 들어 있었다. 베란다에 떨어진 것과 똑같이 작고 희고 매끈매끈한 돌.

그날 밤, 나는 꿈을 꾸었다. 무서운 유령에게 쫓기는 꿈을. 눈을 떴을 때, 두통이 심해서 일어날 수가 없었다. 나는 학교를 쉬었다. 졸려서 하루 종일 잤다. 끔찍한 꿈을 꾸리라는 걸 알면서도.

전부 게이이치 탓이다. 끔찍한 악몽도, 유령도, 전부 그가 보여 주었다. 전화를 걸어도 그는 받지 않았다. 나는 몇 번이나 걸었다. 몇 번이나, 몇 번이나, 음성 사서함에 "용서 못 해"라고 남겼다. 그러는 동안 무엇을 위해 그렇게 하는지 알 수 없어졌다.

일어나 있는지, 자고 있는지도 알 수 없어졌다. 시간이 길고 가느다랗게 늘어나서 종이 끈처럼 배배 꼬인 것 같은 감각이 줄곧 이어졌다. 나는 계속 도망쳐 다녔다. 거리를, 산을, 밭을. 스마트폰이 울렸다. 아르바이트하는 곳에서 숱하게 전화가 왔지만, 신경 쓸 겨를이 없었다. 친구가 보낸 메시지에도 그저 괜찮다고만 답장했다.

깨어 있을 때, 아니 잘 때, 나는 깨달았다. 아아, 이건 그래서구나. 이쪽에 있으니까 쫓기는 거구나. 중학생 때의 오래달리기. 달리는 게 싫어서 나는 구경만 했는데, 운동장을 빙글빙글 달리는 다른 아이들을 땅바닥에 무릎을 세운 채 앉아서 보고 있자니, 어쩐지 저 고리 안에 들어가지 못한 자신이 무척 찔렸다. 틀림없이 그것과 같았다. 그래서 나는 달렸다. 고리 안으로 들어가기 위해서.

그날 밤, 트럭이 내 몸을 찌부러뜨렸다. 운전사의 놀란 얼굴이 재밌었다.

흙먼지는 괴로웠지만, 나는 다시 태어나기로 했다. 어머니의 뱃속에서. 어머니는 아파, 아파, 시끄러웠다. 하지만 진흙으로 빚은 경단도 부지런히 매만지면 반지르르해진다. 실수로 떨어뜨렸을 때는 겉이 조금 벗겨지고 거친 속살이 보여서 약간 내장 같다 생각했지만 그건 진흙 경단 이야기. 어쨌든 그 사람도 거기서 죽임을 당해 그런 역할을 맡게 되었으니 어쩔 수 없지.

그 후 나는 걸었다. 정말이지 너무나 즐거웠고, 무서울 게 전혀 없었다. 그렇게 함으로써 조금씩 내 죄가, 내가 게이이치에게 저지른 끔찍한 짓이 비누로 씻은 듯 깨끗해졌다. 부스럼 딱지를 먹어 버리고, 점점 깨끗해지는 것처럼 후련했다. 무서운 것 따위 이미 오래전부터 보이지 않았다.

나는 돌아다녔다. 옛날, 신이 있던 장소를. 지금은 고질병이나 다름없는 인간의 탐욕으로 더럽혀진 성지. 그 더러움으로 뇌수를 채우고 속죄함으로써, 맑고 고운 나로 다시 태어나기 위해서. 그리하여 나를 대신할 누군가를 찾아내기 위하여.

다양한 장소에서 다양한 것을 보았다. 무척 오래된 경치. 엄청나게 큰 절에는 많은 사람의 그림이 장식되어 있었다. 먹으로 그린 행복해 보이는 사람들의 그림. 하카마[23]를 차려입고 참배하는 사람도 웃는 낯이었다. 그다음에는 여우를 모시는 커다란 신사에, 벼랑 위에 지은 사당. 전통 인형이 늘어선 신사에는 과자가 바쳐져 있었고, 모두 즐거워 보였다. 캠프파이어 같은 화톳불 주위를, 주문을 외우며 시계 방향으로 빙글빙글 도는 사람들이 있는 광장에서는 할머니가 손을 모으고 기도를 올렸다. 검은 바위 주위를 펄쩍펄쩍 뛰는 사람을 보고 있었더니 입이 커졌고, 아름다운 뱀이 있는 연못가에서는 기어서 돌아다녔다. 모두 그렇게 해 왔다. 큰 나무를 둘러싸고 춤추는 사람을 보면서 즐거워서, 죄가 씻겨 나가는 게 기분 좋아서 머리가 어질어질했지만, 머리가 커지고 나서는 걷기가 힘들어졌지만, 눈도 입도 커질 수 있어서 머리카락을 어쨌든 많이 뽑았다.

예순여섯 곳을 돌고 나서 원래 장소로 돌아왔다. 갓난아기를 품은 자상한 얼굴의 불상이 있는 절. 이미 완전히 귀신이 된 이 어미 곁으로 나는 돌아왔다. 하지만 윤회의 윤회를 잇기 위해 순례의 여정은 계속되었다.

이제는 얼마나 걸었는지도 알 수 없다. 계속, 계속, 계속. 하지만 내게는 턱없이 모자랐다. 나는 무서웠다. 지금은 모자라지만, 언젠가 끝나 버리는 것을. 이미 끝났지만, 끝내고 싶지 않았으니까. 그러다가 찾아냈다. 증오로 물든 어리석은 인간을. 끝내지 않아도 되도록, 그 사람에게 말을 걸었다. 이번은 당신 차례라고. 죽었으면 좋겠다, 그런 생각이 들도록. 살려 줄 수 있도록. 그러면 또

---

23  일본의 전통 의상 중 바깥에 드러내는 겉옷의 일종으로 허리부터 발목까지 덮는 하의다.

만들 수 있으니까. 나를. 새로운 나를. 또 시작될 수 있으니까. 기쁘다. 빙글빙글 빙글빙글 빙글. 언젠가 또 태어날 그때까지.
　그 게이이치의 아이로서.

# 제 5 장

# 불확실한
# 괴이

## 탐욕스러운 찬탈자

유령 따위 있을 리 없다.

그렇게 말하는 이케다의 내면에서 동요가 보였다. 부정적인 동요가. 그것은 표정에 드러나 있지는 않았다. 하지만 아무리 감추어도 나는 알 수 있었다. 이케다의 방송을 보았을 때, 화면 너머로 보인 동요, 그것과 같았다. 아무래도 파고들 틈이 있을 것 같다. 그렇게 느꼈다.

얼핏 초연해 보이는 이케다는, 동영상을 내보내는 목적이 돈벌이와 취미 때문이라고 잘라 말했지만 무언가를 숨기고 있는 눈치였다. 유령을 믿지 않는다고 스스로를 설득하고 있었다. 유령의 존재에 두려움을 느끼면서. 혹시 그는 유령을 믿고 있는 게 아닐까. 그리고 그걸 숨기고 있다. 기획을 들고 갔을 때, 가도카와 출판사의 편집자가 둑 던진 말이 뇌리에 되살아났다.

"유튜버의 팬 북 기획이야 썩어 문드러질 만큼 많거든요. 게다가 오컬트 쪽이죠? 본인이 귀신에 씌었다거나 뭐 그 정도 포인트가 없으면 기획은 통과 못 할 겁니다."

대상에 따라 효과적인 취재 방법은 달라진다. 부채질할수록 분노에 휩싸여 약점을 드러내는 유형이 있는가 하면, 육친처럼 살갑게 다가감으로써 마음을 열고, 속내를 드러내는 유형도 있다. 자, 그렇다면 그는 어떨까. 여기서 나는 생각을 고쳐먹었다. 목적은 그의 본심을 알아내는 것이 아니다. 이 기획을 통과시키는 것이다. 그렇게 하면 실적도 늘어, 당분간은 벌어먹을 수 있을 것이다.

처음에는 일부러 중립파라는 입장을 내세워 그가 어떻게 나오는지 살폈지만, 좀처럼 꼬리를 잡을 수 없었다. 알아낸 것이라고는 고집스러울 만큼 유령이 없다고 우기는 사고방식 정도였다. 그래서 나는 그에게 몇 가지 저주를 걸기로 했다.

뱀을 잡으려면 땅꾼이 필요한 법. 나는 호조를 불러들였다. 예상대로 그녀는 내 제안을 받아들였다. 그녀의 힘까지 더해지자 저주는 스멀스멀 그에게 영향을 미쳤다. 협의를 해야 하니 얼굴을 마주할 기회는 아직 남아 있었다. 시간을 들여 그를 재미있게 만드는 거다. 그것이 이번 기획의 핵심이다.

담배 한 대도 다 피웠다. 슬슬 회의 시간이다. 가자.

※※※※※

### 가난한 공범자

유령 따위 있을 리 없다.

몇 사람이나 내게 그런 말을 내던졌을까. 그때마다 나는 생각했다. 그랬다면 얼마나 좋았을까. 그러기를 가장 바란 사람은 다름 아닌 나였다.

고바야시와 만난 그날 이후, 나는 생각을 바꾸었다. 유령을 이용해 먹기로 했다. 믿지도 않는 주제에 점쟁이 칭송하듯 추어올리다가 떨어져 나간 인간. 나를 거짓말쟁이로 단정 지은 인간. 그런 인간들에게 진짜배기를 보여 주기로 했다.

괴담을 좋아하는 인간도 마찬가지였다. 유령의 존재를 믿지도 않으면서. 만약 믿었다면 그것을 즐기려는 생각 따위 도저히 하지 못했을 텐데. 불확실한 것에 낭만을 느끼다니, 어리석기 짝이 없다. 그렇게 해서 보이지 않는 존재를 탓하며 무서워하고, 고마워하고, 자각 없이 저 좋을 대로 써먹기만 했겠지. 논리가 통하는 존재라고 생각했다면 착각도 이만저만이 아니다.

나는 괴담 작가라는 간판으로 실제로 보고 들은 것을 고스란히 고바야시에게 에피소드로 제공했다. 이 눈으로 본 것이므로 리얼리티는 충분했다. 하지만 인과 같은 건 알 길이 없었다. 알았다 해도 유령의 존재에 극적인 스토리 따위 있을 리 없었다. 무엇보다 그런 것에 흥미가 없었다.

고바야시가 그 에피소드들을 각색하면 내가 원고로 옮겨 돈으로 바꾸었다. 하지만 유령은 대부분 그저 거기에 있는, 볼거리라고는 하나도 없는 것들투성이였다. 그래서 내가 고바야시에게 제공하는 것은 의지를 가진 것처럼 보이는 해로운 존재의 정보뿐이었다. 고바야시가 말하기를 의미심장하게 행동하는 것들은 각색하기 쉬웠다. 우리가 손잡고 만드는 괴담은 완성도가 높다는 평가를 받았다. 보통은 고바야시가 벌이의 반 이상을 가져갔지만 상관없었다. 그렇게 함으로써 내가 지금까지 떠맡았던 핸디캡을 만

회할 수 있을 것 같았으니까.

그것들은 인지하지 못하는 사람에게는 손을 대지 않는다. 나처럼 인지하지 못한 척할 수 있는 사람은 한정적이다. 그런 만큼 내가 본 것을 퍼뜨리면 어떤 일이 일어나는지 알고 있다고 여겼다. 하지만 그런 건 알 바 아니었다. 만약 정말 유령이 없다면 그것을 알았다 하더라도 무슨 일이 일어날 리 없으니까.

고바야시가 왜 유령의 영향을 받지 않는지는 알 수 없다. 뭐, 흥미도 없지만. 다만 무슨 계기였는지 한번 물은 적은 있다. 나와 일하는데 어째서 무사하냐고.

"그야 뭐, 난 둔하니까."

그 말의 진의는 알 수 없다. 다만 나와 고바야시의 이해가 일치한다는 점만은 확실했다.

고바야시의 의뢰를 받고 내가 그 패밀리 레스토랑에서 이케다와 만났을 때, 그에게서 위화감이 느껴졌다. 어딘지 모르게 무리하는 듯이 보였으니까. 지금까지 날 거짓말쟁이 취급하면서 비웃던 인간들과는 달랐다. 나를 부정함으로써 자신을 지키려는 인상을 받았다. 그리고 그는 솔직히 말해서 꾸밈없고 귀여운 청년으로 보였다. 사람을 얕보는 태도와 요란한 머리카락 색. 그런 것들로 무장하여 자신을 지키는 것 같았다.

그래서 나는 그에게 부적을 건넸다. 어디까지나 친절한 마음에서였다. 하지만 그는 망설이면서도 부적이 아니라 고바야시가 내민 수상쩍은 것을 골랐다. 솔직해질 수 없었던 거다.

기회는 주었다. 하지만 그는 그것을 붙잡지 않았다. 그렇다면 나로서는 그저 할 일을 해 나갈 뿐이다.

슬슬 회의 시간이다. 그 패밀리 레스토랑으로 가야 할 때다.

가자.

※※※※※

**천박한 순례자**

유령 따위 있을 리 없다.

줄곧 그렇게 스스로를 설득해 왔다. 유튜브로 방송을 거듭하면서 그럭저럭 그 생각에도 자신감이 붙었다. 그랬는데 이상하다. 그 두 사람을 만나고 나서 묘한 일이 잇따랐다.

처음에는 사소한 일이었다.

온라인 달력에 기억에 없는 일정이 적혀 있었다. 컴퓨터와 스마트폰을 동기화해 놓은 그 달력은 개인으로 수주한 일감을 납품하는 날과 동영상을 올리는 날을 관리하려고 쓰는 것이다. 그 달력에 내가 넣은 기억이 없는 예정이 입력되어 있었다. 6월 6일에. 생각해 보면 그녀의 기일도 6일이었다.

어떤 일이 예정되어 있는지는 적혀 있지 않고, 그저 빨간색 마크만 달력 칸 안에 작게 그려져 있었다. 무슨 착오려니 하고 삭제하려다 이 예정이 일 년 단위로 반복되도록 설정되어 있다는 것을 발견했다. 매년 6월 6일에 예정이 입력되어 있었다.

불쾌하지만 단순한 우연. 그렇게 생각했다. 그래서 바로 삭제했다. 하지만 다음 날, 다시 빨간 마크가 6월 6일에 있었다. 더는 예정을 지우지 않았다. 지웠다가 다시 입력되어 있으면 내 안에서 그것이 확신으로 바뀌고 말 것 같아서였다.

다음으로 묘한 일이 일어난 것은 동영상을 편집할 때였다. 그날도 작업용 배경 음악으로 유튜브의 음악 동영상을 틀어 두었다.

늘 하듯이 검색 창에 '작업용 BGM'을 입력하고, 눈에 들어오는 대로 적당히 골라 재생했다. 그날 재생한 것은 개인이 만든 것으로 보이는 제이팝 리믹스였다. 동영상의 형태를 하고 있지만, 주제는 음악이어서 다른 대부분의 동영상이 그렇듯이 그 동영상도 무료로 가져다 썼을 풍경 사진이 비칠 뿐이었다. 파란 하늘과 푸른 언덕. 언덕 위에는 커다란 나무가 서 있었다. 그런 사진이었다.

푸릇푸릇한 언덕 위에 선, 신사에서 자라는 나무를 연상시키는 큼직하고 멋들어진 나무. 촬영 장소는 일본일까. 완성된 회화 같은 그 구도가 오히려 촌스러워서 음악과 잘 맞지 않았다. 아마 그 동영상을 올린 사람도 딱히 화면에 까다롭지는 않았을 것이다. 당연히 나도 재생 버튼을 누르고 나서는 그 화면을 보지 않고, 새로 연 다른 브라우저로 편집 작업에 몰두했다.

얼마나 시간이 흘렀을까. 작업이 일단락되었을 때, 문득 다른 음악을 들어야겠다는 생각이 들었다. 유튜브가 켜진 브라우저를 불러내서 다시 화면을 보았을 때 어떤 위화감이 느껴졌다.

화면에는 변함없이 파란 하늘과 푸른 언덕. 언덕 위의 큰 나무도 똑같았다. 하지만 나무에서 반쯤 몸을 내밀고 사람이 서 있었다. 나도 모르게 눈을 부릅떴다. 쌀알만 한 크기의 그것은 역시 사람으로밖에 보이지 않았다. 그 실루엣에서 막연히 여자라는 인상을 받았다. 물론 얼굴 생김새를 알아볼 수 있는 크기는 아니었다. 하지만 어쩐지 그런 생각이 들었다. 그냥 처음에 내가 못 보고 놓쳤던 걸까. 고개를 갸웃하던 바로 그때, 인터폰이 울렸다. 자리에서 일어나 실내 벽면에 설치된, 공용 현관의 자동 잠금을 해제할 수 있는 방문객용 모니터 앞으로 달려갔다. 싫은 예감이 들었다. 흠칫흠칫 모니터를 확인했다. 화면 너머에서는 모자를 쓴 배달원이 며칠 전 인터넷으로 주문한 상품이 든 상자를 양손에 안고 서 있었다. 무심코 쓴웃음을 지었다. 너무 겁을 집어먹었다. 달력 사건으로 신경이 곤두섰을 뿐이다.

짐을 받은 김에 커피를 내려서 컴퓨터 앞으로 돌아왔다. 모니터에는 여전히 그 동영상이 떠 있었다. 하지만 자리에서 일어나기 전과는 다른 모습이었다. 여자로 보이는 사람이 나무 앞에 서 있었다. 변함없이 작기는 하지만, 아까와는 서 있는 위치가 달라진 듯 보였다. 이 동영상은 한 장의 사진을 보여 주는 것처럼 해서 사실은 애니메이션으로 여러 장을 보여 주는 걸까. 그런 생각을 하면서 커서를 움직이다 깨닫고 말았다.

음악이 들리지 않았다. 아까 내가 직접 정지 버튼을 눌렀기 때문이다. 그런데도 여자가 움직이고 있었다. 동영상은 정지되었는데도.

화면을 응시했다. 눈의 착각이건 뭐건, 암튼 잘못 본 걸 거다. 바보 같기는. 머릿속에서 애써 그렇게 정리하는 동안에도 여자는 조금씩 움직였다. 동시에 머리가 커졌다. 뚫어지게 쳐다봐야 간신히 알 수 있을 만큼 아주 조금씩. 정지한 화면 안에서.

유코일까. 하지만 그것을 확인하기가 무서웠다. 그런 생각과는 반대로 화면에서 눈을 뗄 수가 없었다. 멍하니 여자를 바라보고 있자니 문득 어떤 감정이 치밀어 올랐다. 증오. 지금까지 살아오면서 자신을 깔보았던 모든 사람의 얼굴이 주마등처럼 뇌리를 스쳐갔다. 용서할 수 없다. 저주할 테다. 그렇게 생각했다. 분노로 손이 떨렸다. 하지만 동시에 머릿속에서 경고음이 울렸다. 얼른 꺼. 본능이 그렇게 말했다.

떨리는 손으로 마우스를 쥐었다. 커서가 불안정하게 흔들렸다. 몇 번이나 헛손질을 반복한 끝에 브라우저를 닫았다. 그 순간, 지금까지의 분노가 안개처럼 흩어졌다. 그대로 화면을 계속 보고 있었다가는 어떻게 되었을까. 고개를 크게 저었다. 전부 착각이다. 잠이 부족에서 눈이 피로했을 뿐이다. 그저 짜증스러웠을 뿐이다. 그 이상의 이유는 없다. 그렇게 자신을 설득했다.

그 일이 있고, 며칠이 지난 어느 밤이었다. 전화가 왔다. 모르는 번호로. 거래처일지도 모른다는 생각에 받아 버렸는데 그러지 말 것을.

전화를 건 상대방은 아무 말이 없었다. 장난 전화인가 싶어 끊으려는 순간, 상대방이 무언가 말했다. 여자의 목소리였다. 무슨 말인지 뚜렷하지 않아 알아들을 수 없었다. 날짜는 6월 6일.

본가로 돌아갈 생각도 머리를 스쳤지만, 그들에게 걱정을 끼치고 싶지 않았다. 그렇지 않아도 늘 내 걱정을 하는 사람들이니까. 친부모만큼이나.

편모였던 모친이 어린 나를 남기고 왜 죽으려 했는지는 알 수 없다. 물으려고도 하지 않았다. 철들 무렵부터 함께 살았던 큰아버지와 큰어머니가 내게는 부모였고, 그걸로 충분했으니까.

한편으로 그런 그들의 사랑을 무겁게 느끼고 마는 나도 있었다. 내 얼굴과 닮지 않은 그들의 얼굴을 볼 때마다 본디 하지 않아도 될 고생을 시키는 것 같았다. 그래서 더욱, 하루라도 빨리 제 몫을 하는 어엿한 인간이 되어서 그들 곁을 떠나고 싶었다. 고생에서 해방시켜 드리고 싶었다. 그것이 내 나름대로 은혜를 갚는 일 같아서. 그래서 그들에게 응석을 부릴 수는 없었다.

유령 따위 있을 리 없다.

그렇게 믿고 싶다. 고바야시가 말한 대로, 확증 편향이나, 일그러진 자기장이 보여 주는 환각에 떨고 있을 뿐이다. 고바야시에게서 받은 전자파 차단 스티커는 스마트폰 케이스에 넣어 두었다. 이러면 이제 전화는 걸려 오지 않는 걸까. 호조에게 상담을 하면 어떻게든 해 줄까.

하지만 그건, 유령의 존재를 인정하는 것, 더 나아가 과거에 내가 저지른 짓 때문에 유코가 죽어 버렸다고 인정하는 셈이다.

아무튼 가자.

회의 시간이 다가오고 있었다.

# 제6장

# 한 낱
# 패밀리
# 레스토랑

"제 이야기 좀 들어주세요."

"오자마자 무슨 일이야?"

"어 정말이네. 안색까지 바뀌어서는."

"여기 올 때, 이상한 일이 있어서요. 그… 아무래도 이상합니다."

"암튼 진정 좀 하고. 일단 무슨 일이 있었는지 말해 봐."

"그, 손이. 그래요, 손이 보였습니다."

"손? 무슨 말이야?"

※※※※※

### 이케다의 증언

그러니까… 여기 오는 길이었습니다. 지하철을 타고 있었죠. 평소처럼 스마트폰으로 유튜브를 보고 있었습니다. 경쟁자 조사도 할 겸 해서요. 예. 이동이나 그런 틈새 시간에 늘 봅니다. 인기 동영상의 경향이나 편집 방법 같은 걸 참고하려고요. 아니, 그런 건 아무래도 좋고요. 제가 이용하는 지하철은 어떤 구간에서 이상한 와이파이가 잡히는 일이 종종 있는데요. 그 와이파이, 통신 속도가 느립니다. 사전에 와이파이를 안 꺼 두면 동영상이 중간에 멈춰 버리곤 합니다.

아까도 그랬습니다. 보고 있던 건 공포 계열의 버튜버[24] 영상이었습니다. 제법 인기가 많은 채널이어서 확인차 종종 봅니다. 미해결 사건을 여성 캐릭터를 앞세운 버튜버가 파헤치는 겁니다. 사건을 뜯어 보는 내용인데, 버튜버라는 게 캐릭터 장사니까 액션이 큰 편입니다. 손짓발짓으로 귀엽게 내용을 전달하죠. 그런데 그 와이파이, 그게 잡히고부터는 이상해진 겁니다. 동영상이 갑자기 멈췄을 때, 아, 또 그 와이파이구나 싶어서 스마트폰 설정에 들어가서 와이파이를 껐습니다. 끊긴 부분부터 동영상이 다시 시작되는데, 버튜버의 캐릭터가 이상해져 있었습니다. 손이, 진짜 손이 된 겁니다.

죄송합니다. 다시 제대로 설명하겠습니다. 버튜버는 당연히 모델링을 거친 컴퓨터 그래픽이니까, 머리 꼭대기부터 발끝까지 전부 그래픽입니다. 그런데 팔꿈치부터는 진짜 사람 같았습니다. 처음에는 제 스마트폰이 동영상을 늦게 읽어 들이는 바람에 제대로 처리가 안 됐나 보다 했어요. 하지만 아무리 봐도 손 부분만 색이 달라서 이상하더라고요. 다른 부분은 보통 피부색인데, 팔꿈치부터는 잿빛이었거든요. 이거, 무슨 의도일까 싶어서 영상을 계속 봤는데, 말하는 내용은 아까와 똑같이 미해결 사건이고, 팔에 대해서는 아무 언급도 없었습니다. 그 시점에서 좀 섬뜩했죠. 그런데 더 이상해진 겁니다. 캐릭터의 움직임과는 관계없이 그 잿빛

---

24  버추얼 유튜버. 카메라나 필터 등 특수 장비로 그 사람을 대신하는 캐릭터를 화면에 노출하여 방송을 진행하는 인터넷 방송인.

손만 부자연스럽게 움직이기 시작하는 거예요.

 캐릭터 자체는 화면에 비치는 분석의 포인트를 위에서부터 차례대로 소개하고 있었습니다. 아마 원래는 그렇게 항목으로 정리한 포인트를 손가락으로 가리켰겠죠. 그랬는데 손은 오른쪽 왼쪽 따로따로 움직이고 있었습니다. 무슨 이상한 춤이라도 추는 것처럼요. 처음에는 천천히 움직이다가 점점 빨라졌습니다. 그러다가 결국은 손만 마구 휘두르는 모양새가 되더군요. 상태가 그런데도 아무 일도 없는 것처럼 캐릭터는 계속 이야기를 이어갔습니다. 동영상을 멈추려고 하니까 갑자기 손의 움직임이 멎었습니다. 마치 얼굴 앞으로 양손을 모아서 얼굴을 가리는 듯한 포즈로요. 그러던 게 천천히, 얼굴을 보여 주는 것처럼 움직이기 시작했습니다. 얼굴의 윗부분이 드러났을 때, 캐릭터의 눈이 없어졌습니다. 동시에 뭔가 버그처럼 머리 부분의 그래픽이 점점 커졌습니다. 색도 샛빛으로 바뀌고… 마치 신싸 사람 피부처럼….

 거기서 동영상을 껐습니다. 이거, 대체 뭘까요. 진짜 어떻게 된 겁니까. 제가 머리가 이상해진 겁니까?

※※※※※

 "일단 진정해. 나는 그 버튜버라는 걸 잘 모르지만, 단순히 연출이 그랬던 건 아니고?"
 "그런 걸로는 보이지 않았습니다."

"그냥 통신 환경 탓에 화면이 이상해졌는지도 몰라. 그 동영상 여기서 한 번 더 봐 봐."

"더는 보고 싶지 않습니다. 만약 다시 확인해서 제가 말한 게 안 보였다 해도 그게 통신 환경 탓 같지는 않습니다."

"이케다 군답지 않네. 그런 부류를 바로 얼마 전까지는 착각이었다고 웃어넘기지 않았나."

"쨩이케, 혹시 말이야, 지금 말고 전부터 그런 비슷한 일 겪은 거 아냐? 그래서 이렇게 무서워하는 거지?"

"그게 저기…. 예, 사실은…."


"그랬군. 즉 달력에 들어 있던 이상한 예정, 정지 화면 속에서 움직이기 시작한 여자, 기분 나쁜 장난 전화, 그런 일이 계속되었으니까 이번 일도 우연이라고 생각할 수 없다, 이거로군."

"그 여자, 짚이는 데라도 있어?"

"아뇨…. 없…습니다."

"장난 전화 건 사람은 뭐라고 했나?"

"그게… 잘 안 들렸습니다. 잡음이 심해서."

"그래? 이런 이야기를 듣고 나서 또 겁을 주는 거 같아서 미안하네만, 나도 봤어, 여자."

"예? 어떤 여자였습니까?"

"음. 확실히 보이진 않았어. 하지만 내 눈에도 이케다 군처럼 여자로 보이더군."

"어디서 봤습니까?"

"요전에 집에 가다가. 꽤 늦은 시간이었잖아? 환승역에서 열차 기다리고 있었는데, 회송 차량이 지나가더라고. 차량 기지로 들어가는. 아무도 타고 있지 않았을 텐데, 지나가는 순간, 여자가 이쪽으로 등진 채 서 있는 게 보였지."

"어떤 옷을 입고 있었습니까? 머리 모양은요?"

"너무 순식간이어서 확실하게는 잘…. 이케다 군이 본 건 어땠나?"

"동영상에 나온 여자는 쇼트커트였을 겁니다. 복장은, 확실하겐 안 보였지만 검었던 거 같고요."

"듣고 보니 내가 본 여자도 그랬던 거 같은데."

"세상에… 호조 씨가 전에 말한 유령이란 거, 지금도 여기 있습니까?"

"응… 있어."

"그건 어떤 여잡니까?"

"근데 있지…"

"괜찮으니까 말해 주세요."

"저 안쪽 자리에 등을 돌리고 앉아 있어. 전에 봤을 때도 그랬어. 저건 위험한 부류야. 그러니까 저게 뭔가 움직이려 들면, 난 이 일에서 그만 손을 뗄 거야."

"전원이 같은 여자를 봤다는 겁니까?"

"한 번 더 묻겠는데, 그 여자, 짚이는 구석이 있는 사람, 아무도 없는 거지?"

"난… 없어. 그러는 고바야시 씨는 어떤데?"

"물론 없어. 내 생각엔. 이케다 군은?"

"아… 설마. 절대 아냐. 그럴 리 없어."

"역시 이케다 군, 짚이는 데가 있군?"

"말할게요. 말할 테니까 도와주세요."

"짱이케, 진정해. 도와줄 테니 말해 봐."

"대학 시절에 좋아했던 여자애가 죽었습니다. 제 탓이 아니라고 생각하고 싶었습니다. 그건 우연이라고. 그런데…."


"고바야시 씨, 처음에 들었던 이야기랑 다르잖아. 짱이케, 불쌍한데. 난 이쯤에서 그만할래."

"자, 자, 호조, 나쁘게는 안 할 테니까. 게다가 내가 좀 깨달은 게 있는데."

"뭘 말입니까?"

"진정하고 들어 줬으면 싶은데, 여기가 어떤 장소인지 아나?"

"어떤 장소라뇨. 평범한 패밀리 레스토랑이잖아요."

"그래. 패밀리 레스토랑. 하지만 평범하지 않아. 여긴 심령 명소라고."

"예?"

"이게 무슨 말이야? 고바야시 씨. 나 그런 이야기 들은 적 없는데."

"이케다 군은 폐공간 탐색밖에 안 해 봐서 잘 모르는 거 같은데. 여기, 옛날에 빌딩이 있었어. 그 빌딩에 대규모 화재가 있었지. 벌써 몇십 년이나 지난 일이지만."

"어째서 이런 데서 만나자고 한 거야."

"이유는 별거 아냐. 뭔가 소재로 써먹을 수 없을까 해서. 만약 이케다 군에게 영감이 있다면, 여기서 뭔가 볼지도 모르지. 그렇게 되면 팬 북에 써먹을 수도 있고. 근데 이케다 군은 유령을 전혀 안 믿는댔지. 그래서 굳이 말 안 한 거야. 뭐, 기획 봐서 여기서 유령을 같이 목격했다는 이야길 지어내잔 말은 할 생각이었지만."

"그럼 여긴 유령이 나온다는 말입니까?"

"힐끔힐끔 돌아보면 안 돼, 짱이케."

"몇 가지 소문은 있는데, 유명한 건 이런 이야기지."

※※※※※

### 고바야시의 증언

이 자리에 세워졌던 건 작은 회사 사무실과 음식점이 여럿 들어 있는, 이른바 잡거빌딩인데, 화재가 일어났을 당시에는 제법 많은 사람이 거기서 일을 했다고 해.

화재가 일어난 건 저층부 사무실 안. 그 회사가 섬유를 다루고 있었나 본데, 운 나쁘게도 그게 연료가 되어 버린 거지. 건물이

낡았다고 하니, 불이 번지는 속도도 빨랐겠지. 밑에서 위로 점점 불길이 번졌고, 미처 도망치지 못한 많은 사람들이 연기를 피해 위층으로 한꺼번에 몰려들었어. 소방차도 달려왔지만, 금요일 밤이어서 길이 막히는 바람에 늦게 도착했고.

뜨거운 불과 연기에서 벗어나려고 창으로 필사적으로 구조를 요청하는 사람들의 모습이 뉴스를 타기도 했어. 아예 몇 사람은 창에서 뛰어내렸단 말도 있지. 물론 다 사망했다나 봐.

최종적으로 서른 명도 넘게 사망하고 말았어. 일산화탄소 중독으로 쓰러지고 나서 불에 타 버린 시신이 겹겹이 쌓여 있는 현장은 처참하기 짝이 없었다고 해.

그런데 이 화재, 방화였던 거야. 불이 처음 났던 섬유 회사 종업원이 불을 질렀다나. 본인도 화재로 죽어 버려서 동기는 알 수 없다더군. 피난 경로와 소화기를 제대로 관리하지 않았다고 해서 건물 관리 책임자가 체포되기도 하고, 여러모로 방송에서 떠들썩했지.

심령 명소가 된 것은 한참 지나고 나서야. 건물 있던 자리에 새로 올린 이 패밀리 레스토랑에 온 사람이 가게 안에 어른거리는 검은 사람 그림자를 봤다는 소문이 났어. 하지만 가장 유명한 건 그 소문이 아니야. 실화 괴담 서적에 실렸다가 인터넷에 퍼진 건 이런 이야기야.

어떤 부부의 아이가 꿈을 꿨지. 아직 유치원에 다니는 그 아이는 꿈에서 본 장소에 자꾸만 가고 싶어 했다더군. 부부는 옛날에 놀러 갔던 장소가 기억에 남아서 그런 꿈을 꾸나 보다 했지만, 이야기를 들어보니 아무래도 아니었던 모양이야. 짚이는 데가 없는 장소의 풍경을, 마치 정말 본 것처럼 이야기하는 거야. 신기하게 여기면서도 부부는 어린애가 하는 말이니까 깊이 생각하지 않고 적당히 흘려들었지.

아이가 초등학교에 들어갔을 무렵, 그 가족은 어쩌다 우연히 이 근처를 차로 지나갔던 모양이야. 그때껏 뒷좌석에서 자던 아이가 운전석에 앉은 부친에게 말했어. 이 앞에 꿈에서 본 장소가 있다고. 한동안 아이 입에서 그 이야기가 나온 적도 없어서 부부는 아직 그 꿈을 기억하고 있다는 사실에 놀랐다지. 그런 만큼, 그렇게까지 제 자식을 끌어당기는 장소가 어떤 땅인가, 흥미가 생겼던 모양이야.

아이는 마치 전에도 거기 간 적 있는 것처럼 익숙하게 부친에게 길을 알려 주었어. 아이가 안내하는 길을 따라 도착한 곳은 딱히 별난 구석도 없는, 한낱 패밀리 레스토랑이었어. 하지만 패밀리 레스토랑의 주차장에서 본 풍경은 예전에 아이가 꿈에서 봤다고 말했던 것과 일치했다고 해.

부부는 이왕 이렇게 된 거, 저녁 식사도 할 겸 그 패밀리 레스토랑에 들어가기로 했어. 주문을 기다리는 동안, 방금까지 들뜬 기색으로 어린이 정식을 골랐던 아이가 진지한 얼굴로 이렇게 말했다는 거야.

"나, 아주 예전에 여기서 불타 죽었어. 너무너무 뜨거웠어. 햄

버그스테이크처럼 타 버렸어."

나중에 알게 된 것이… 그래, 이 장소에서 과거에 건물 화재가 있었다는 거. 거기서 많은 사람이 죽었다는 사실이었지.

※※※※※

"여기서 나가죠."

"고바야시 씨, 자꾸 애 겁줘서 어쩔 셈인데?"

"일단 마지막까지 들어 줘. 이 이야기를 듣고, 뭔가 알아차린 거 없나?"

"정말이지 이제 퀴즈는 됐어요. 얼른 나가자고요."

"우리가 처음에 고른 동영상은 '변태 오두막'이었어. 그다음이 '천국 병원', 그다음이 '윤회 러브호텔'이지. 죽은 자의 저주가 변형되고, 저승에서 부활하여 태어나는 거야. '변태 오두막'에서는 남편을 빼앗긴 아내를 자살로 몰아넣은 여자가 자기 자식의 언동에 겁을 냈어. '천국 병원'에서는 조모의 죽음을 바란 작가가 자살했어. 불꽃을 볼 때마다 그녀는 자기 아이가 무슨 말을 하려는 것처럼 쳐다본다고 썼어. 이야기의 구조가 같지."

"그래서 뭐 어쩌라고요. 그게 저랑 무슨 관계가 있습니까?"

"우리, 이 이야기를 선택당한 게 아닐까. 그 유코라는 여성의 유령에게."

"아니, 그런…."

"메시지였던 거야. 자기 아이가 말한 섬뜩한 말, 뇌사 환자가 간호사에게 말하려다 만 내용, 실은 전부 같았던 거 아닐까. 윤회 러브호텔 2층의 그림 옆, '건강한 당신이 태어납니다'란 글귀 앞에 뭐라고 쓰여 있었어? 장난 전화가 걸려 온 건 그녀의 기일인 6월 6일. 전화를 건 상대방은 이 말을 하고 싶었던 거 아닐까."

"그건 설마⋯."

"'이런 밤'이었다고."

# 제7장

# 한낱 옛날이야기

## 로쿠부(六部)[25] 살해

　보름달이 뜬 어느 날 밤, 나그네 로쿠부가 작은 마을을 찾았다. 로쿠부는 어느 한 집의 문을 두드리고, 하룻밤 묵게 해 달라고 청했다.

　그 집에 사는 부부는 가난하지만 친절했다. 오랜 여정의 노고를 위로하며 소박한 식사를 대접했다.

　여독 때문인지, 로쿠부는 식사를 마치자마자 부부에게 고맙다는 말을 남기고 일찌감치 잠자리에 들었다. 밤도 깊어졌을 무렵, 남편은 뒷간에 들렀다. 방으로 돌아왔더니 창으로 들이치는 달빛이 로쿠부의 머리맡에 있던 봇짐을 비추었다. 매듭이 풀린 봇짐에서는 동전이 보였다. 로쿠부가 깨지 않게 조심조심 봇짐을 뒤졌더니 눈이 휘둥그레질 만큼 많은 동전이 있었다.

　남편은 로쿠부가 알아차리지 못하게 아내를 깨웠다.

　"이 스님, 돈을 잔뜩 가지고 있어. 죽여서 뺏을까."

　부부는 벼를 베는 낫으로 로쿠부의 목을 쳐서 죽이고 묻었다.

　그 후, 뺏은 돈으로 장사를 시작한 부부는 재산을 모으고, 아이도 두었다.

　아이가 여섯 살을 맞이한 밤. 오줌을 누고 싶다는 아이를 데리고 남편은 뒷간으로 향했다. 보름달의 휘영청 밝은 빛을 받으며

---

25　예순여섯 번 필사한 법화경을 들고 예순여섯 군데 영험한 성지를 순례하여 한 부씩 바치며 죽은 자가 극락에 갈 수 있도록 기도했다는 수행승.

뒷간으로 가는 길에, 갑자기 발걸음을 멈춘 아이가 제 아비를 물끄러미 쳐다보았다.

왜 그러느냐고 묻는 남편에게 히죽 웃으며 아이는 말했다.

"이런 밤이었지, 네가 날 죽인 건."

아이의 얼굴은 그날 밤 죽인 로쿠부의 얼굴과 똑같았다.

※※※※※

### 천박한 순례자

이런 밤.

고바야시는 그렇게 말했다. 전화 너머로 들었던 흐릿한 말. 하지만 그렇게 듣고 보니 그렇게 들은 것도 같았다. 전화가 걸려온 것은 6월 6일이었다. 생각해 보면 그날도 달이 밝았다.

유코는 틀림없이 나를 원망하고 있었다. 그래서 메시지를 보낸 거다. 나밖에 알 수 없는 방법으로.

유령은 있었다. 그리고 나는 유령에게 빌어 유코를 죽이고 말았다. 그녀 역시 무서운 유령이 되어 버렸다.

유령에게 빌어 그녀를 죽임으로써 과연 나는 무엇을 손에 넣었던 걸까. 마음에 남은 건 커다란 후회. 그저 그것뿐이었다.

흐트러진 내게 호조는 말없이 부적을 건넸다. 주황색 천에 금실로 수를 놓은, 부적을 뜻하는 한자 두 글자가 유일한 구원 같았다. 저지른 죄를 씻고 싶다. 하지만 그 속죄란 것이 내가 그녀의 그림자를 계속 두려워하는 일은 아닌 것 같았다. 설령 그녀가 그러기를 바란다고 해도.

고바야시가 말했다. 어쩐지 감정을 읽을 수 없는 그의 눈에는 확실히 빛이 있었던 것 같다.

"이케다 군, 비즈니스 파트너가 아니라 한 사람의 친구로서 힘이 되어 주겠네."

고바야시가 건넨 제안을 받아들이기로 했다. 그거 말고는 방법이 없어 보였다.

※※※※※

### 가난한 공범자

그건 한낱 유령이었다. 그날, 내가 죽인 사람의.

교생 선생님은 자살한 그날부터 몇 번이나 유령의 모습으로 내 앞에 나타났다. 그건 어김없이 달이 아름다운 밤이었다. 늘 내게 등을 보였다. 결코 내 쪽으로 얼굴을 돌리지 않고, 아무 말도 하지 않고, 그저 내게 등을 보였다.

나는 그 유령을 보는 게 무엇보다도 싫었다. 차라리 귓가에서 저주를 토해 내거나 벽의 얼룩이 되어 나타나는 게 나았다. 그저 잠자코, 얼굴도 안 보여 주면서 끊임없이 나를 질책하는 것 같앉다.

　나는 선생님을 죽이고 무엇을 손에 넣었던 걸까. 선생님의 진의는 알 수 없다. 거짓말을 하면서까지 학생의 마음을 이해하는 사람이 되려 했었나, 나를 마음속으로 비웃고 있었나. 하지만 죽어 버린 지금, 선생님을 죽인 것이 내게 무엇을 의미하는지, 영원히 알지 못할 것이다.

　이케다에게는 선생님의 유령을 보여 줄 생각이었다. 조금씩 겁을 준 뒤에 마지막에 유령의 존재를 귓가에 속삭인다. 그러면 그 건방진 청년, 혼쭐을 낼 수 있을 것 같았다. 그러고 나면 고바야시가 적당히 인과를 날조하는 거다. 그리하여 유령에 홀린 유튜버로서 팬 북 기획이 통과된다. 그렇게 할 계획이었다. 오랜 세월 내게 들러붙어 있던 성가신 유령을 떠맡겨 버려야지. 그렇게 생각했다.

　하지만 이케다는 처음부터 유령의 존재를 믿었다. 죄의식 때문에 필사적으로 부정했을 뿐이다. 내가 혼쭐을 낼 것도 없이 그는 줄곧 유령의 존재에 얽매여 살았다.

　이케다에게서 지난 이야기를 들었을 때 말할 생각이었다. 내가 보는 유령과 네가 보는 유령은 다르다고. 하지만 결국 그 말을 하지 않았다. 틀림없이 이기적인 인간이라서 그랬겠지.

　그래도 고개 숙인 채 떨고 있는 그를 보았을 때 생각했다. 도와주자고. 그와 나는 아마 똑같은 인간일 것이다. 유령에 사로잡혀, 과거의 죄에 계속 갇혀 사는 똑같은 인간.

내가 내민 부적을 그는 손에 쥐었다. 거기에 더 이상 어떤 망설임도 없어 보였다.

패밀리 레스토랑의 자리에서 일어났을 때, 나는 두 사람에게 들키지 않게 그녀가 있는 쪽을 보았다.

그녀는 등을 돌린 채 있지 않았다. 앞을 보며, 내 쪽을 바라보며 울고 있었다. 그 얼굴은 신기하게도 온화해 보였다.

그날 이후 그녀는 내 앞에 나타나지 않았다. 아무리 달이 밝은 밤이어도.

※※※※※

### 어리석은 찬탈자

그날, 나는 유령을 보았다.

무인 회송 차량에 서 있던 여자, 그것은 내가 죽인 여자였다.

차 안에서 여자는 나를 노려보고 있었다. 날조 기사로 여동생을 모독하고, 자신을 죽음으로 내몬 나를. 여자를 보고서야 비로소, 거기가 예전에 다니던 역의 승강장이라는 사실을 기억해 냈다. 그리고 그녀의 저주를 들은 장소라는 사실도. 멀리 보이는 건물들 위로는 그 밤과 똑같은 달이 떠 있었다.

애초에 예상했던 대로 이케다는 유령을 보았다고 겁먹기 시작했다. 그래서 나는 그 여자를 이용했다.

나도 여자를 보았다고 했다. 그 여자가 아마 이케다가 본 여자와 같을 리 없다는 건 알고 있었지만, 그를 더욱 불안하게 만들기 위해, 여자를 보았다고 했다. 호조가 써먹을 수 있다던 유령이 여자였던 것도 행운이었다. 우리 계산대로 그는 제멋대로 각각을 같은 여자라고 해석했다.

유령 따위 하찮다. 그렇다고 믿지 않는 것은 아니다. 그저 있건 없건 관계없을 따름이다. 하지만 문득 생각한다. 그 여자를 죽이고 나는 무엇을 손에 넣었던 걸까. 특종이라는 공? 사람의 감정을 읽어 내는 능력? 과연 그게 내가 얻고 싶었던 걸까.

전에 호조가 물은 적이 있다. 유령의 존재를 인지하고 있을 텐데 왜 별 탈 없이 있을 수 있느냐고. 그때 깨달았다. 자신은 흥미가 없다는 것을. 살아 있는 사람에게도, 죽은 사람에게도. 하지만 자신을 위해 이용할 수 있는 것은 이용한다. 그 사실을 깨달았을 때, 어쩐지 제 모습이 객관적으로 보였다. 이런 걸 사람으로서 최하라고 하던가.

아마 나는 앞으로도 최하의 인간으로 살겠지. 그것으로 됐다. 딱히 흥미도 없다. 그렇게 생각했다.

# 제8장

# 날조된 괴담

"많이 기다렸지."

"도착하자마자 여잘 내버려두고 그렇게 오래 전화하다니. 고바야시 씨, 인기 없겠다. 벌써 맥주 두 잔째라고요."

"미안, 미안. 가도카와 편집자 전화였어."

"아, 그래서 그렇게 점잖은 목소리로⋯."

"당연하지. 거래처니까."

"여러 사람 속여 먹느라 바빠 보이셔."

"말버릇 한번 고약하다. 그나저나 늘 이런 데서 마시나?"

"뭐 어때. 괜찮잖아요. 이런 시끄러운 선술집이 오히려 마음이 안정된다니까. 심령 명소인 패밀리 레스토랑보다도."

"그것도 그런가."

"그래서, 어떻게 됐어요?"

"음. 기획은 통과됐어. 뭐, 그만큼 화제가 되면 당연하겠지."

"쌍이케, 진짜 인터넷에서 난리가 났더라."

"이걸로 간당간당했던 내 목도 무사해."

"그럼 구사일생으로 살아난 고바야시 씨에게 묻고 싶은 게 몇 가지 있는데."

"그럴 거 같았지. 뭐든 물어보라고."

"애초에 알았던 거예요? 그 애 과거나 뭐 그런 거."

"아니, 아무래도 그것까진 무리지."

"흠, 뭐, 일단은 믿어 볼까. 좀 안 믿기지만."

"맹세컨대 진짜야."

"그럼 어디까지가 계산이었던 건데?"

"음, 어디까질 거 같아?"

"아, 짜증 나. 진짜 싫다, 고바야시 씨."

"미안, 미안. 그래, 순서대로 설명하지."

"처음부터 그렇게 하지 그랬어요."

"일단 호조한테도 말했듯이, 난 이케다 군이 뭔가를 숨기고 있다고, 더 나아가 유령에게 겁을 먹고 있을지도 모른다고 의심했어. 그래서 처음에 저주를 걸었지."

"저주요? 설마 지푸라기 인형이라도 썼어?"

"하하. 그런 건 아냐. 적당히 거짓말을 해 본 거야. 이케다 군의 동영상에 여자의 유령이 비쳤던 거 같다고."

"그런 걸로는 걔가 안 믿을 텐데."

"음. 안 믿더라고. 그래도 나중에 가서는 먹히더라니까. 독처럼 말이야. 확증 편향이란 거지."

"흠. 뭔지 잘 모르겠지만, 암튼 나한테 이야기를 꺼낸 건 그다음이었어요?"

"맞아. 이케다 군에게 진짜배기를 보여 주라고 그랬지. 그랬더니 호조, 여자 유령 보여 주겠다고 하니 딱 좋았고. 그거 결국 누구였어?"

"그건, 뭐… 딱히 이야기할 정돈 아니고. 그래서? 그다음은?"

"응. 호조가 여러모로 이케다 군의 인식을 뒤흔들어 주었으니까 파고들 틈이 꽤 생겼지. 덕분에 살았어."

"난 뭐, 그냥 날 허언증 환자 취급하는 사람한테 내가 보고 있는 걸 알려 줬을 뿐인데."

"동시에 이케다 군이 겉으론 그래 보여도 꽤 섬세하다는 게 밝혀졌지."

"처음부터 그럴 거 같더라니까. 고바야시 씨가 둔한 거야."

"아니, 성격이 그렇다는 게 아니라. 이케다 군, 폐병원에서 두통을 느꼈다고 했잖아? 아마 영향을 받기 쉬운 체질이긴 할 거야. 믿지 않는다는 강력한 의지로 지금까지 헤쳐 나온 거 같지만."

"영향이라니, 유령의 영향이라고요?"

"호조의 관점에서 보자면 그렇게 되겠네. 달리 보면 자기장이나 전자파의 영향일 수도 있지."

"고바야시 씨, 나랑 이만큼 일했는데 여태 유령을 안 믿나 봐?"

"전에 말한 대로 난 아무래도 상관없어. 실제로 유령이 있건, 환각이나 착각을 유령이라고 믿건, 일이 되기만 하면 관계없어. 그래서 양쪽으로 공격하기로 했지. 신중에 신중을 기해서."

"양쪽?"

"그래. 약속대로 호조는 이케다 군 인식을 뒤흔들어서 유령을 보여 주고 난 그걸 보여 줄 수 있게 판을 까는 거지. 다른 접근 방법으로."

"그게 자기장이었고?"

"그래. 내가 이케다 군에게 전자파 차단 스티커 줬던 거 기억해?"

"기억하고 말고. 내가 부적을 건넸는데, 짱이케, 그런 수상쩍은 걸 골랐으니까."

"그런데 어째서 호조는 그 타이밍에 부적을 건넬 생각을 했지?"

"왜요? 날 나무라기라도 하시려고?"

"아니, 그저 단순히, 앞으로 유령을 보여 주겠다던 사람한테 부적을 줘서 어쩌자는 걸까 싶어서. 이케다 군이 그때 전자파 차단 스티커를 골라서 다행이지, 내심 초조했다고."

"아. 사람 마음에 둔감한 고바야시 씨는 이해 못 할 수도 있는데, 내가 이래 봬도 좀 친절한 사람이라. 어쩐지 그 친구, 좀 다른 건 알았고, 애가 착하니까 유령을 보여 주더라도 본격적으로 위험해지지 않도록 인정을 좀 베푼 거지. 뭐, 안 받았지만요."

"그랬군."

"근데 고바야시 씨가 준 전자파 차단 스티커, 그거 정말 효과가 있는 거면, 걜 도울 수 있는 아이템 아닌가?"

"아니, 실은 그거, 전자파를 없애서 작은 제로 자기장을 만들어 낸다고 선전하는 거야."

"듣기만 해도 수상하다. 그거 정말 효과 있어요?"

"글쎄, 어떠려나. 그래도 오컬트 방면에서는 제법 유명한 아이템이야. 원래 사용법은 아니지만, 그걸 가지고 있으면 유령이 보인다나."

"그럼 고바야시 씨는 부적 대신에 유령에게 뿌릴 먹이를 개한테 준 거네."

"맞아, 그거지. 뭐, 그 전부터 우리가 말한 여자 유령이라는 저주가 먹혀서 여러모로 정신적으로 흔들렸던 거 같고. 그러던 게, 스티커를 받고 나서 한층 속도가 붙어 버렸어. 생각해 보면 동영상에서 섬뜩한 손을 본 것도 케이스에 그 스티커를 넣은 스마트폰이었으니까, 조금은 효과가 있었는지도 모르겠군."

"그러게, 어떠려나."

"암튼, 그럴싸하게 마무리가 되었으니, 이제 마지막 한 방. 이케다 군이 여자를 봤다고 법석을 피우길래 나도 봤다고 적당히 이야기를 끼워 맞췄지. 호조도 거기 편승했고. 여기까지가 대략 계산한 대로야."

"그 이후는 미처 계산하지 못했던 영역이고?"

"그래. 이케다 군이 워낙 극단적으로 겁을 먹길래, 뭔가 있었나 생각은 했지만, 설마 학창 시절에 좋아했던 여자의 유령을 보고 겁을 낼 줄이야. 그래서 작전을 변경했지."

"유령을 보여 준다는 작전을?"

"그래. 원래는 유령을 보여 주고 팬 북의 소재로 써먹고, 그 다음엔 하고 싶은 대로 하라고 할 셈이었는데 바꿨지. 근데 그 친구가 그녀의 유령에 겁을 집어먹은 상태로 다른 유령을 보여 주면 다른 사람이란 게 밝혀져 버릴 거 아냐. 그럴 거면 그냥 그녀의 유령을 무서워하는 채로 있는 게 스토리로서 결말이 매끄럽지."

"스토리라…."

"그래. 그래서 생각했어. 이케다 군이 두려워하는 걸 최대한 활용하되 어떻게 해야 재밌어질까. 그래서 그 패밀리 레스토랑이 심령 명소였다고 했지."

"아, 그거, 계속 신경이 좀 쓰였는데, 거긴 그럼…."

"날조야."

"네?"

"거짓말이라고. 그 패밀리 레스토랑은 심령 명소도 뭐도 아니야. 한낱 패밀리 레스토랑이지."

"뭐라고요?"

"하하, 놀랐나 봐. 뭐, 정확히 말하자면 아예 통째로 거짓말은 아니고. 괴담 자체는 진짜야. 다만 화재가 있었던 건물은 아예 다른 장소. 아마 간사이 쪽이었나."

"진짜 질린다, 고바야시 씨. 안 그래도 이상했어. 그런 데면 나한테 아무것도 안 보일 리가 없는데, 검은 사람 그림자 따위, 하나도 안 보였으니까."

"그야 안 보이는 게 당연하지. 날조니까."

"자기 좋을 대로 거짓말을 날조하다니 그 러브호텔 주인이 한 짓이랑 똑같네."

"무슨 말을 하든 상관없어. 암튼, 왜 내가 그런 거짓말을 했느냐, 전부 '이런 밤'에다 연결하기 위해서야."

"그, 로쿠부 살해라는 옛날이야기에 나오는 거?"

"그래. 이케다 군이 말했던, 장난 전화 이야기를 듣고 생각해 낸 거야. 지금까지 골랐던 동영상 에피소드와 연관을 지을 수 있을 거 같았거든."

"그런 데다 쓸데없이 편집 솜씨를 발휘하셨네."

"글쎄, 그냥 정보를 좀 알맞게 잘라 냈을 뿐이야. 괴담의 형태로서 딱히 드문 것도 아니고. 윤회전생의 사고방식이 뿌리 깊은 일본인이 생각해 내기에는 매우 자연스러운 괴담이지. 말하자면 유형이란 거야. 게다가 민담에서 부부는 로쿠부를 죽여서 돈을 빼앗았는데, 돈을 '자신이 가질 수 없는 것'으로 해석하면, 다양하게 치환할 수 있지. 각각의 동영상에 얽힌 이야기에서 짚자면, 타인의 남편, 가족의 주목, 젊음과 순수 같은 게 되려나. 죽이는 방법도 그래. 낫으로 내리치지 않더라도 여러 가지가 있고. 저주를 한다거나, 죽음을 빈다거나, 자살로 몰아넣는다거나. 해석하기에 따라 얼마든지 비슷한 이야기로 만들 수 있지."

"그럼, 그 유형에 거짓 소문을 갖다 붙여서, 쐐기를 박았다는 거예요? 우리는 선택을 당한 거다, 어쩌고 하면서."

"바로 그거야. 따지고 보면 로쿠부 살해 이야기조차 날조라는 설이 있는데 말이지."

"그래요?"

"로쿠부 살해의 다른 이름 혹시 아나? '이방인 살해'라고 해. 농촌이나 마을에 중요한 게 돈이 아니라 이방인 자체일 수도 있지."

"근데 그 이야기에선 돈이 욕심나서 로쿠부를 죽였잖아요?"

"그거 자체가 메타포라는 거지. 물론 돈도 중요하지만, 폐쇄적인 촌락 사회는 외부와 교류가 적어. 그래서 의료나 생활에 관한 기술이 업데이트되기 어렵고. 그런 만큼 그런 미지의 것을 가져다주는 외부의 방문자가 이방인으로서 환영을 받지."

"하긴 직장에 다른 직종에 있다가 옮겨 온 사람이 있으면 개혁이 일어난다고들 하니까. 새로운 바람이 분다느니 어쩌느니 하면서. 그거랑 같으려나."

"글쎄, 현대적으로 말하면 그렇게 되나. 하지만 대체로 기업은 그 사람을 원하는 게 아니야. 그 사람이 가진 기술을 원할 뿐이지."

"그럼, 옛날 사람도 기술이나 도구를 훔칠 만큼 훔치고, 볼 장 다 봤으면 죽인다는 건가? 악랄하네."

"그러게. 단 그것과는 별개로, 이방인에게는 또 중요한 역할이 있지. 새로운 피니까."

"갑자기 방향이 확 바뀌었네?"

"피라고 해도 무슨 의식 같은 건 아니고. 직접적으로 표현하자면, 종자. 인구가 적은 마을에서는 아무래도 혈연관계가 진해지니까, 정기적으로 외부에서 새로운 피를 받아들여야 해."

"아, 그런 말이었구나."

"여기서 로쿠부 살해의 결말로 이어지는 거야. 심령이라는 관점에서 해석하면 로쿠부의 환생이 아이였다는 말이 되겠지. 하지만 만약 아이가 그 남편의 아이가 아니었다 치면 어떻게 될까?"

"아내와 로쿠부 사이에 태어난 아이면, 로쿠부처럼 생겨도 당연하다고?"

"정답. 즉, 로부쿠 살해마저 진실을 숨기기 위해 날조했을 가능성이 있다는 거지. 어디까지나 가설이지만."

"하긴, 어쩐지 날조의 냄새가 좀 나는 거 같더라."

"의외네. 유령이 보이는 호조가 그런 말을 하다니."

"아니 근데, 그렇잖아요. 결말 부분. 그 후에 부모랑 자식이 어떻게 됐는지 안 적혀 있는걸."

"이야기에 따라서는 부모가 너무 놀란 나머지 죽어 버렸다는 것도 있어."

"억지가 너무 심하네. 놀라서 죽다니 말이 되나. 또 아이는 어떻게 됐대? 결정적인 대사를 날리고는 설마 사라진 건 아니겠죠."

"확실히 그것도 그렇군."

"만약 그날 밤에만 로쿠부의 유령이 애한테 붙었다고 해도, 부모나 자식이나 그 후의 인생은 계속되었을 거 아녜요. 난 그쪽이 더 호러 같아."

"민담에 트집을 잡아 봐야 무슨 소용이 있다고."

"그뿐인가. 생판 남인 로쿠부를 집에 들여 묵게 해 줄 만큼 친절한 부부가 돈 욕심이 나서 사람을 죽였다니. 캐릭터 설정부터가 오락가락하네. 뭐, 그 부부마저 유령에 홀린 거면 이해 못 할 것도 아니지만."

"그랬다면 재밌을 텐데."

"네?"

"로쿠부 살해 이야기는 일본 각지에 전해지고 있어. 세부는 다르지만, 대강의 줄거리는 같고. 신기하지? 그런데 그 줄거리 자체가 저주로 작용해서 반복된다고 해석하면 이해가 가는 부분이 있지."

"만약 그게 맞으면 우리 아버지도 시퍼런 원귀네."

"글쎄, 그냥 우연일 거 같지만. 흥미가 있으면 자료가 있으니까 빌려줄까? 어때?"

"민담 전집? 필요 없습니다. 어려운 거 딱 질색이니까."

"그럴 거 같았어. 하긴, 뭐 읽을 필요도 없나. 괜히 깊이 파고 들어 봤자 좋을 거도 없고."

"어째서?"

"이번 건을 억지나 우연으로 정리해도 되나, 좀 신경이 쓰여서."

"유령과 관련이 있다는 말씀?"

"그건 모르지. 호조한테는 변태 오두막에 관한 이야긴 했을 텐데, 그거, 핵심 부분은 억지로 갖다 붙인 게 아니거든. 그 오두막이 저주를 봉인하는 장소라고 치면 어째서 그 장소였어야 했나 하는 부분."

"하긴, 영적인 힘에 이끌렸다든가 하는 이야긴 좀 애매한 감이 있더라니까."

"그렇지. 하지만 지금 돌이켜 보면, 짚이는 데가 있어. 괴담은 아니니까 그때 이케다 군에게는 말 안 했지만, 그 지역에는 로쿠부 살해 민담이 전해지고 있어. 그리고 그 산에 있는 지장보살상은 '로쿠부 지장보살상'이라고 불리지."

"으악!"

"로부쿠 살해 자체는 일본 각지에 전하는 이야기니까, 그다지 드문 건 아냐. 다만 이렇게까지 공통점이 있으면 아무래도 섬뜩하지 않겠어?"

"고바야시 씨, 그냥 이야길 날조한 게 아니라 날조를 강요당했던 거 아냐?"

"그뿐 아니야. 어째서 변태 오두막의 그 많은 사진 중에 내가 본 적 있는 사진이 우연히 눈에 띄었을까. 어째서 호조는 천국 병원에 대한 에세이와 관련 있는 작가를 우연히 찾아낼 수 있었을까. 수많은 우연이 겹쳐서 이번 조작극이 만들어졌지. 정말로 이건 그저 우연일까."

"고바야시 씨."

"왜?"

"우리 그만해요. 고바야시 씨 말대로 깊이 파고들지 않는 게 좋겠어."

"음. 그렇지."

"게다가 고바야시 씨, 금세 이야길 다른 방향으로 돌리니까 나도 모르게 휩쓸렸는데, 지금 내가 듣고 싶은 건 그런 이야기가 아니라 그 애 이야기에요."

"잘 속여 넘겼다고 생각했는데. 그래도 그쪽도 대강은 다 이야기하지 않았나."

"내가 가장 듣고 싶은 건 못 들었는데."

"응?"

"왜 그 애한테 그런 제안을 했어요?"

"마음에 안 들었나?"

"아니, 난 도와주고 싶었으니까 괜찮긴 해요."

"그럼 됐네."

"안 됐거든요. 난 고바야시 씨가 무슨 생각으로 그랬는지 알고 싶어."

"글쎄. 그러는 게 재밌을 거 같았으니까?"

"내 눈엔 그렇게 안 보였는데."

"어째서?"

"그냥 겁먹은 채로, 죽이지도, 살리지도 않고 출판까지 끌고 갔다면 유령에 홀린 유튜버로 사람들이 재밌어했을 텐데."

"정신병으로 자살이라도 했다가는 곤란하지. 책을 못 내게 되니까."

"흐음."

"왜 또?"

"쑥스러워서 그러시나."

"뭐가? 아저씨 너무 놀리는 거 아니다."

"정곡이었네. 드물게 정색을 다 하시고."

"정색은 무슨."

"그런가. 내 눈엔 그때 짱이케 도와주고 싶어 하는 것처럼 보였는데. 친구라니, 지금까지 고바야시 씨 입에선 들어본 적도 없는 말이었다니까."

"글쎄, 어떻게 보느냐는 사람마다 제각각이니까. 맘대로 생각해."

"나, 고바야시 씨 끔찍하게 싫었는데, 지금은 뭐, 그냥 싫은 거 같아."

"그게 뭐야. 싫은 건 여전하네?"

"그야 그렇죠. 따지고 보면 고바야시 씨가 힘껏 부추겨서 저렇게 됐으니까. 빈집 털이가 전 재산을 훔치지 않고 몇천 엔 남겨준 꼴이잖아."

"그렇게 말하면 호조도 공범이지."

"맞아요, 나도 공범. 둘 다 인간으로서 최하야. 인정 좀 베풀었다고 그게 미담이 될 거란 생각은 안 했어요. 게다가 난 그 애가 본 유령이란 거, 아무래도 안 믿기니까."

"호조가 그런 말을 하다니."

"흔한 일인데, 뭘. 울 아버지도 말했지만, 정화해 달라고 오는 사람의 반은 아무것도 씌어 있지 않다고. 후회나 죄의식 같은 게 마음속에서 커져서 손을 못 댈 뿐이라나."

"이케다 군도 그런 거라고?"

"누가 알겠어요. 하지만 걔가 봤다거나 들었다는 유령 이야기는 전부 그저 기분 탓이거나, 우연으로 정리될 수준이니까. 만약 그 예상이 맞다 치면, 우린 진짜 최하의 바닥을 찍는 거고."

"하긴 그렇네. 최하라고 한들 어제오늘 일도 아니고, 최하끼리 앞으로도 사이좋게 지내자고."

"앗, 이야기하다 보니 벌써 시간이 됐네. 대장님 납시오!"

"오랜만입니다. 말은 그래도 겨우 몇 개월 만인가요? 죄송합니다. 요즘 하도 정신없이 지내다 보니."

"건강해 보이니 다행이네. 요즘 활약상이 아주 눈부셔."

"오늘은 꼭 짱이케한테 사인 받아야겠다. 흑발도 찰떡이네."

"고맙습니다. 이거 참, 하나부터 열까지 다 두 분 덕입니다, 정말로."

"좀 전에 가도카와에서 연락이 왔는데, 팬 북 결재가 났다더군."

"정말입니까? 기쁘네요. 두 분이 만들어 주시면 틀림없이 좋은 책이 나오겠죠."

"이거 기대에 꼭 부응해야 할 텐데."

"고바야시 씨, 내 몫 좀 늘려 줘요."

"그만해. 이케다 군 앞에서."

"당연한 권린걸. 시간을 얼마나 썼는데."

"알았어. 8대 2면 어때?"

"바보 아냐? 왜 20프로밖에 안 주는데?"

"내가 20프로야."

"말도 안 돼! 고바야시 씨, 너무너무 좋아."

"거참 믿음직하기도 하지, 우리 호조."

"여전히 사이가 좋아 보이네요."

"맞다, 이케다 군 인세도 아까 교섭해 놨지. 아마 처음 예상했던 거보다는 요율이 좀 오를 거다."

"예? 그래도 괜찮습니까?"

"이건 내 마음이야. 뭐, 그만큼 제작비랑 우리 몫은 적어지지만."

"뭐야. 난 금시초문인데."

"그러게요. 제가 다 죄송하네요."

"괜찮아. 이건 이케다 군이 있어서 나올 수 있는 책이니까. 이케다 군의 잠재력에 업히고 안긴 결과고. 호조, 안 그래?"

"그야… 그렇긴 한데."

"그럼, 결론이 났네."

"두 분한텐 정말 감사드립니다. 호조 씨 본가인 신사를 소개해 주셔서."

"정화는 내 미학에 어긋나지만 말이야. 그래도 귀여운 짱이케가 곤경에 처해 있는데, 안 도와줄 수 없지. 그래서 어땠어? 울 아버지 일솜씨는 제법 좋은 편인데. 나랑 똑같이."

"실은 그 문제로 오늘 두 분에게 드릴 말씀이 있습니다."

"갑자기 정색을 다 하고, 무슨 일이야?"

"호조 씨 아버님에게 정화 의식을 치를 때 들은 겁니다. 저더러 업을 짊어지고 있다고 하시더군요."

"업?"

"카르마라고도 하는 모양입니다. 어려워서 잘 모르겠지만요. 아무튼 정화는 해 주겠지만, 그건 유코의 유령을 없애는 게 아니라, 저의 죄를 씻어 내는 거라고. 그러니까 자기 죄와 제대로 마주하라고 하셨습니다. 또 누군가를 원망하거나 해서는 안 된다고요."

"울 아버지, 어려운 말만 잔뜩 하니까."

"그래서 집으로 돌아가 조사해 봤습니다. 유코에 대해서. 본가에 분향이라도 하러 가고 싶었거든요."

"기특하네."

"오랜만에 미대 친구에게 연락해서 유코와 같은 학부였던 애 연락처도 간신히 얻어 내고, 여러모로 애를 썼습니다. 그랬더니."

"그랬더니?"

"유코, 살아 있었습니다."

"응?"

"뭐?"

"당연히 그런 반응이 나오죠. 아니, 정말로 죄송합니다. 인터넷에서 사고 기사를 읽고 멋대로 유코가 죽었다고 생각했는데, 동명이인이었습니다."

"확실히 흔한 이름이긴 해…."

"지레짐작이었다는 건가."

"내 탓일지도 모른다는 생각에 머리가 터질 거 같아서, 계속 그렇게 믿었습니다. 당시엔 하도 우울해서 친구와도 소원해졌었고요. 좀 더 빨리 이것저것 조사를 했더라면…."

"미안. 지금 좀 정리가 안 돼서 그러는데, 그 유코란 사람은 지금도 팔팔해?"

"예. 대가의 제자로 들어가려고 졸업하기도 전에 학교를 그만두고 지금도 활동하고 있는 것 같습니다."

"이렇게 허탈할 수가…. 그럼, 정말로 이케다 군의 착각이었던 거군."

"하지만 쌍이케가 했다던 그, 곳쿠리 상 비슷한 어쩌고 씨 놀이는? 10엔짜리 동전 움직였다며."

"그건 아마 불수의운동[26]이겠지."

"또 시삭이다. 고바야시 씨 해설 파트. 착각으로 판명 나니까 아주 의기양양하셔."

"자자, 들어 봐. 이건 유명한 이야긴데, 곳쿠리 상 놀이의 참가자가 자기도 모르게 동전을 움직여 버린 일이 있어. 이번 경우는 이케다 군이 무의식중에 움직였던 게 아닐까."

"그랬다면 정말 맥 빠지는 이야기네요."

"무의식, 착각, 우연의 일치. 괴담이 태어나는 이유는 사실 그

---

26 신경의 자극으로 본인의 의지와 관계없이 몸의 일부나 전체가 자율적으로 움직이는 운동.

런 게 대부분 아닐까."

"진짜도 있지만 말이죠."

"아무튼 누님이 보인다고 했던 여자는 지금도…."

"아! 안 보여, 안 보여, 전혀 안 보여! 그건 그 패밀리 레스토랑에만 있는, 그냥 평범한 유령이었나 봐."

"그렇습니까. 그거 다행이네요."

"근데 착각이면 괜히 정화 의식까지 하고 손해 봤네."

"그건 아니지. 호조네 아버님 덕분에 착각이란 걸 깨달았으니까. 게다가 정화 전문 유튜버도 됐고."

"맞습니다. 고바야시 씨가 그런 제안을 안 하셨으면 유튜브를 그만뒀을 겁니다."

"그나저나 최근 동영상 재생 수가 엄청나던데."

"예. 덕분에요. 이 영상도 그렇고, 아주 순조롭습니다."

"폐공간에서 유령을 공양하다… 라."

"짱이케, 여전히 유령은 안 믿지?"

"그렇… 죠. 유코의 유령 같은 건 없었으니까. 그래도 누님을 만나서 1퍼센트 정도는 믿게 되었습니다."

"우리한테 울며 매달릴 땐 필사적이었으면서 착각이란 걸 알자마자 이러네. 계산이 빠르다니까."

"자자, 결과적으로 재밌게 됐으니까 잘된 일 아닌가."

"일단 해피엔드였다고 해 두지, 뭐."

"하하, 고맙습니다. 그래도 저, 요즘 문득문득 드는 생각입니다만."

"응?"

"유코가 살아 있었는데, 전 줄곧 뭔가를 무서워하며 살았구나, 싶고."

"그야 그랬겠지."

"유코가 없었다면 제겐 다른 인생도 있지 않았을까 싶어서."

"그럴지도 모르지만, 결과가 좋으니 만사 오케이 아닌가."

"좀 화가 치밀거든요. 내 기분 따윈 하나도 모른 채 태평스레 살았다는 게…."

"말이 좀 심하다, 쨩이케."

"차라리 정말로 죽었다면."

"어이 이 친구, 갑자기 왜 그러나."

"그런 여자, 죽어 버렸으면 좋겠어."

"잠깐, 농담은 그만하지?"

"장난이에요. 다 거짓말. 농담이라고요."

"그러지 좀 마…."

"그러고 보니 어제, 또 전화가 걸려 왔습니다."

"뭐?"

"장난 전화 말입니다. 여자한테서. 이번에는 확실히 들렸어요."

"…뭐라고 했는데?"

"상대방이 말한 건 '이런 밤이었어'가 아니었습니다."

"뭐?"

"'이젠 네 차례야'였어요."

※※※※※

## 일본 민담 전집 중 로쿠부 살해 이야기

'이런 밤'이란 대사로 유명한 로쿠부 살해 이야기는 일본 각지에 전해지고 있습니다.

그런데 로쿠부란 어떤 사람인지 여러분은 아시는지요.

로쿠주로쿠부(六十六部)라고도 불리는 그들은 수행승입니다. 전국 예순여섯 곳에 있는 사찰과 신사에 필사한 예순여섯 부의 경전을 바치는 여정에 올라 이렇게 불립니다.

신실한 종교인에 머물지 않고, 중생이 저지른 죄를 씻어 내기 위해 순례하기도 했다고 합니다.

현대와 달리, 대부분 도보로 이동했기 때문에 그 여정은 매우 가혹했습니다.

먼 길을 가다 지쳐 쓰러지기도 하고, 노상강도를 만나기도 하고, 혹은 '이런 밤' 이야기처럼 목숨을 빼앗기는 사람마저 있었다고 합니다. 오늘날에도 각지에 '로쿠부 무덤'이나 '로쿠부 지장보살'이라고 불리는 것들은 거기서 유래되었습니다.

에도 시대에는 로쿠부가 이미 대중에게 널리 알려져 있었는데, 그 기원은 확실하지 않습니다. 순례하는 곳도 사찰과 신사가 섞여 전하는 것으로 보아 아마 신불습합[27]의 영향을 받았으리라는 점을 알 수 있습니다.

경전을 헌납하는 사찰과 신사가 있는 장소나 순례길에 대해서도 마찬가지로 여러 가지 설은 있지만, 상세한 내용은 밝혀지지 않았습니다. 문헌에 따라 편차가 있고, 일설에 따르면 현재는 그 대부분이 없어진 상태라고도 합니다.

그들은 어디를 향해 걷고 있었나. 그런 생각을 해 봐도 재미있겠네요. 어쩌면 이 책을 읽고 계신 여러분 집 근처에 있는 사찰이나 신사가 숱한 로쿠부의 목적지 중 하나였을지도 모릅니다.

---

27 일본 토착 신앙인 신토와 외래 종교인 불교가 융합해 하나의 신앙 체계를 이루는 종교 현상.

# 역자 후기

### 아주 오래된 공포의 아주 새로운 탄생

 모큐멘터리 기법으로 담아낸 사실적인 괴담의 세계로 독자에게 유례없는 공포를 안긴 『긴키 지방의 어느 장소에 대하여』의 작가 세스지가 이번에는 저주와 윤회라는 고전적인 테마를 앞세워 민담과 현대의 삶을 가로지르는 업의 불길 속으로 독자를 불러들인다.
 이야기의 중심에는 심령 명소 탐방을 전문으로 하는 유튜버 이케다, 한때 오컬트 잡지를 만들었던 프리랜서 편집자 고바야시, 마찬가지로 프리랜서로 활동하는 작가 호조가 있다. 직업도 연령대도 성별도 각각 다른 세 사람이 한자리에 모인 것은 유튜버 이케다의 팬 북을 만들기 위해서다. 그럭저럭 인기 있는 유튜버의, 그럭저럭 인기 있는 동영상을 콘텐츠 삼아 편집자와 작가가 적당히 재밌고 무섭게 꾸며서 책으로 내면 돈이 되니까. 특히 웹 시대로 접어들면서 일감이 준, 종이책 시절이 전성기인 '아저씨' 고바야시에게는 팬 북은 생계의 구명줄이나 다름없었으니 기필코 성공시켜야 할 프로젝트였다. 그래서 그는 이케다에게 과거에 탐방했던 심령 명소 중 독자가 솔깃할 만한 곳 몇 군데를 추가로 취재하여 콘텐츠의 설득력과 개연성을 높일 만한 소재, 날조나 마찬가지인 각색에 적합한 이야깃거리를 찾자고 제안하고, 보통 사람에게는 없는 능력을 갖춘 호조를 팬 북 프로젝트에 끌어들인다.
 그리하여 세 사람의 여정(물리적인 발걸음 대신 인터넷 조사

등을 통한 간접적인 발걸음이 주가 되지만)이 시작된다. 돈이라는 욕망으로 시작된 이 여정은 '변태 오두막', '천국 병원', '윤회 러브호텔'이라는 세 군데 심령 명소를 거치는데, 저주와 원한과 환생과 깊숙이 얽혀 있는 이 장소들은 대체로 인간의 탐욕과 악의로 더럽혀져 저주의 발원지로 기능하고 있다. 저주가 이루어지되 그 저주가 자신에게, 혹은 자신의 아이에게 돌아오는 부(負)의 연쇄가 환생과 맞물려 영원히 계속되는 윤회. 자신이 가지지 못한 것, 이를테면 돈, 성공, 가족, 재능 등을 욕망하는 인간의 본성이 빚어낸 악의가 이 고통의 수레바퀴를 돌리는 동력이다.

이런 심령 명소가 어쩌면 일찍이 중생의 구제와 속죄를 위해 먼 길을 떠난 순례자의 발걸음이 닿았던 곳일지도 모른다는 암시는, 책 곳곳에서 찾을 수 있다.

> 나는 돌아다녔다. 옛날, 신이 있던 장소를. 지금은 고질병이나 다름없는 인간의 탐욕으로 더럽혀진 성지. 그 더러움으로 뇌수를 채우고, 속죄함으로써, 맑고 고운 나로 다시 태어나기 위해서. 그리하여 나를 대신할 누군가를 찾아내기 위하여.

한때의 성지가 인간의 탐욕과 악의로 더럽혀지고, 그 더러움이 차곡차곡 쌓여 저주와 업을 순환케 한다는 이 무시무시한 가설(?)의 근원에는 '로쿠부 살해'라는 일본의 민담이 있다.

손수 필사한 예순여섯 부의 법화경을 짊어지고 예순여섯 군데 성지를 찾아 나선, '로쿠부'라고 불리는 행각승 하나가 순례길에 들른 어느 마을에서 돈에 눈먼 부부의 손에 목숨을 잃는다. 승려의 돈으로 부를 쌓고 자식까지 둔 부부. 세월이 흘러 어느 달 밝은 밤, 애지중지하던 자식이 제 아비를 보며 말한다. "이런 밤이었지. 네가 날 죽인 것은." 제가 죽인 승려를 쏙 빼닮은 얼굴로.

가해자의 자식으로 태어나 가해자로 하여금 자신의 죄업과 직면하게 한다는 이 옛이야기 속 윤회 구조가 현대의 심령 명소를 둘러싼 소문으로 연결되고, 그 소문의 배경을 확인하는 주인공 삼인방의 과거와 이어진다. 이를테면 이케다와 고바야시와 호조는 저마다 타인을 저주하거나 결과적으로 타인을 죽음으로 내몬 과거가 있고, 저주의 땅이 된 심령 명소를 취재하면서 자신의 그런 과거와 새삼 마주하게 된다. 일찍이 제 집을 찾아온 승려를 죽여 돈을 훔쳤던 그 남자처럼.

이야기 속에는 다양한 상황, 다양한 형태로 저주에 얽힌 인간 군상이 등장한다. 질투, 증오, 애정 결핍, 인정 욕구, 원한 등 개인의 온갖 부정적인 감정이 저주의 씨앗이 된다. 그렇게 저주받은 자와 저주한 자가 어디에 다다르는지, 지켜보는 독자는 한시도 방심할 수 없다. 불가해한 상황의 연속이었던 전작과 비교해 친근한 감정이 널뛰는 인간의 드라마가 한층 밀도 있게 펼쳐지는 이 소설에서 세 주인공은 어떤 결말을 맞이할 것인가.

더러는 사색에 잠기는 독자도 있지 않을까. 저주가 순환되는 저 윤회의 수레바퀴는 악의라는 영구 기관을 얻어 영원토록 돌고 돌지도 모른다고. 어떤 깨달음을 얻어야 번뇌와 업을 끊고 윤회에서 벗어날 수 있을까. 적어도 이 소설에서는 어떤 낙관적인(?) 해석을 기대하기는 어렵다. 결말에서 보듯, 저주로 죽어 환생할 때까지 더럽혀진 성지를 방황하며 윤회의 고통스러운 여정을 걷는 (더러움으로 뇌수를 채워 풍선처럼 부푼 머리 때문에 마치 태아나 유아처럼도 보이는 모습으로 비틀비틀 걷는) 순례자는 저주를 계승할 다음 희생자를 기어이 찾아내고야 만다. "이젠 네 차례야"라고 말을 건네며.

이 불길한 소설을 쓴 작가 세스지도 어쩌면 그런 말을 하고 싶었던 게 아닐까. 스스로를 돌이켜 무언가 꺼림칙한 것이 있다면 이번에는 당신 차례라고. 험한 것이 가득하던 긴키 지방을 지나 저주와 악의가 날뛰는 심령 명소까지 돌아보고 나니, 인간이 업화에서 벗어날 길은 아무래도 없어 보였던 걸까. 유령을 믿지 않는 사람과 유령이 보이는 사람과 아무래도 좋은 사람을 내세워, 마치 인스타그램이나 유튜브의 실시간 방송을 보는 듯한 경쾌한 대화체로 괴담의 비즈니스화를 이야기하는 척, 저주와 악의의 윤회를 깊숙이 고찰하며 사실은 유령보다 사람이 무섭다고 작가는 말하고 싶었는지도 모른다. 심령 명소에 얽힌 소문을 가볍게 입에 올리며 비즈니스의 대상으로 분석할 뿐, 죽음마저 콘텐츠화하는 현대인의 비정과 불경도 아울러 짚으면서.

작가는 한 인터뷰에서 인터넷 연재 소설의 작법을 따랐던 『긴키 지방의 어느 장소에 대하여』와 달리 이번 소설은 단행본 출간을 전제로 새롭게 쓴 소설인 만큼 더 긴 호흡으로 이야기를 짤 수 있었다고 밝힌 바 있다. 그의 말을 빌리자면 '산을 천천히 오르면서 조금씩 드러나는 풍경을 맛보듯이 차분하게 연출'된 이 소설만의 공포를 독자 여러분도 실감할 수 있기를 바란다.

더럽혀진 성지 순례에 대하여

초판 1쇄 발행 2025년 12월 3일
초판 5쇄 발행 2025년 12월 4일

지은이 세스지
옮긴이 전선영

책임편집 김혜영
디자인 6699프레스
책임마케팅 최혜령, 박지수, 도우리, 양지환
마케팅 콘텐츠IP사업본부
해외사업 한승빈, 박고은
경영지원 백선희, 권영환, 이기경, 최민선
제작 재영P&B

펴낸이 서현동
펴낸곳 ㈜오팬하우스
출판등록 2024년 5월 16일 제2024-000141호
주소 서울특별시 강남구 테헤란로 419, 11층
(삼성동, 강남파이낸스플라자)
이메일 info@ofh.co.kr

ⓒ 세스지
ISBN 979-11-94979-70-8(03830)

VANTA(반타)는 ㈜오팬하우스의 출판브랜드입니다.
이 책은 저작권법에 따라 보호받는 저작물이므로 무단전재와
무단복제를 금지하며, 이 책 내용의 전부 또는 일부를 사용하려면
반드시 저작권자와 ㈜오팬하우스의 서면동의를 받아야 합니다.
책값은 뒤표지에 표시되어 있습니다.
잘못된 책은 구입하신 서점에서 바꿔드립니다.